O último adeus de Sherlock Holmes

Sir Arthur Conan Doyle

TEXTO INTEGRAL

Tradução de
Marcos Santarrita e
Alda Porto

A ortografia deste livro foi atualizada segundo o Acordo Ortográfico da Língua Portuguesa (1990), que passou a vigorar em 2009.

COLEÇÃO A OBRA-PRIMA DE CADA AUTOR

O último adeus de Sherlock Holmes

Sir Arthur Conan Doyle

TEXTO INTEGRAL

MARTIN CLARET

DIREÇÃO
Martin Claret
COORDENAÇÃO EDITORIAL
Taís Gasparetti
PRODUÇÃO EDITORIAL
Carolina Marani Lima / Alexander B. A. Siqueira / Jaqueline M. dos Santos / Giovana G. Leonardo Fernandes / Gabriele Caldas Fernandes
DIREÇÃO DE ARTE
José Duarte T. de Castro
CAPA
Ilustração: Getulio Delphin
MIOLO
Tradução: Marcos Santarrita / Alda Porto
Revisão da tradução: Renata Curi
Revisão: Waldir Moraes / Julio Talhari
Impressão e acabamento: Paulus Gráfica

Dados Internacionais de Catalogação na Publicação (CIP)
(Câmara Brasileira do Livro, SP, Brasil)

Doyle, Sir Arthur Conan, 1859-1930.
O último adeus de Sherlock Holmes / Sir Arthur Conan Doyle; tradução de Marcos Santarrita e Alda Porto. — São Paulo: Martin Claret, 2012. — (Coleção a obra-prima de cada autor; 133)

Título original: His last bow.
"Texto integral"
ISBN 978-85-7232-833-3

1. Ficção policial e de mistério (Literatura inglesa) I. Título II. Série.

12-00271 CDD-823.0872

Índices para catálogo sistemático:

1. Ficção policial e de mistério: Literarura inglesa 823.0872

EDITORA MARTIN CLARET LTDA.
Rua Alegrete, 62 – Bairro Sumaré – CEP: 01254-010 – São Paulo – SP
Tel.: (11) 3672-8144 – Fax: (11) 3673-7146
www.martinclaret.com.br / editorial@martinclaret.com.br
4ª reimpressão - 2018

Sumário

O último adeus de Sherlock Holmes

O último adeus de Sherlock Holmes

Prefácio

Os amigos do sr. Sherlock Holmes ficarão felizes em saber que ele está vivo e bem, embora um pouco atormentado por ocasionais ataques de reumatismo. Por muitos anos, viveu numa pequena fazenda nas colinas de Downs, a uns oito quilômetros de Eastbourne, onde seu tempo se dividia entre a filosofia e a agricultura. Durante esse período de descanso, ele tem recusado as mais magníficas ofertas para aceitar vários casos, tendo decidido que sua aposentadoria é permanente. A aproximação da guerra contra a Alemanha levou-o, porém, a pôr sua admirável combinação de atividade intelectual e prática à disposição do governo britânico, com históricos resultados que são recontados em *O último adeus de Sherlock Holmes*. Acrescentei várias experiências anteriores há muito arquivadas em meu portfólio a *O último adeus de Sherlock Holmes,* de modo que se completasse o volume.

Dr. John H. Watson

Vila Glicínia

1. A inusitada experiência do sr. John Scott Eccles

Pelos registros em meu diário, descubro que era um dia gélido e tempestuoso, lá para os fins de março, no ano de 1892. Holmes recebera um telegrama quando nos sentávamos para o almoço, e escrevera uma resposta. Não fez comentário, mas o assunto permaneceu na sua mente, porque, depois, ele se postou diante da lareira, com uma expressão pensativa, fumando o cachimbo e lançando de vez em quando um olhar à mensagem. De repente, voltou-se para mim com um travesso brilho nos olhos.

— Creio, Watson, que posso dizer que você é um homem de letras — disse. — Como definiria a palavra "grotesco"?

— Estranho... fora do comum — sugeri.

Ele balançou a cabeça diante da definição.

— Com certeza é um pouco mais do que isso. — respondeu — É uma encoberta sugestão do trágico e do terrível. Se você se lembra de algumas das narrativas que vêm afligindo um público resignado, reconhecerá quantas vezes o criminoso se aproximou do grotesco. Lembre-se daquele caso dos homens ruivos. Aquilo foi bastante grotesco desde o começo e, no entanto, terminou numa desesperada tentativa de assalto. Ou, então, aquele ainda mais grotesco caso dos cinco caroços de laranja, que levou direto a uma conspiração assassina. A palavra me deixou em alerta.

— Você a tem aí?

Ele leu o telegrama em voz alta.

— "Acabo de vivenciar a mais incrível e grotesca experiência. Permite-me consultá-lo?... Scott Eccles, Agência Postal, Charing Cross."

— Homem ou mulher? — perguntei.

— Oh, homem, claro. Mulher alguma enviaria um telegrama com resposta paga. Viria ela mesma.

— Vai recebê-lo?

— Meu caro Watson, você sabe como tenho andado entediado desde que prendemos o coronel Carruthers. Minha mente é como um motor veloz, que se faz em pedaços por não estar ligado ao trabalho para o qual o construíram. A vida é um lugar-comum, os jornais são estéreis; parece que a audácia e a aventura desapareceram para sempre do mundo do crime. E ainda me pergunta se estou disposto a examinar qualquer novo problema, por mais insignificante que se revele? Mas, se não me engano, eis que chega nosso cliente.

Ouviu-se um andar de passos ritmados na escada e, um momento depois, adentrou a sala uma pessoa corpulenta, alta, de barba grisalha, aparência solene e respeitável. Tinha a história de sua vida escrita nas feições marcantes e nas maneiras pomposas. Das polainas aos óculos de aros de ouro, era um conservador, um clérigo, um bom cidadão, ortodoxo e convencional até o último grau. Mas alguma espantosa experiência perturbara-lhe a serenidade e deixara vestígios nos cabelos eriçados, nas faces afogueadas, furiosas, e na atitude agitada, excitada. Ele foi logo apresentando o assunto.

— Tive uma estranha e desagradabilíssima experiência, sr. Holmes — disse. — Em toda a minha vida, jamais me vi em tal situação. Bastante imprópria... e muito revoltante. Devo insistir em algum tipo de explicação.

O homem impava de raiva.

— Por favor, sente-se, sr. Scott Eccles — disse Holmes com voz tranquilizadora. — Posso perguntar, em primeiro lugar, por que me procurou, afinal?

— Bem, senhor, não parecia ser um assunto que dissesse respeito à polícia e, no entanto, quando souber dos fatos, terá de admitir que eu não podia deixar tudo por isso mesmo. Os detetives particulares são uma classe pela qual não tenho simpatia alguma, mas, ainda assim, depois de ouvir o seu nome...

— Sim, concordo. Mas, em segundo lugar, por que não veio logo?

— Que quer dizer?

Holmes olhou o relógio.

— São duas e quinze — disse. — Seu telegrama foi despachado por volta de uma hora. Ninguém, contudo, pode olhar sua toalete e roupas sem ver que essa perturbação data da hora em que acordou.

Nosso cliente alisou os cabelos despenteados e apalpou o queixo com a barba por fazer.

— Tem razão, sr. Holmes. Nem sequer pensei na toalete. Apenas fiquei muito satisfeito ao sair de uma casa como aquela. Mas andei pelas redondezas para fazer perguntas, antes de procurá-lo. Fui aos agentes do proprietário da casa, o senhor sabe, e eles me disseram que o aluguel do sr. Garcia fora pago e tudo estava em ordem na Vila Glicínia.

— Ora, vamos, meu caro — disse Holmes, com um sorriso. — O senhor parece meu amigo, o dr. Watson, que tem o mau hábito de começar as histórias de trás para a frente. Primeiro, organize as ideias e me conte, na sequência correta, exatamente quais foram os fatos que o levaram a sair descabelado e mal-amanhado, com as botas e o colete abotoados errado, em busca de conselho e auxílio.

Nosso cliente baixou os olhos com uma expressão melancólica para a sua própria aparência desalinhada.

— Sei que devo causar péssima impressão, sr. Holmes, e não me lembro, em toda a minha vida, de que algo do tipo tenha acontecido. Mas, quando lhe contar toda a estranha história, o senhor reconhecerá, tenho certeza, que ocorreu o suficiente para desculpar-me.

Sua narrativa, porém, foi interrompida logo no início. Ouviu-se um alvoroço do lado de fora, e a sra. Hudson abriu a porta para introduzir dois robustos indivíduos, com aparente autoridade, um dos quais nosso bem conhecido inspetor

Gregson, da Scotland Yard,[1] um policial enérgico, valente e, dentro de suas limitações, capaz. Ele apertou a mão de Holmes e apresentou o companheiro como o inspetor Baynes, do comissariado de Surrey.

— Estamos ambos numa caçada, sr. Holmes, e nossa trilha nos trouxe nesta direção — desviou os olhos de buldogue para o nosso visitante. — É o sr. John Scott Eccles, de Popham House, Lee?

— Sou eu mesmo.

— Seguimos o senhor durante toda a manhã.

— Localizou-o pelo telegrama, sem dúvida — disse Holmes.

— Exatamente, sr. Holmes. Captamos a pista na Agência Postal de Charing Cross e viemos até aqui.

— Mas por que me seguem? Que desejam?

— Desejamos uma declaração, sr. Scott Eccles, sobre os fatos que levaram à morte, ontem à noite, do sr. Aloysius Garcia, de Vila Glicínia, perto de Esher.

Nosso cliente aprumou-se na cadeira, olhos arregalados, sem um pingo de cor no rosto espantado.

— Morto? O senhor disse que ele estava morto?

— Sim, senhor. Morto.

— Mas como? Um acidente?

— Assassinato, sem dúvida nenhuma.

— Deus do céu. Isso é terrível! O senhor não quer dizer... que sou suspeito?

— Encontraram uma carta no bolso do morto, e por ela soubemos que, ontem, o senhor planejara passar a noite na casa dele.

— É verdade.

— Ah, é mesmo? — Pegou o caderno de anotações.

— Espere um instante, Gregson — pediu Sherlock Holmes. —Você deseja apenas um simples depoimento, não?

---

[1] Sherlock Holmes conhece o inspetor Tobias Gregson em *Um estudo em vermelho*. O personagem volta a aparecer em *Memórias de Sherlock Holmes*. (N. do E.)

— E é meu dever avisar ao sr. Scott Eccles que isso pode vir a ser usado contra ele.

— O sr. Eccles preparava-se para nos contar sua história quando os senhores entraram na sala. Creio, Watson, que um conhaque com soda não lhe faria mal. Agora, senhor, sugiro que não se incomode com o aumento da plateia e prossiga com a narrativa, exatamente como teria feito se não fosse interrompido.

Nosso visitante engolira o conhaque e a cor retornara-lhe às faces. Com um olhar de dúvida ao caderno de anotações do inspetor, mergulhou mais uma vez na sua extraordinária declaração.

— Sou solteiro — disse — e, como gosto de companhia, cultivo um grande número de amigos. Entre estes, inclui-se a família de um fabricante de cerveja aposentado, chamado Melville, que mora em Albemarle Mansion, Kensington. Foi à mesa dele que conheci, há algumas semanas, um rapaz chamado Garcia. Pelo que soube, descendia de espanhóis e tinha algum tipo de ligação com a embaixada. Falava um inglês perfeito, tinha agradáveis maneiras, e era o homem mais bonito que já vi na vida.

"De algum modo, logo estabelecemos uma boa amizade, esse jovem e eu. Ele pareceu gostar de mim desde o princípio e, dois dias depois, veio me visitar em Lee. Uma coisa leva a outra, e acabei com um convite dele para passar alguns dias em sua casa, Vila Glicínia, entre Esher e Oxshott. E, ontem à noite, fui a Esher cumprir esse compromisso.

"Ele me descreveu a casa e a rotina antes de minha visita. Morava com um fiel criado, um compatriota, que cuidava de suas necessidades. Esse homem falava inglês e administrava a casa. Tinha ainda um esplêndido cozinheiro, segundo me contou, um mestiço que ele conhecera durante suas viagens, e que servia um excelente jantar. Lembro-me de que fez uma observação sobre aquela estranha criadagem no coração de Surrey, e eu concordei, embora se revelasse ainda mais estranha do que pensei.

"Fui de coche ao lugar — cerca de três quilômetros no lado sul de Esher. A casa era de considerável tamanho, recuada da rua, com um acesso curvo ladeado por arbustos de altas sempre-vivas. Tratava-se de uma construção em péssimo estado de conservação. Quando a carruagem parou no acesso coberto pelo mato, diante da porta manchada e com vitrais desgastados pelo tempo, tive dúvidas quanto à minha sensatez ao visitar um homem a quem mal conhecia. Ele próprio veio abrir a porta, porém, e recebeu-me com grande demonstração de cordialidade. Entregaram-me aos cuidados do criado, um indivíduo melancólico e de pele morena, que seguiu na frente, minha mala em sua mão, rumo ao meu quarto. Todo o lugar era deprimente. Nosso jantar foi *tête-à-tête*, e, embora meu anfitrião fizesse o melhor possível para entreter-me, parecia pensar sempre em outra coisa, e falava de forma tão vaga e alucinada que eu mal podia entendê-lo. O homem não parava de tamborilar com os dedos na mesa, roía as unhas e dava outros sinais de impaciência nervosa. O próprio jantar não foi nem bem servido nem benfeito, e a presença sombria do taciturno criado não ajudava a nos animar. Asseguro-lhes que muitas vezes, durante a noite, desejei poder inventar alguma desculpa que me levasse de volta a Lee.

"Vem-me à memória algo que pode ter relação com o caso que os dois cavalheiros estão investigando. Na hora não dei importância. Próximo ao fim do jantar, o criado entregou um bilhete. Percebi que, depois de lê-lo, meu anfitrião pareceu ainda mais distraído e estranho que antes. Desistiu de tentar conversar e ficou ali sentado fumando intermináveis cigarros, perdido em pensamentos, mas não fez comentários sobre o conteúdo. Por volta das onze horas, tive o prazer de ir para a cama. Passado algum tempo, Garcia surgiu à porta do meu quarto... escuro no momento... e me perguntou se eu tocara a campainha. Respondi que não. Ele se desculpou por me haver perturbado tão tarde, dizendo ser quase uma da madrugada. Adormeci depois disso e caí num sono profundo o resto da noite.

"E agora chego à parte surpreendente de minha história. Quando acordei, fazia dia claro. Olhei meu relógio, eram quase nove horas. Eu pedira especificamente para que me chamassem às oito, por isso fiquei muito espantado com esse esquecimento. Saltei da cama e toquei a campainha para chamar o criado. Não obtive resposta. Tornei a tocar, repetidas vezes, com o mesmo resultado. Então cheguei à conclusão de que a sineta se quebrara. Enfiei as roupas e desci às pressas, de muito mau humor, para pedir um pouco de água quente. Imaginem minha surpresa quando descobri que não havia ninguém ali. Gritei no corredor. Não houve resposta. Então corri de quarto em quarto. Todos desertos. Meu anfitrião me mostrara qual era o aposento dele, na noite anterior, por isso bati na porta. Nenhuma resposta. Girei a maçaneta e entrei. O quarto estava vazio e ninguém dormira na cama. Ele desaparecera com os demais. O anfitrião estrangeiro, o criado estrangeiro, o cozinheiro estrangeiro, todos haviam desaparecido durante a noite! Esse foi o fim de minha visita à Vila Glicínia."

Sherlock Holmes esfregou as mãos e sorriu por acrescentar esse bizarro incidente à sua coleção de estranhos episódios.

— Sua experiência, até onde eu sei, é inteiramente singular — disse. — Posso perguntar-lhe, senhor, o que fez depois?

— Fiquei furioso. Minha primeira ideia foi a de ser vítima de uma absurda brincadeira de mau gosto. Arrumei minhas coisas, bati a porta e parti para Esher com a mala na mão. Fui até a Allan Brothers's, principal corretora de imóveis da aldeia, e descobri que ele alugara a mansão por meio dessa empresa. Ocorreu-me ser difícil de acreditar que tudo aquilo visasse a levar-me a fazer papel de tolo, e que o objetivo principal seria livrar-se do pagamento. É fim de março, aproxima-se o dia do solstício de verão e, portanto, a data do pagamento trimestral. Mas essa teoria também não funcionou. O agente agradeceu-me pelo aviso, mas me disse que pagaram o aluguel adiantado. Então me dirigi à cidade e fui até a embaixada espanhola. Ninguém o conhecia por lá. Depois disso, procurei Melville, em cuja casa conhecera Garcia, mas descobri que ele, na verdade, sabia menos sobre o homem do que eu. Por fim, quando recebi sua resposta ao meu telegrama, vim procurá-lo, pois entendo que o senhor é um bom conselheiro em casos difíceis. Mas agora, sr. Inspetor, depreendo, pelo que o senhor disse quando entrou na sala, que a história não termina aqui, e que deve ter ocorrido uma tragédia. Asseguro-lhe que cada palavra dita por mim é a verdade e que, além do que lhe contei, nada sei do destino desse homem. Meu único desejo é ajudar à lei em todos os aspectos possíveis.

— Tenho certeza disso, sr. Scott Eccles... tenho certeza disso — afirmou o inspetor Gregson, num tom muito simpático. — Obrigo-me a dizer que toda a sua narrativa corresponde aos fatos que chegaram a nosso conhecimento. Por exemplo, o bilhete que foi entregue durante o jantar. Por acaso, viu o que aconteceu com ele?

— Vi, sim. Garcia o amassou e jogou na lareira.

— Que tem o senhor a dizer disso, sr. Baynes?

O detetive local era um homem obeso, corado, cujo rosto só se redimia da banalidade por dois extraordinários olhos brilhantes, quase ocultos por trás de dobras de bochecha e testa. Com um lento sorriso, ele pegou no bolso uma tira de papel desbotado.

— Havia uma grade de ferro para proteção da lareira, sr. Holmes, e ele atirou-o próximo da grade. Quando o peguei, vi que não estava queimado.

Holmes sorriu satisfeito.

— O senhor deve ter examinado a casa com muito cuidado, para encontrar uma bolinha de papel.

— Examinei, sim, sr. Holmes. É o meu jeito. Devo lê-lo, sr. Gregson?

O inspetor londrino fez que sim com a cabeça.

— O bilhete foi escrito em papel comum, pautado, cor creme, sem marca d'água. Um quarto de folha. Fizeram dois cortes no papel, com uma tesoura de lâminas curtas. Dobraram-no três vezes e selaram-no com lacre púrpura, às pressas e comprimido com um objeto oval e plano. Endereçado ao sr. Garcia, Vila Glicínia. Diz: "Nossas cores, verde e branco. Verde fechado, branco aberto. Escada principal, primeiro corredor, sétima à direita, cortinado grosso verde. Vá com Deus. D.". Letra de mulher, feita com uma pena de ponta afiada, mas com endereço escrito com outra pena ou por outra pessoa. Mais densa e forte, como se vê.

— Um bilhete bastante notável — disse Holmes, tornando a olhá-lo. — Devo cumprimentá-lo, sr. Baynes, pela atenção aos detalhes no exame da nota. Talvez se pudesse acrescentar algumas bobagenzinhas. O selo plano é, sem dúvida, uma abotoadura... Que mais tem tal forma? A tesoura deve ser uma tesourinha curva de unha. Por mais curtos que sejam os cortes, vê-se a mesma curva nos dois cortes.

O detetive local deu uma risadinha.

— Eu pensei ter extraído toda a essência da mensagem, mas vejo que faltava um pouco mais — disse. — Reconheço que não cheguei a nenhuma conclusão com o bilhete, a não ser que foi escrito à mão e que, como sempre, há uma mulher por trás disso tudo.

O sr. Scott Eccles remexeu-se inquieto na poltrona durante essa conversa.

— Alegra-me que tenha encontrado o bilhete, pois corrobora minha história — observou. — Mas peço para salientar que eu ainda não soube o que aconteceu ao sr. Garcia, nem aos seus empregados.

— Quanto ao sr. Garcia, a resposta é fácil. Encontraram-no morto hoje de manhã, em Oxshott Common, a pouco mais de um quilômetro e meio de casa. Sua cabeça foi reduzida a uma polpa, em virtude de pesados golpes com um saco de areia ou instrumento semelhante, que mais esmagou do que feriu. É uma área solitária, sem uma única casa num raio de meio quilômetro do local. Parece que o golpearam primeiro por trás, mas o atacante continuou a bater mesmo depois de ele estar morto. Um ataque violentíssimo. Não há pegadas nem pista alguma dos criminosos.

— Será que foi assalto?

— Não, não houve tentativa de roubo.

— Isso é muito doloroso... doloroso e terrível — disse o sr. Scott Eccles, com uma voz queixosa —, mas na verdade extraordinariamente ruim para mim. Eu não tenho relação alguma com a saída de meu anfitrião para uma excursão noturna e um fim tão triste. De que modo estou envolvido no caso?

— Muito simples, senhor — respondeu o inspetor Baynes. — O único documento encontrado no bolso do falecido é uma carta sua dizendo que estaria com ele na noite do crime. Foi o envelope dessa carta que me deu o nome e o endereço do morto. Já eram nove horas desta manhã quando chegamos à casa dele e não encontramos nem o senhor nem mais ninguém lá. Telefonei ao sr. Gregson para localizar o senhor em Londres enquanto examinava Vila Glicínia. Depois vim à cidade, juntei-me ao sr. Gregson, e aqui estamos.

— Penso agora — disse Gregson, levantando-se — que devemos oficializar esta questão. O senhor virá comigo à delegacia, sr. Scott Eccles, e fará uma declaração completa, por escrito.

— Certamente, irei agora mesmo. Mas contrato seus serviços, sr. Holmes. Não desejo que o senhor poupe qualquer despesa nem esforços para chegar à verdade.

Meu amigo virou-se para o inspetor local.

— Creio que não faz nenhuma objeção à minha colaboração com o senhor, sr. Baynes?

— Na verdade, fico imensamente honrado, senhor.

— O senhor parece ter sido muito expedito e objetivo em tudo que fez. Posso perguntar se havia alguma pista sobre a hora exata em que o homem encontrou a morte?

— Ele estava lá desde uma hora da manhã. Choveu por volta desse horário, e a morte, com certeza, ocorreu antes da chuva.

— Mas isso é impossível, sr. Baynes — exclamou nosso cliente. — A voz dele é inconfundível. Eu juraria que foi ele quem falou comigo em meu quarto, nessa mesma hora.

— Extraordinário, mas de jeito nenhum impossível — retrucou Holmes, com um sorriso.

— O senhor tem alguma pista? — perguntou Gregson.

— Ao que parece, o caso não é muito complexo, embora, sem dúvida, apresente algumas características novas interessantes. É necessário um maior conhecimento dos fatos para uma opinião final e definitiva. A propósito, sr. Baynes, o senhor encontrou alguma coisa digna de nota, além desse bilhete, no exame que fez da casa?

O detetive olhou meu amigo de uma maneira estranha.

— Encontrei uma ou duas coisas *bastante* notáveis. Talvez, quando eu acabar com o que tenho de fazer na delegacia, o senhor queira me dar sua opinião sobre elas.

— Ponho-me ao seu inteiro dispor — disse Sherlock Holmes, tocando a campainha. — A senhora conduzirá esses cavalheiros até a porta, sra. Hudson, e terá a bondade de mandar o menino com este telegrama. Ele deverá pagar uma resposta de cinco xelins.

Ficamos sentados por algum tempo em silêncio depois que nossos visitantes partiram. Holmes fumava muito, as sobrancelhas franzidas sobre os olhos penetrantes, a cabeça inclinada para a frente, na posição de profunda meditação, muito característica de sua personalidade.

— Bem, Watson — perguntou, voltando-se de repente para mim —, que acha disso tudo?

— Eu não entendo nada dessa confusão em que Scott Eccles se envolveu.

— Mas, e o crime?

— Bem, somado ao desaparecimento dos companheiros do sujeito, eu diria que eles se envolveram no assassinato e fugiram da justiça.

— Trata-se de um ponto de vista possível. Ao que parece, deve admitir, no entanto, que é muito estranho os dois criados conspirarem contra ele e o atacarem na única noite em que tinham um convidado. Tinham-no sozinho, à mercê deles, todas as outras noites da semana.

— Então, por que fugiram?

— Exatamente. Por que fugiram? Eis aí um grande fato. Outro é a notável experiência de nosso cliente, Scott Eccles. Ora, meu caro Watson, transcende os limites da engenhosidade humana apresentar uma explicação que cubra esses dois grandes fatos? Se fosse uma que também incluísse o misterioso bilhete com aquela fraseologia curiosa, ora, valeria a pena aceitá-la como hipótese temporária. Se os novos fatos que vierem ao nosso conhecimento se encaixarem todos no plano, talvez, aos poucos, nossa hipótese se torne uma solução.

— Mas, qual é a nossa hipótese?

Holmes recostou-se na poltrona com os olhos semifechados.

— Você precisa admitir, meu caro Watson, que a ideia de uma brincadeira de mau gosto é impossível. Fatos muito graves encontravam-se em andamento, como mostrou a sequência, e a atração de Scott Eccles por conhecer Vila Glicínia tinha alguma ligação com eles.

— Mas, que possível ligação seria essa?

— Acompanhemos os acontecimentos elo por elo. Ao que parece, há algo não muito natural nessa estranha e súbita amizade entre o jovem espanhol e Scott Eccles. Foi o primeiro que forçou o ritmo. Visitou Eccles no outro extremo de Londres no dia seguinte ao dia em que o conheceu, e se manteve em estreito contato com ele até levá-lo a Esher. Ora, que queria com Eccles? Que podia Eccles lhe oferecer? Não vejo encanto algum no homem. Nem se revela dotado de muita inteligência... Tampouco um homem com chance de ser compatível com um latino perspicaz. Por que então o escolheu, entre todos os demais que se reuniam com Garcia, como o mais satisfatório para seu propósito? Tem alguma qualidade destacável? Respondo que sim. Eccles é a personificação da respeitabilidade convencional britânica, e o típico britânico sujeito a se deixar impressionar, bem como se mostra excelente testemunha. Você mesmo percebeu que nenhum dos inspetores imaginou questionar o depoimento dele, por mais extraordinário que fosse.

— Mas, que iria ele testemunhar?

— Nada, como se revelou; mas tudo, se um plano pudesse ser realizado de outro ponto de vista. Eis como vejo a questão.

— Entendo... Ele talvez servisse para provar um álibi.

— Exato, meu caro Watson: ele serviria perfeitamente para provar um álibi. Vamos supor, para argumentar, que os moradores de Vila Glicínia fossem cúmplices em alguma tramoia. A tentativa, qualquer que seja, se faria, digamos, antes de uma hora da manhã. Por algum arranjo de relógios, é bem possível que tenham posto Scott Eccles na cama mais cedo do que ele pensava, mas em todo caso é provável que, quando Garcia se deu o trabalho de subir e dizer-lhe que era uma hora, não passasse na verdade da meia-noite. Se o espanhol pudesse fazer seja lá o que tivesse planejado, e voltar na hora mencionada, é evidente que teria uma poderosa resposta a qualquer acusação. Em Scott Eccles via um irrepreensível inglês, disposto a jurar em qualquer tribunal que o acusado se encontrava em casa o tempo todo. Tratou-se de uma segura garantia contra o pior.

— Sim, sim, isso eu entendo. Mas, e o desaparecimento dos outros?

— Ainda não disponho de todos os fatos, mas acho que não encontraremos dificuldades insuperáveis. Ainda assim, é um erro alimentar ideias preconcebidas, pois, insensivelmente, procuramos adaptar os fatos às nossas próprias teorias.

— E o bilhete?

— Que dizia? "Nossas cores, verde e branco." Parece corrida. "Verde aberto, branco fechado." Trata-se de um visível sinal. "Escada principal, primeiro corredor, sétima à direita, cortinado grosso verde." Refere-se a uma missão. Talvez encontremos um marido ciumento por trás de tudo. Claramente era uma missão perigosa. Ela não teria dito "Vá com Deus" se não fosse. "D.", este, talvez, fosse um guia.

— O homem era espanhol. Sugiro que "D" designe "Dolores", um nome feminino comum na Espanha.

— Muito bem, Watson, muito bem... mas bastante inadmissível. Uma espanhola escreveria a outro compatriota em espanhol. A autora desse bilhete com certeza é inglesa. Bem, só podemos manter a alma em paciência até esse excelente inspetor voltar. Nesse ínterim, resta-nos agradecer à nossa afortunada sorte que nos poupou algumas horas das insuportáveis fadigas da ociosidade.

Chegara uma resposta ao telegrama de Holmes antes do retorno do nosso policial de Surrey. Ele leu-o e ia guardá-lo no caderno de anotações quando captou um vislumbre de meu semblante em expectativa.

— Estamos nos movendo em altas esferas — explicou.

O telegrama trazia uma lista de nomes e endereços. Lorde Harringby, The Dingle; sir George Folliott, Oxshott Towers;

sr. Hynes, J.P., Purdley Place; sr. James Baker Williams, Forton Old Hall; sr. Henderson, High Gable; rev. Joshua Stone, Nether Walsling.

— É uma maneira muito óbvia de limitar o nosso campo de operações — explicou Holmes. — Sem dúvida, Baynes, com a mente metódica dele, já adotou um plano semelhante.

— Não sei se entendi.

— Ora, meu caro colega, já chegamos à conclusão de que o bilhete recebido por Garcia no jantar destinava-se a uma missão ou a um encontro. Pois bem, se a interpretação óbvia for correta, e para comparecer a esse compromisso seria preciso subir uma escada principal e buscar a sétima porta num corredor, julgo perfeitamente claro deduzir que a casa é muito grande. É também bastante certo que essa casa não pode localizar-se a mais de dois ou três quilômetros de Oxshott, pois Garcia se encaminhava nessa direção e esperava, segundo minha interpretação dos fatos, voltar à Vila Glicínia a tempo de aproveitar-se de um álibi, que só seria válido até a uma hora da manhã. Como o número de mansões próximo de Oxshott deve ser limitado, adotei o óbvio método de solicitar aos agentes mencionados por Scott Eccles uma lista de todas. Elas constam neste telegrama, e a outra ponta de nossa embaraçada meada deve encontrar-se em outra parte.

Eram quase seis horas quando nos vimos na bela aldeia de Surrey, com o inspetor Baynes como acompanhante.

Holmes e eu trouxéramos as coisas para a noite, e encontramos confortáveis aposentos no Bull. Por fim, partimos em companhia do detetive para a visita à Vila Glicínia. Era uma fria e escura noite de março, com um vento penetrante e uma chuva fina que nos açoitava o rosto, um cenário perfeito para as desertas terras comunitárias que nossa estrada atravessava e à trágica meta nos conduzia.

2. O Tigre de San Pedro

Uma fria e melancólica caminhada de quase quatro quilômetros nos levou a um alto portão de madeira, que se abria para uma soturna alameda de nogueiras. A entrada de veículos, curva e sombreada, conduziu-nos a uma casa baixa e escura como breu, contra um céu cor de ardósia. Da janela da frente, à esquerda da porta, saía uma fresta de luz.

— Um policial está a postos — explicou Baynes. — Vou bater na janela. — Atravessou o terreno gramado e bateu com a mão na vidraça. Através do vidro embaçado, tive uma vaga visão de um homem que saltou de uma cadeira ao lado da lareira e ouvi um grito agudo dentro do quarto. Um instante depois, um agente pálido e sem fôlego abriu a porta, a vela trêmula na mão instável.

— Que foi que houve, Walters? — perguntou Baynes num tom ríspido.

O homem enxugou a testa com o lenço e deu um longo suspiro de alívio.

— Alegra-me que tenha chegado, senhor. Foi uma longa noite, e não sei se ainda tenho os nervos tão bons quanto antes.

— Nervos, Walters? Jamais imaginaria que você tivesse um único nervo no corpo.

— Bem, senhor, é esta casa solitária, silenciosa, e a coisa esquisita na cozinha me deixou assim. Então, quando o senhor bateu na janela, achei que aquilo tinha voltado.

— Que "aquilo tinha voltado"?

— O diabo, senhor! Surgiu na janela.

— O que surgiu na janela, e quando?

— Foi há duas horas, mais ou menos. A luz do dia apenas acabava de esvair-se. Eu lia, sentado na poltrona. Não sei o que me fez erguer a cabeça, mas vi um rosto me espiando pela vidraça. Deus do céu, senhor, que rosto! Vou vê-lo nos meus pesadelos.

— Cale-se, cale-se, Walters! Isso não é conversa para um policial.

— Eu sei, senhor, mas me assustou, não há como negar. Não era preto, senhor, nem branco, nem de qualquer cor que eu conheça, mas uma espécie de tom esquisito, como terra com uma mancha de leite no meio. Depois, o tamanho... era duas vezes o seu, senhor. E a aparência... dois grandes olhos esbugalhados, que me encaravam; a fileira de dentes brancos, semelhantes aos de uma fera faminta. Eu lhe digo, senhor, não consegui mexer um dedo, nem mesmo respirar, até ele ir embora e desaparecer. Saí e revirei os arbustos, mas graças a Deus não encontrei ninguém por lá.

— Se eu não soubesse que você é um bom homem, Walters, eu lhe daria um ponto negativo por isso. Se fosse o diabo em pessoa, um policial de serviço jamais devia dar graças a Deus por não poder pôr as mãos nele. Será que tudo não passou de uma visão e um toque de nervosismo?

— Isso, pelo menos, se resolve de forma muito fácil — interpôs Holmes, acendendo a pequena lanterna de bolso. — Sim — comunicou após um breve exame no gramado. — Um sapato número 12, eu diria. Se o homem for proporcional ao pé, certamente deve ser um gigante.

— Que aconteceu com ele?

— Parece ter varado caminho pelos arbustos e tomado a estrada.

— Bem — declarou o inspetor, com uma expressão grave e pensativa. — Quem quer que possa ter sido, e o que talvez desejasse, sumiu por enquanto, e temos coisas mais imediatas a fazer. Agora, sr. Holmes, com sua permissão, vou lhe mostrar a casa.

Os vários quartos e salas nada revelaram após uma cuidadosa busca. Parecia que os moradores trouxeram pouco ou nada consigo, e todos os móveis, até o mínimo detalhe, já faziam parte da casa. Deixaram para trás várias roupas com a etiqueta de Marx & Co., High Holborn. Muitas consultas telegráficas feitas antes mostravam que Marx nada sabia do cliente, a não ser que era bom pagador. Entre as miscelâneas, viam-se alguns cachimbos, poucos romances, dois deles em espanhol, um antiquado revólver de pederneira e um violão como objetos pessoais.

— Nada em tudo isso — disse Baynes, a andar de um lado para outro, vela na mão, de aposento em aposento. — Mas agora, sr. Holmes, eu peço sua atenção à cozinha.

Era um aposento sombrio, pé-direito alto, no fundo da casa, com uma cama de palha num canto que parecia servir de leito ao cozinheiro. Pratos pela metade e outros, vazios e sujos, empilhavam-se na mesa, com os restos do jantar da noite anterior.

— Veja isto — disse Baynes. — Que lhe parece?

Erguia a vela diante de um extraordinário objeto no fundo do armário. Estava tão amassado, enrugado e murcho que seria difícil dizer o que poderia ter sido. Percebia-se apenas que era preto e parecia couro, e tinha alguma semelhança com um rosto humano, de um anão. Ao examiná-lo, julguei, a princípio, ser um bebê negro mumificado, e depois me lembrou um mico distorcido e muito antigo. Por fim, fiquei na dúvida sobre ser algo de origem animal ou humana. Uma faixa dupla de conchas brancas pendia ao seu redor.

— Muito interessante... muito interessante, mesmo! — disse Holmes, enquanto examinava a sinistra relíquia — Mais alguma coisa?

Em silêncio, Baynes seguiu na frente até a pia e estendeu a vela acima. Os membros e o corpo de um grande pássaro branco, despedaçado com selvageria, ainda todo coberto de penas. Holmes indicou a crista na cabeça decepada.

— Um galo branco — observou. — Interessantíssimo! Trata-se de um caso curioso mesmo.

Mas o sr. Baynes guardara a mais sinistra exibição para o fim. Debaixo da pia, pegou um balde de zinco que continha certa quantidade de sangue. Então, da mesa, pegou uma travessa com pequenos pedaços de osso carbonizados.

— Mataram e queimaram alguma coisa. Encontramos tudo isso depois de vasculhar o fogo. Um médico visitou a casa esta manhã. Ele disse que não são humanos.

Holmes sorriu e esfregou as mãos.

— Devo felicitá-lo, inspetor, pela forma como trata de um caso tão típico e instrutivo. Seus poderes, se assim posso dizer sem ofensa, parecem superiores às suas oportunidades.

Os olhinhos do inspetor Baynes faiscaram de prazer.

— Tem razão, sr. Holmes. Nós nos estagnamos nas províncias. Um caso desses nos dá uma chance, e espero aproveitá-la. Que deduz desses ossos?

— Um cordeiro, eu diria, ou um filhote.

— E o galo branco?

— Curioso, sr. Baynes, muito curioso. Quase único, eu diria.

— Sim, senhor, eram pessoas muito estranhas com costumes ainda mais estranhos nesta casa. Um deles morreu. Será que os companheiros o seguiram e mataram? Se o fizeram, iremos pegá-los, pois todos os portos estão vigiados. Mas tenho opiniões diferentes. Sim, senhor, tenho opiniões muito diferentes.

— Tem uma teoria, então?

— E vou explorá-la sozinho, sr. Holmes. Ficará apenas a meu crédito fazê-lo. O senhor já tem um nome, mas eu ainda preciso criar o meu. Terei prazer em revelá-lo depois que resolver o caso, sem a sua ajuda.

Holmes deu uma bem-humorada gargalhada.

— Ora, ora, inspetor — disse. — Siga sua trilha, que seguirei a minha. Porei o que descobrir à sua disposição, se o senhor quiser recorrer a mim para isso. Acho que já vi tudo que desejo nesta casa e que, talvez, empregue meu tempo com mais proveito em outra parte. *Au revoir* e boa sorte!

Eu via, por inúmeros sinais sutis, o que deve ter passado despercebido a todos, menos a mim: que Holmes seguia uma pista quente. Impassível como sempre para o observador casual, ainda assim havia uma ansiedade, uma tensão contida, nos olhos iluminados e nas maneiras diretas dele, as quais me asseguravam que o jogo começara. Como sempre, ele nada disse, e eu não fiz perguntas. Basta-me partilhar da diversão e dar minha humilde ajuda para a captura, sem desviar aquele cérebro atento com desnecessárias interrupções. Ele tudo me informaria no devido tempo.

Assim, esperei... Mas, para minha crescente decepção, esperei em vão. Os dias sucederam-se, e meu amigo não avançara um passo. Ele esteve certa manhã na cidade, e eu soube, por uma referência casual, que visitara o Museu Britânico. A não ser por essa única excursão, passava o tempo em longas e solitárias caminhadas, ou em conversas com vários mexeriqueiros da aldeia cujo conhecimento cultivara.

— Tenho certeza, Watson, de que uma semana no campo será inestimável para você — observou. — É muito agradável ver os primeiros brotos verdes nas sebes e os primeiros frutos de novas avelãs. Com uma pá, uma caixinha e um livro elementar de botânica, passamos dias instrutivos.

Ele próprio andava ao redor com esse equipamento adquirido, mas era um triste espetáculo o que trazia de volta à noite.

De vez em quando, em nossas andanças, encontrávamos o inspetor Baynes. A face redonda e corada cobria-se de sorrisos, e os olhinhos brilhavam quando ele cumprimentava meu companheiro. Pouco falava do caso, mas por esse resguardo depreendíamos que tampouco estava insatisfeito com o andar dos acontecimentos. Devo admitir, porém, que fiquei um tanto surpreso quando, cerca de cinco dias após o crime, abri meu jornal matutino e encontrei em letras garrafais:

UMA SOLUÇÃO PARA O MISTÉRIO DE OXSHOTT: PRESO O SUPOSTO ASSASSINO!

Holmes saltou da poltrona como se houvesse sido aferroado quando li a manchete.

— Diabos! — exclamou. — Você não quer dizer que Baynes o pegou, quer?

— É o que parece — concordei, por minha vez, enquanto lia a seguinte reportagem:

> Causou grande excitação no distrito de Esher e arredores a informação, tarde ontem à noite, de que haviam efetuado uma prisão relacionada ao assassinato de Oxshott. Todos recordam que encontraram o sr. Garcia, de Vila Glicínia, morto, nas terras comuns de Oxshott Common, mostrando no corpo sinais de extrema violência, e que, na mesma noite, o criado pessoal e o cozinheiro dele fugiram, o que indicava a participação de ambos no crime. Foi sugerido, mas nunca se provou, que o falecido cavalheiro talvez guardasse valores em casa, e que o desaparecimento destes foi o motivo do crime. O inspetor Baynes, encarregado do caso, fez todos

os esforços para descobrir o esconderijo dos fugitivos, e tem um bom motivo para acreditar que não se haviam afastado muito do local, mas se escondiam em algum retiro isolado, já providenciado de antemão. Desde o princípio, porém, tinha-se a certeza de que os fugitivos acabariam por ser detidos, pois o cozinheiro, segundo o depoimento de um ou dois comerciantes que observaram o homem pela janela, era alguém da mais extraordinária aparência — um mulato enorme e repulsivo, com feições amareladas de um pronunciado tipo negroide. Viu-se esse sujeito após o crime, pois foi perseguido e preso pelo policial Walters na mesma noite, quando teve a audácia de voltar à Vila Glicínia. O inspetor Baynes, considerando que tal visita teria algum objetivo em vista, e era provável, portanto, que se repetisse, abandonou a casa, mas deixou um oficial de tocaia nos arbustos. O homem caiu na armadilha e foi preso, ontem à noite, após uma luta, em que o selvagem deu uma forte dentada no policial Downing. Pelo que sabemos, quando levarem o prisioneiro perante os magistrados, um mandado de prisão será solicitado pela polícia para aprofundar a investigação, e esperam-se grandes revelações após essa captura.

— Na verdade, devemos procurar Baynes sem demora — disse Holmes, pegando o chapéu. — Vamos alcançá-lo antes que ele comece.

Descemos às pressas a rua da aldeia e descobrimos, como esperávamos, que o inspetor acabava de deixar seus alojamentos.

— Viu o jornal, sr. Holmes? — ele nos perguntou, estendendo-nos um.

— Sim, Baynes, vi, sim. Por favor, não se ofenda se eu tomar a liberdade de dar-lhe um conselho, como amigo.

— Conselho, sr. Holmes?

— Eu examinei esse caso com certa atenção e não me convenci de que o senhor segue o caminho certo. Não quero que se comprometa demais se não tiver certeza.

— É muita bondade sua, sr. Holmes.

— Garanto-lhe que digo para o seu bem.

Alguma coisa semelhante a uma piscadela fez tremer por um instante os minúsculos olhos do sr. Baynes.

— Concordamos em seguir nossos próprios métodos de ação, sr. Holmes. É o que estou fazendo.

— Oh, muito bem — respondeu Holmes. — Não me culpe depois.

— Não, senhor; creio em suas boas intenções. Mas temos nossos próprios sistemas, sr. Holmes. O senhor o seu e, talvez, eu o meu.

— Não se fala mais nisso.

— Fique à vontade para usar minhas informações. Esse sujeito é um perfeito selvagem, forte como um cavalo de carga e feroz como o diabo. Quase arrancou o polegar de Downing a dentadas, antes que conseguissem dominá-lo. Mal fala uma palavra de inglês e nada podemos arrancar dele além de grunhidos.

— E o senhor julga ter provas de que ele assassinou o falecido patrão?

— Eu não disse isso, sr. Holmes; não disse isso. Todos temos nossos jeitinhos. O senhor tenta o seu e eu o meu. Esse é o trato.

Holmes deu de ombros quando nos afastamos juntos.

— Não consigo entender esse homem. Parece dirigir-se a uma queda. Bem, como ele diz, devemos tentar nossos métodos e ver os resultados. Mas tem alguma coisa no inspetor Baynes que não consigo entender.

"Apenas se sente nessa poltrona, Watson", continuou Sherlock Holmes depois de voltarmos a nosso apartamento, no Bull. "Quero deixá-lo a par da situação tanto quanto possível, pois talvez precise de sua ajuda esta noite. Vou mostrar-lhe a evolução deste caso até onde consegui segui-lo. Por mais simples que tenha sido no início, ainda assim apresentou surpreendentes dificuldades quanto a uma prisão. Ainda precisamos preencher as lacunas nessa direção.

"Voltemos ao bilhete entregue a Garcia, na noite em que ele morreu. Podemos afastar a ideia de Baynes, de que os criados se envolveram no assunto. A prova disso está no fato de que foi *ele* quem arranjou a presença de Scott Eccles, o que só poderia ter sido para ter um álibi. Era Garcia, portanto, quem tinha uma intenção em mente, ao que parece, criminosa, naquela noite durante a qual encontrou a morte? Digo 'criminosa' porque só um homem com esse intuito deseja estabelecer um álibi. Quem, então, tem mais probabilidade de tirar-lhe a vida? Sem dúvida, a pessoa contra a qual se dirigia a intenção criminosa. Até agora, parece que trilhamos terreno seguro.

"Podemos ver daí em diante o motivo para o desaparecimento da criadagem de Garcia. *Todos eram cúmplices* no mesmo crime desconhecido. Se tudo viesse à tona, quando Garcia voltasse, o depoimento do cavalheiro inglês afastaria as possíveis suspeitas e tudo ficaria bem. Mas a tentativa era perigosa, e se Garcia *não* voltasse até uma determinada hora, era provável que houvessem sacrificado a sua vida. Combinaram, então, que, nesse caso, os dois subordinados deveriam refugiar-se num esconderijo, combinado com antecedência, onde podiam escapar da investigação e estar em posição, depois, para uma nova tentativa. Isso explicaria plenamente os fatos, não?"

Todo aquele inexplicável emaranhado pareceu desenredar-se diante de mim. Perguntei-me como sempre por que não me fora óbvio antes.

— Mas por que um dos criados retornaria?

— Podemos imaginar que, na confusão da luta, alguma coisa preciosa, alguma coisa da qual ele não suportava separar-se ficara para trás. O que explicaria a persistência dele, não?

— Bem, qual o próximo passo?

— O próximo passo é o bilhete recebido por Garcia no jantar. Indica uma cúmplice na outra ponta. Ora, qual era essa outra ponta? Já lhe mostrei que só poderia ser numa mansão, e que são poucas na região. Dediquei meus primeiros dias nesta aldeia a uma série de caminhadas nas quais, nos intervalos de minhas pesquisas botânicas, fiz um reconhecimento de todas as mansões, bem como um exame da história da família de seus moradores. Uma delas, e só uma, chamou-me a atenção. É uma velha granja, em estilo jacobita, de High Gable, a um quilômetro e meio do outro lado de Oxshott e menos de um da cena da tragédia. As outras pertenciam a pessoas prosaicas e respeitáveis que vivem longe de aventuras. Mas o sr. Henderson, de High Gable, era, em todos os aspectos, um homem curioso, a quem poderiam acontecer situações curiosas. Concentrei, portanto, a atenção nele e nos ocupantes da casa.

"Um estranho grupo de pessoas, Watson — o próprio sujeito, o mais singular de todos. Consegui vê-lo com um pretexto plausível, mas me parece que li nos olhos escuros, fundos e pensativos, que ele tinha perfeita consciência de minhas verdadeiras intenções. É um homem de 50 anos, forte, ativo, cabelos grisalhos, grandes sobrancelhas grossas, o passo de um gamo e o ar de um imperador — um homem feroz, dominador, com um espírito ardente por trás do rosto em tom de pergaminho. Ou é estrangeiro ou viveu muito tempo nos trópicos, pois tem a pele amarela e sem seiva, mas duro como um rebenque. O amigo e secretário, sr. Lucas, é, sem dúvida, estrangeiro, cor de chocolate, magro, suave e semelhante a um gato, com uma venenosa delicadeza na fala. Como vê, Watson, já nos deparamos com dois grupos de estrangeiros — um em Vila Glicínia, outro em High Gable — portanto as lacunas na história começam a ser preenchidas.

"Esses dois homens, amigos íntimos e confidentes, formam o centro do pessoal da casa, mas outra pessoa, para nosso objetivo imediato, pode ser ainda mais importante. Henderson tem duas filhas — meninas de 11 e 13 anos. A governanta, srta. Burnett, é uma inglesa de 40 anos, mais ou menos. Há também um criado de confiança. Esse grupinho forma a verdadeira família, pois viajam juntos, e Henderson é um grande viajante, sempre em movimento. Só nas últimas semanas ele voltou a High Gable, após um ano de ausência. Posso acrescentar que é riquíssimo e pode satisfazer qualquer capricho com muita facilidade. Quanto ao resto, a casa tem muitos lacaios, empregadas, a criadagem habitual, que come demais e trabalha de menos, numa grande casa de campo inglesa.

"Até aí, eu soube em parte pelos mexericos da aldeia e em parte por minha própria observação. Não há melhor meio de informação do que criados despedidos e com queixas, e tive sorte suficiente de encontrar um. Chamo de sorte, mas esta não me encontraria se eu não a procurasse. Como observa Baynes, todos temos nossos sistemas. O meu possibilitou-me encontrar John Warner, ex-jardineiro em High Gable, demitido num momento de fúria de seu imperioso patrão. Ele, por sua vez, tinha amigos entre os criados internos, unidos no medo e na antipatia pelo senhor. Assim, consegui a chave dos segredos do estabelecimento.

"Gente curiosa, Watson! Não digo que já entendi tudo, mas gente muito curiosa mesmo assim. Trata-se de uma mansão de duas alas, os criados vivem num lado e a família, no outro. Não há ligação entre ambas, a não ser o criado do próprio Henderson, que serve as refeições dos patrões. Tudo é levado até certa porta, a qual faz a única ligação. A governanta e as crianças mal saem, a não ser para o jardim. Henderson nem caminha sozinho. O secretário parece sua sombra. O que se comenta entre os criados é que o amo tem um medo terrível de alguma coisa. 'Vendeu a alma ao diabo por dinheiro', diz Warner, 'e espera que o credor venha reclamar o que é dele'. De onde vêm, ou quem são, ninguém faz ideia. São muito violentos. Duas vezes Henderson chicoteou pessoas com o rebenque, e só a grande fortuna o manteve fora da prisão.

"Bem, agora, Watson, julguemos a situação por essa nova informação. Podemos aceitar que a carta veio dessa estranha casa, e era um convite a Garcia para levar a cabo um atentado já planejado. Quem escreveu o bilhete? Alguém dentro da cidadela, e uma mulher. Quem senão a governanta, a srta. Burnett? Todo nosso raciocínio parece indicar esse resultado. De qualquer modo, podemos aceitá-lo como uma hipótese e ver quais consequências implicaria. Posso acrescentar que a idade e o temperamento da srta. Burnett por certo excluem minha primeira ideia, de que talvez houvesse um interesse amoroso.

"Se ela escreveu o bilhete, presume-se que fosse amiga e cúmplice de Garcia. Então, que faria se soubesse da morte dele? Se ele morreu em algum empreendimento vil, os lábios dela permaneceriam lacrados. Contudo, no íntimo, ela deve reter algum ressentimento e ódio contra aqueles que o mataram, e supõe-se que ajudaria até onde pudesse para vingar-se deles. Podemos procurá-la, então, e tentar usá-la? Foi minha primeira ideia. Mas agora chegamos a um fato sinistro. Ninguém viu a srta. Burnett desde a noite do assassinato. Dali em diante, ela sumiu por completo. Estará viva? Encontrou, talvez, seu próprio fim na mesma noite que o amigo a quem convidou? Ou será apenas prisioneira? Trata-se de um ponto que ainda precisamos resolver.

"Você já deve ter avaliado a dificuldade da situação, Watson. Não podemos nos basear em nada para um mandado de prisão. Todo o nosso plano poderia parecer fantástico se apresentado perante um magistrado. O desaparecimento da mulher não representa nada, desde que, naquela extraordinária casa, qualquer membro possa ficar invisível durante uma semana. E, no entanto, talvez agora corra perigo de vida. Eu só posso vigiar a casa e deixar meu agente, Warner, de guarda nos portões. Não podemos permitir que tal situação continue. Se a lei nada pode fazer, devemos nós mesmos assumir o risco."

— Que sugere você?

— Sei qual é o quarto dela. É acessível sobre o alpendre. Minha sugestão é irmos até lá hoje à noite e ver se podemos chegar ao âmago desse mistério.

Devo confessar que essa não me parecia uma perspectiva muito atraente. A velha casa com uma atmosfera de assassinato, os estranhos e temíveis ocupantes, os perigos desconhecidos da aproximação, e o fato de que nos púnhamos legalmente numa posição irregular, tudo combinava para esfriar o meu ardor. Mas alguma coisa no gélido raciocínio de Holmes tornava impossível esquivar-me de qualquer aventura por ele recomendada. Sabíamos que assim, e só assim, seria posssível encontrar uma solução. Agarrei a mão dele em silêncio, e os dados foram lançados.

Mas nossa investigação não se destinava a ter um final tão arrojado. Por volta das cinco horas, as sombras do anoitecer de março começavam a cair, quando um agitado aldeão entrou no nosso aposento.

— Partiram, sr. Holmes. Tomaram o último trem. A senhora fugiu, e eu tenho um coche à espera, aí embaixo.

— Excelente, Warner! — exclamou Holmes, saltando de pé. — Watson, as lacunas se completam com grande rapidez.

No coche estava uma mulher, quase desmaiada de exaustão nervosa. Trazia no rosto aquilino e extenuado os traços de uma recente tragédia. Deixava pender a cabeça sobre o peito, mas ao erguê-la, e desviar os olhos baços para nós, percebi que tinha as pupilas dilatadas no centro das largas íris cinzentas. Haviam-na drogado com ópio.

— Eu vigiei o portão, como o senhor aconselhou, sr. Holmes — disse nosso emissário, o jardineiro despedido. — Quando a carruagem saiu, segui-a até a estação. A senhorita parecia sonâmbula, mas quando tentaram colocá-la no trem despertou e lutou. Empurraram-na para dentro do vagão. Ela conseguiu sair, novamente à força. Fiquei ao seu lado, chamei um coche de aluguel, e aqui estamos nós. Nunca vou esquecer o rosto na janela do vagão, quando a afastei dali. Eu teria uma vida breve se ele conseguisse o que queria... o demônio amarelo de olhos negros e carrancudo.

Levamo-la para cima, depusemo-la no sofá e duas xícaras do mais forte café logo lhe clarearam o cérebro da névoa da droga. Holmes chamara Baynes, e apressamo-nos a explicar--lhe a situação.

— Maravilha, sr. Holmes! O senhor tem a prova de que eu preciso — disse o inspetor entusiasmado e sacudindo a mão de meu amigo. — Eu seguia a mesma pista que o senhor desde o início.

— Como! O senhor procurava Henderson?

— Ora, sr. Holmes, quando o senhor rastejava nos arbustos de High Gable, eu tinha subido numa das árvores da fazenda e o vi lá embaixo. Era apenas uma questão de tempo quem obteria primeiro a prova.

— Então por que prendeu o mulato?

Baynes deu risadinhas.

— Eu tinha certeza de que Henderson, como ele diz se chamar, sentia que era suspeito, e que seria discreto e não tomaria medida alguma até não mais se julgar em perigo. Eu sabia que na certa ele fugiria, então, e nos daria uma oportunidade de pegar a srta. Burnett.

Holmes pôs a mão no ombro do inspetor.

— O senhor vai progredir na profissão. Tem instinto e intuição — disse.

Baynes corou de prazer.

— Deixei um policial à paisana na estação, à espera, a semana toda. Sempre que o pessoal de High Gable saía, ele os mantinha sob vigilância. Mas deve ter passado um aperto quando a srta. Burnett fugiu. O seu homem, porém, pegou-a, e tudo acabou bem. Não podemos prender ninguém sem o testemunho dela, claro, por isso, quanto mais cedo conseguirmos um depoimento, melhor.

— Ela recupera as forças a cada minuto — observou Holmes, olhando a governanta. — Mas me diga, Baynes, quem é esse tal Henderson?

— Henderson — respondeu o inspetor — é Don Murillo, antes chamado de o Tigre de San Pedro.

O Tigre de San Pedro! Lembrei-me de toda a história daquele homem num clarão. Ele fizera nome como o mais devasso e sanguinário tirano que já governou qualquer país com pretensão à civilização. Forte, destemido e enérgico, tinha virtudes suficientes para impor seus odiosos vícios a um povo acovardado durante dez ou doze anos. O nome dele inspirava terror em toda a América Central. Ao cabo desse tempo, organizaram um levante universal contra ele. Mas o homem era tão astuto quanto cruel, e, ao primeiro sinal de perigo, transferiu em segredo seus tesouros para bordo de um navio tripulado por adeptos dedicados. No dia seguinte, os insurgentes invadiram um palácio vazio. O ditador, as duas filhas, o secretário e a riqueza, tudo lhes havia escapado. A partir desse momento, ele desapareceu para o mundo, e sua identidade tem sido motivo de comentários na imprensa europeia.

— Sim, senhor, Don Murillo, o Tigre de San Pedro — disse Baynes. — Se o senhor procurar, descobrirá que as cores de San Pedro são verde e branco, as mesmas do bilhete, sr. Holmes. Ele se chama Henderson, mas eu segui suas pistas de Paris a Roma, e de Madri a Barcelona, onde o navio aportou, em 1886. Seus inimigos têm-no procurado esse tempo todo para vingar-se, mas só agora conseguiram localizá-lo.

— Descobriram-no há um ano — disse a srta. Burnett, que se sentara e seguia com atenção a conversa. — Já houve um atentado contra a vida dele, mas algum mau espírito o protegeu. Agora, mais uma vez, foi o nobre e cavalheiresco Garcia quem caiu, enquanto o monstro continua a salvo. Mas outro virá, e outro e outro, até um dia se fazer justiça; isso é tão certo quanto o nascer do sol de amanhã.

Ela fechou as minúsculas mãos e o ardor do ódio empalideceu-lhe o rosto cansado.

— Mas como se encaixa a senhora nessa história, srta. Burnett? — perguntou Holmes. — Como pode uma dama inglesa envolver-se em tal situação?

— Eu aceitei porque não há outro meio de obter justiça neste mundo. Que interessam à lei da Inglaterra os rios de sangue derramados há tantos anos em San Pedro, ou a carga de tesouro que esse homem roubou? Mas *nós* sabemos. Soubemos da verdade no sofrimento e na dor. Para nós, não há demônio no inferno igual a Juan Murillo, nem paz na vida enquanto as vítimas dele ainda clamam por vingança.

— Sem dúvida — concordou Holmes. — Ele era como a senhora bem descreveu. Ouvi dizer que se trata de um homem atroz. Mas como isso a afetou?

— Vou lhe contar tudo. A política do vilão era assassinar, por um ou outro pretexto, todo homem que mostrasse sinais de algum dia vir a ser um perigoso rival. Meu marido, sim, na verdade me chamo Señora Victor Durando, era o embaixador de San Pedro em Londres. Conheceu-me e se casou comigo lá. Homem mais nobre jamais existiu sobre a Terra. Por infelicidade, Murillo soube como ele era excelente, convocou-o sob um ou outro pretexto e mandou fuzilá-lo. Confiscou suas propriedades e eu fiquei na miséria e com o coração partido.

"Então veio a queda do tirano. Ele escapou, como o senhor acabou de contar. Mas as muitas vidas que arruinou, cujos mais próximos e mais queridos sofreram tortura e morte em suas mãos, não deixariam que saísse ileso. Juntaram-se numa sociedade que só se dissolverá quando terminar o serviço. Meu papel, depois que descobrimos o déspota caído transformado em Henderson, foi juntar-me à casa e manter os outros cientes dos movimentos dele. Pude fazer isso conseguindo o emprego de governanta da família. O tirano não sabia que a mulher diante dele em cada refeição era aquela cujo marido ele de repente mandara para a eternidade. Eu lhe sorria, cumpria meus deveres com as crianças, e esperava. Organizaram um atentado em Paris, que falhou. Viemos em ziguezague de um lado para outro pela Europa, a fim de despistar os perseguidores e, por fim, retornamos para a casa dele, a qual adquirira ao visitar a Inglaterra pela primeira vez.

"Mas também aqui os defensores da justiça aguardavam. Ao saber que ele voltaria para cá, Garcia, filho de seu antigo e mais alto dignitário em San Pedro, esperava-o com dois companheiros de confiança e origem humilde, todos os três despedidos e com os mesmos motivos de vingança. Ele pouco podia fazer durante o dia, pois Murillo tomava toda precaução e jamais saía, a não ser com sua sombra, Lucas, ou López, como o conheciam nos dias de grandeza. À noite, porém, dormia sozinho e o vingador poderia encontrá-lo. Certa noite, como combinado, enviei para meu amigo as instruções finais, pois o homem vivia em alerta e sempre mudava de quarto. Eu providenciaria para que as portas ficassem abertas, e o sinal de luz verde ou branca, numa janela voltada para o acesso de veículos, avisaria se era seguro ou se seria melhor adiar o atentado.

"Mas tudo saiu errado para nós. De algum modo, eu despertara a suspeita do secretário López. Ele veio silenciosamente por trás de mim e me surpreendeu no momento em que eu acabava o bilhete. Junto com o patrão, arrastaram-me para o meu quarto e condenaram-me como traidora. Então, e ali mesmo, teriam me enterrado as facas se vissem como escapar às consequências do ato. Por fim, após muita discussão, concluíram que meu assassinato seria demasiado perigoso. Mas decidiram livrar-se para sempre de Garcia. Haviam-me amordaçado, e Murillo torceu meu braço até eu dizer o endereço. Juro que poderia tê-lo arrancado de mim que eu não falaria, se soubesse o que essa informação significava para Garcia. López endereçou o bilhete que eu tinha escrito, lacrou-o com a própria abotoadura e mandou-o por um criado, José. Como o assassinaram, eu não sei, só sei que foi a mão de Murillo que o abateu, pois López ficou para tomar conta de mim. Acredito que ele deve ter esperado entre os arbustos que rodeiam o caminho e derrubou-o quando passou. A princípio, pensaram em deixá-lo entrar em casa e matá-lo como um ladrão surpreendido, mas argumentaram que, se houvesse uma investigação, logo teriam a identidade revelada publicamente e seriam expostos a outros ataques. Com a morte de Garcia, a perseguição talvez cessasse, pois poderia assustar os outros e levá-los a desistir da missão.

"Tudo agora estaria bem para eles, não fosse o meu conhecimento do que fizeram. Não tenho dúvida de que pesaram minha vida na balança algumas vezes. Confinaram-me em meu quarto, aterrorizaram-me com as mais horríveis ameaças, maltrataram-me cruelmente para quebrar minha coragem... Vejam esta facada no ombro e os muitos ferimentos nos braços... E amordaçaram-me na única ocasião em que tentei gritar pela janela. Durante cinco dias continuou essa cruel prisão, com comida que mal dava para manter corpo e alma juntos. Hoje à tarde, mandaram trazer-me um bom almoço, mas tão logo comi, soube que me drogaram. Numa espécie de sonho, lembro-me de que fui meio conduzida, meio carregada para a carruagem e, no mesmo estado, transportada para o trem. Só então, quando as rodas já quase se moviam, de repente compreendi que tinha a liberdade em minhas próprias mãos. Saltei, tentaram arrastar-me de volta, e se não fosse a ajuda desse bom homem, que me levou para o coche, eu jamais teria conseguido fugir. Agora, graças a Deus, estou além do poder deles, para sempre."

Todos ouvíramos atentamente esse notável depoimento. Foi Holmes quem rompeu o silêncio.

— Nossas dificuldades não acabaram — observou, balançando a cabeça. — Encerra-se o trabalho policial, mas começa o legal.

— Exato — respondi. — Um advogado convincente poderia fazer desse um caso de defesa pessoal. Deve haver uma centena de crimes, mas só este será julgado.

— Vamos — disse Baynes, com um sorriso. — Faço um conceito melhor da lei. Defesa pessoal é uma coisa. Atrair um homem a sangue-frio com o objetivo de assassiná-lo é outra, seja qual for o medo que se sinta dele. Não, não, seremos todos justificados quando virmos os moradores de High Gable na próxima sessão judiciária do Tribunal de Guildford.

Trata-se de uma questão de história, no entanto, o fato de que ainda passaria algum tempo até o Tigre de San Pedro receber o que merecia. Arguto e ousado, ele e o companheiro despistaram os perseguidores ao entrarem numa hospedaria, na Edmonton Street, e saírem pelo portão dos fundos, na Curzon Square. Desse dia em diante, não mais os viram na Inglaterra. Cerca de seis meses depois, o marquês de Montalva e o *Signor* Ruli, seu secretário, foram assassinados no quarto do Hotel Escurial, em Madri. Atribuiu-se o crime ao niilismo e jamais prenderam os assassinos. O inspetor Baynes visitou-nos na Baker Street com uma matéria impressa, com o rosto enegrecido do secretário e as feições dominadoras, os magnéticos olhos negros, e as hirsutas sobrancelhas do seu senhor. Não pudemos duvidar que a justiça, mesmo tardia, chegara, afinal.

— Um caso caótico, meu caro Watson — disse Holmes ao fumar seu cachimbo noturno. — Você não poderá apresentá-lo nessa forma compacta que lhe é cara ao coração. Cobre dois continentes, envolve dois grupos de pessoas misteriosas e é mais complicado pela respeitabilíssima presença de nosso amigo, Scott Eccles, cuja inclusão me mostra que o falecido Garcia tinha uma mente conspiradora e um bem desenvolvido senso instintivo de autopreservação. É admirável apenas pelo fato de que, em meio a uma perfeita selva de possibilidades, nós, com nosso valioso colaborador, o inspetor Baynes, permanecemos perto do essencial, e assim fomos guiados pelo tortuoso e serpeante caminho. Algum ponto não ficou claro para você?

— O objetivo da volta do cozinheiro?

— Acho que a estranha criatura na cozinha talvez o explique. O homem era um selvagem primitivo das matas de San Pedro, e aquilo era o seu fetiche. Quando precisou fugir com o companheiro para algum refúgio combinado, já ocupado, sem dúvida, por um cúmplice, o companheiro o convencera a deixar para trás um objeto tão comprometedor. Mas o cozinheiro estava decidido, e foi impelido de volta para buscá-lo no dia seguinte, quando, ao fazer o reconhecimento pela janela, viu que o policial Walters estava de guarda. Esperou mais três dias, e então a religião ou superstição o levou a tentar mais uma vez. O inspetor Baynes, que, com a astúcia de sempre, minimizara o incidente diante de mim, na verdade reconhecera sua importância e deixara uma armadilha na qual o infeliz caiu. Mais alguma dúvida, Watson?

— O pássaro despedaçado, o balde de sangue, os ossos chamuscados, todo o mistério daquela cozinha esquisita?

Holmes sorriu ao mostrar uma entrada no caderno de anotações.

— Passei uma manhã no Museu Britânico lendo sobre essa e outras questões. Eis uma citação de *Vodu e as religiões dos negros*, de Eckermann:

> O verdadeiro seguidor do vodu não tenta nada importante sem certos sacrifícios, destinados a propiciar seus deuses impuros. Em casos extremos, esses ritos assumem a forma de sacrifícios humanos seguidos por canibalismo. As vítimas mais comuns constituem um galo branco, depenado vivo, ou um bode preto, que tem a garganta cortada e o corpo queimado.

— Como vê, nosso selvagem amigo era muito ortodoxo nos rituais. Grotesco, não, Watson? — acrescentou Holmes, enquanto amarrava devagar o caderno de anotações. — Mas, como tive ocasião de comentar, apenas um passo separa o grotesco do terrível.

Os planos do submarino Bruce-Partington

Na terceira semana de novembro do ano de 1895, assentou-se um denso e soturno nevoeiro sobre a cidade de Londres. Duvido que, de segunda a quinta-feira, se avistassem de nossas janelas, na Baker Street, o contorno das casas defronte. O primeiro dia, Holmes passara-o a conferir o índice de seu enorme livro de referências. No segundo e no terceiro, ocupara-se pacientemente com o tema que, nos últimos tempos, transformara-se em seu passatempo favorito: a música medieval. Mas quando, pela quarta vez, após empurrarmos para trás as cadeiras da mesa do café da manhã, vimos a untuosa e espessa névoa marrom ainda a deslizar por nós, em pesada massa compacta, e a condensar-se em gotas oleosas nas vidraças, o temperamento impaciente e ativo de meu amigo começou a dar sinais de já não suportar aquela existência insípida. Pôs-se a andar de um lado para o outro na sala de estar, tomado por uma febre de energia sufocada, e a mordiscar as unhas e tamborilar nos móveis, enfurecido contra aquela inércia.

— Nada interessante no jornal, Watson? — perguntou.

Eu sabia que, por algo interessante, Holmes referia-se a algo de interesse criminal. Havia a notícia de uma revolução, de uma possível guerra e de uma iminente mudança de governo, mas isso não alcançava o horizonte de interesse de meu companheiro. Não vi registro de nada que não fosse lugar-comum e fútil. Holmes resmungou desapontado e retomou as inquietas perambulações pela sala.

— O criminoso londrino é, com certeza, um sujeito chato — ele observou com a voz queixosa do caçador que perdeu a caça. — Olhe por essa janela, Watson. Veja como assomam os vultos dos passantes, quase invisíveis, e tornam a fundir-se no branco da neblina. Num dia assim, o ladrão ou assassino pode percorrer Londres como o tigre na selva, sem ser visto até o momento do bote, e mesmo então só perceptível pela vítima.

— Ocorreram — eu disse — inúmeros furtos insignificantes.

Holmes expressou desprezo com um riso de deboche.

— Este grande e sombrio palco está preparado para alguma coisa maior — disse. — Que sorte a desta comunidade eu não ser um criminoso.

— É mesmo — concordei do fundo do coração.

— Imagine se eu fosse Brook ou Woodhouse, ou qualquer um dos cinquenta homens que têm bom motivo para me tirar a vida, quanto tempo eu sobreviveria à minha própria perseguição? Uma intimação, uma atribuição falsa, que tudo terminaria. É bom que não tenham dias de nevoeiro nos países latinos, os países dos assassinatos. Graças a Deus! Aí chega afinal algo para quebrar nossa mortal monotonia.

Era a criada com um telegrama. Holmes abriu-o e desatou a rir.

— Ora, ora! E que vem em seguida? — exclamou. — Meu irmão, Mycroft,[1] vai aparecer por aqui.

— E por que a surpresa? — perguntei.

— E por que não me surpreenderia? É como se você visse um bonde percorrendo uma estrada rural. Mycroft tem trilhos

---

[1] Mycroft Holmes, irmão mais velho do detetive, já havia sido apresentado ao leitor em *Memórias de Sherlock Holmes*. Mycroft é sete anos mais velho do que Sherlock e, como ele mesmo chega a afirmar, dotado de faculdades de observação e dedução mais aguçadas. No entanto, não tem disposição para resolver mistérios complexos como os de Sherlock. Trata-se de uma sátira de Doyle aos teóricos brilhantes cujas pesquisas nunca são testadas e concluídas. (N. do E.)

próprios e roda sobre eles. Aloja-se em Pall Mall, frequenta o Diogenes Club, Whitehall... Esse é o ciclo dele. Uma vez, e só uma vez, visitou-me. Que terremoto pode tê-lo feito descarrilar?

— Ele não explica no telegrama?

Holmes entregou-me a correspondência do irmão:

> Preciso conversar com você sobre Cadogan West. Já estou a caminho. MYCROFT.

— Cadogan West? Já ouvi esse nome.

— Não me traz nada à mente. Mas que Mycroft irrompa dessa forma errática! Era mais fácil um planeta deixar a sua órbita. A propósito, sabe o que Mycroft é?

Eu tinha uma vaga noção de uma explicação na época da *Aventura do intérprete grego*.

— Você me disse que ele tinha um cargo sem muita importância no governo britânico.

Holmes deu uma risadinha.

— Eu não conhecia você tão bem naquele tempo. É preciso ser discreto quando se comenta as grandes questões de Estado. Você tem razão ao pensar que ele é um simples funcionário do governo britânico. E também teria, num certo sentido, se de vez em quando dissesse que ele é o governo britânico.

— Meu caro Holmes!

— Pensei que talvez surpreendesse você. Mycroft ganha quatrocentas e cinquenta libras por ano, continua subalterno, não tem em mente qualquer tipo de ambição, não receberá honrarias nem títulos, mas permanece como o homem mais indispensável no país.

— Mas como?

— Bem, ocupa uma posição única. Ele próprio criou-a. Jamais houve coisa igual antes, nem haverá outra. Tem o mais sistemático e assertivo dos cérebros, com mais capacidade de armazenar fatos do que qualquer homem vivo. O mesmo grande poder que eu guardei para a investigação criminal, ele usou para sua especialidade. As conclusões de todos os departamentos são passadas a ele, que é a bolsa de valores, a câmara de compensação, e que faz o balanço. Todos os outros são especialistas, mas a especialização dele é a onisciência. Suponhamos que um ministro precise de informação num ponto que envolve a Marinha, a Índia, o Canadá e a questão do padrão monetário bimetálico; ele poderia obter as consultorias separadas nos vários departamentos sobre um desses casos, mas só Mycroft pode focalizar todos e dizer, de pronto, como cada fator afetará o outro. Começaram a empregá-lo como um atalho, uma conveniência, agora ele se tornou essencial. Naquele grande cérebro tudo tem um escaninho e pode ser entregue num instante. Repetidas vezes o trabalho dele decidiu a política nacional. Ele vive mergulhado nisso. Não pensa em mais nada, a não ser quando, como exercício intelectual, desliga-se quando o visito e peço-lhe que me aconselhe num de meus problemazinhos. Mas Júpiter descerá do Olimpo à Terra hoje. Que diabos ele pretende? Quem é Cadogan West, e qual sua relação com Mycroft?

— Já sei! — exclamei, e mergulhei no meio do amontoado de jornais sobre o sofá. — Sim, sim, está aqui, por certo! Cadogan West foi o rapaz encontrado morto na ferrovia subterrânea, na manhã de terça-feira.

Holmes sentou-se ereto, atento, o cachimbo a meio caminho dos lábios.

— Deve ser algo muito sério, Watson. Um morto que fez meu irmão mudar seus hábitos não pode ser alguém comum. Que diabos pode ter ele a ver com isso? O caso nada tinha de especial, pelo que me lembro. Parece que o rapaz caiu do trem e morreu. Não foi roubado, e não havia motivo particular para desconfiar de violência. Não é isso?

— Fizeram uma investigação e surgiram vários fatos novos — observei. — Analisando com mais calma, eu com certeza diria que foi um caso curioso.

— A julgar pelo efeito em meu irmão, eu pensaria que talvez seja um caso extraordinário — disse meu companheiro, que se ajeitou na poltrona. — Agora, Watson, vamos aos fatos.

— O rapaz chamava-se Arthur Cadogan West. Tinha 27 anos, solteiro e era funcionário do Arsenal de Woolwich.

— Empregado no governo. Eis aí a ligação com meu irmão!

— Deixou Woolwich de repente na noite de segunda-feira. Visto pela última vez com a *fiancée*, srta. Violet Westbury, a quem subitamente deixou no nevoeiro, por volta das sete e meia daquela noite. Não brigaram, e ela não viu motivo algum para o ato do rapaz. A notícia seguinte veio quando um pedreiro, chamado Mason, encontrou o cadáver logo depois da estação de Aldgate, do sistema de ferrovia subterrânea em Londres.

— Quando?

— Encontraram o corpo às seis horas da manhã de terça-feira. Jazia esparramado sobre os trilhos, à esquerda da linha, no sentido de quem vai para leste. Num ponto próximo da estação, onde a linha emerge do túnel em que corre. Tinha a cabeça esmagada... um ferimento que bem pode ter sido causado pela queda do trem. O corpo só podia chegar à linha desse jeito. Se fosse carregado da rua vizinha, precisaria passar pelas barreiras da estação, onde sempre há um coletor. Este ponto parece absolutamente certo.

— Muito bem. O caso parece bastante definido. O homem, morto ou vivo, caiu ou foi jogado do trem. Até aí está claro para mim. Continue.

— Os trens que percorrem a linha ao lado da qual foi encontrado o corpo são os que viajam no sentido oeste para leste, alguns apenas metropolitanos, outros de Willesden e entroncamentos adjacentes. Pode-se ter como certo que esse rapaz, ao morrer, viajava nessa direção numa hora tardia da noite, mas em que ponto embarcou é impossível afirmar.

— O bilhete decerto mostraria isso.

— Não havia bilhete nos bolsos.

— Nenhum bilhete! Deus do céu, Watson, isto é de fato muito peculiar. Segundo minha experiência, não se pode chegar à plataforma de uma estação do metrô sem exibir o bilhete. Presume-se, pois, que o rapaz tivesse um. Será que foi tomado dele para ocultar sua estação de origem? Ou ele o deixou cair no vagão? Isso também é possível. Mas a questão tem um curioso interesse. Pelo que sei, não houve sinal de roubo?

— Ao que parece, não. Publicaram aqui uma lista dos pertences dele. Tinha um talão de cheques da agência de Woolwich do Banco Capital e Condados. Por isso, foram capazes de identificá-lo. Havia também dois ingressos para o Teatro Woolwich, datados daquela mesma noite. E ainda um pequeno pacote de documentos técnicos.

Holmes soltou uma exclamação de alegria.

— Aí está, Watson! Governo britânico.... Arsenal de Woolwich... Documentos técnicos... Meu irmão, Mycroft... a cadeia se fecha por completo. Mas aí vem ele, se não me engano, para falar por si mesmo.

Um momento depois, introduziam na sala o alto e corpulento Mycroft Holmes. De constituição forte e maciça, desprendia-se da figura uma aparência de inflexível inércia física, mas encimada por uma cabeça tão imponente na testa, tão alerta nos profundos olhos cinza-escuro, tão firme nos lábios e tão sutil no jogo de expressões que, após a primeira observação, esquecia-se o corpo volumoso e lembrava-se apenas da mente dominante.

Logo atrás o seguia nosso velho amigo Lestrade, da Scotland Yard — magro e austero. A gravidade dos dois semblantes indicava alguma missão de suma importância. O detetive apertou-lhes as mãos sem dizer uma palavra. Com esforço, Mycroft Holmes livrou-se do casaco e desabou numa poltrona.

— Um acontecimento muitíssimo aborrecido, Sherlock — disse. — Eu detesto ao extremo alterar meus hábitos, mas quando se refere aos poderes superiores, estes não aceitam negativas. Na atual situação do Sião é por demais inconveniente que eu tenha de me ausentar da repartição. Mas se trata de uma verdadeira crise. Jamais vi o primeiro-ministro tão perturbado. Quanto ao Almirantado... zumbe como uma colmeia derrubada. Você leu sobre o caso?

— Acabamos de ler. De que tratavam os documentos técnicos?

— Ah, eis a questão! Por sorte, não foi divulgado. Os papéis que o infeliz rapaz guardava nos bolsos eram os planos do submarino Bruce-Partington.

Mycroft Holmes falou com uma solenidade que mostrava a importância que dava ao assunto. O irmão e eu permanecemos sentados, em expectativa.

— Sem dúvida já ouviram falar no submarino. Eu achava que todos sabiam sobre ele.

— Apenas como um nome.

— É verdade. Dificilmente se pode exagerar sua importância. Tem sido o segredo do governo guardado com mais zelo. Aceite minha palavra quando digo que a guerra naval se torna impossível dentro do raio de operação de um Bruce-Partington. Há dois anos contrabandeamos uma grande soma por meio das estimativas orçamentárias e a gastamos na aquisição do monopólio da invenção. Fizeram-se todos os esforços para manter a coisa em segredo. Os planos, complexos ao extremo, compreendem cerca de trinta desenhos separados, cada um essencial ao funcionamento do todo. São guardados num complicado cofre num escritório confidencial vizinho ao Arsenal, com portas e janelas à prova de roubo. Em nenhuma circunstância concebível é possível tirar os documentos do escritório. Se o construtor-chefe da marinha desejasse consultá-los, mesmo ele seria obrigado a ir ao departamento de Woolwich para isso. E, no entanto, encontramo-los nos bolsos de um funcionário subalterno, morto no coração de Londres. Do ponto de vista oficial, é simplesmente pavoroso.

— Mas vocês os recuperaram?

— Não, Sherlock, não! Nisso está a adversidade. Não recuperamos todos. Dez documentos foram tirados de Woolwich. Apenas sete foram encontrados nos bolsos de Cadogan West. Os três mais essenciais se foram... roubados, desaparecidos. Você deve largar tudo, Sherlock. Esqueça seus pequenos enigmas habituais da polícia. Trata-se de um problema internacional de suma gravidade que você tem de resolver. Por que Cadogan retirou os papéis? Onde foram parar os documentos desaparecidos? Como ele morreu? Como o cadáver chegou onde foi encontrado? Como se pode consertar o malfeito? Descubra respostas para todas essas perguntas e terá prestado um serviço a seu país.

— Por que você mesmo não o resolve, Mycroft? Você pode ver tão longe quanto eu.

— É possível, Sherlock. Mas é preciso encontrar os detalhes. Dê-me os detalhes, e de uma poltrona eu lhe devolverei uma excelente opinião de especialista. Mas correr de um lado para outro, interrogar os guardas ferroviários e me deitar de bruços com uma lente no olho... não é meu metiê. Não, não, você é o homem que pode esclarecer o assunto. Se você alimenta a fantasia de ver seu nome nas listas de honras do próximo mês...

Meu amigo sorriu e balançou a cabeça.

— Eu jogo pelo jogo — disse. — Mas o problema sem dúvida apresenta alguns pontos de interesse, e ficarei muito feliz em examiná-los. Mais alguns fatos, por favor.

— Eu anotei os mais essenciais nesta folha de papel, junto com alguns endereços que você achará úteis. O atual guardião dos documentos é o famoso perito do governo, sir James Walter, cujas condecorações e títulos secundários enchem duas linhas de um livro de referência. Os cabelos grisalhos vieram com o serviço; é um cavalheiro, um dos convidados favoritos nas famílias mais ilustres, e, acima de tudo, um homem cujo patriotismo está além de suspeita. É um dos dois que têm a chave do cofre. Posso acrescentar que os papéis continuavam sem dúvida no departamento nas horas do expediente na segunda-feira, e que sir James partiu para Londres cerca de três horas antes, levando a chave consigo. Ficou na casa do almirante Sinclair, na Barclay Square, durante toda a noite em que ocorreu o incidente.

— Averiguou-se esse fato?

— Sim, o irmão dele, coronel Valentine Walter, testemunhou a partida do homem de Woolwich; e o almirante Sinclair, a chegada a Londres; logo, sir James não é mais um fator direto no problema.

— Quem tinha a outra chave?

— O alto funcionário e desenhista, sr. Sidney Johnson. É um homem de 40 anos, casado, com cinco filhos. Calado, taciturno, mas tem no conjunto da carreira excelente folha de serviço público. Não é popular entre os colegas, embora seja um trabalhador incansável. Segundo a versão dele próprio, corroborada apenas pela palavra da esposa, ficou em casa toda a noite de segunda-feira após o expediente, e sua chave jamais deixou a corrente de relógio de onde pende.

— Fale-nos de Cadogan West.

— Estava no serviço público havia dez anos e fazia um bom trabalho. Tinha a reputação de ser esquentado e impetuoso, mas era um homem íntegro, honesto. Nada temos contra ele. Ficava abaixo de Sidney Johnson no serviço. Os deveres dele punham-no em contato direto e pessoal com os planos. Ninguém mais os manuseava.

— Quem trancava os planos à noite?

— O sr. Sidney Johnson, o funcionário mais graduado.

— Bem, sem dúvida, está perfeitamente claro quem os tirou. Foram encontrados com esse funcionário subalterno, Cadogan West. Isso parece indiscutível, não?

— Parece que sim, Sherlock, e, no entanto, deixa muita coisa inexplicável. Em primeiro lugar, por que ele os tirou?

— Suponho que eram valiosos.

— O rapaz podia obter vários milhares de libras por eles, com toda a facilidade.

— Você pode sugerir algum motivo plausível para ele levar os papéis a Londres, a não ser para vendê-los?

— Não, não posso.

— Então devemos tomar isso como nossa hipótese de trabalho. O jovem West pegou os papéis. Ora, só podia fazer isso com uma chave falsa...

— Várias chaves falsas. Ele precisaria abrir o prédio e a sala.

— Possuía, então, várias chaves falsas. Levou os papéis a Londres, para vender o segredo, pretendendo sem dúvida ter os planos de volta ao cofre na manhã seguinte, antes que dessem pela falta. Em Londres, nessa missão traidora, encontrou o fim.

— Como?

— Vamos supor que ele viajasse de volta a Woolwich, quando o mataram e o jogaram fora do compartimento.

— Aldgate, onde se encontrou o cadáver, fica muito além da estação para a Ponte de Londres, que seria o caminho a tomar-se até Woolwich.

— Pode-se imaginar várias circunstâncias nas quais ele passaria da Ponte de Londres. Havia alguém no vagão, por exemplo, com quem ele talvez estivesse conversando animadamente. Essa conversa levou a uma cena violenta em que lhe tiraram a vida. É possível que tenha tentado deixar o vagão, caído na linha, e assim encontrado a morte. O outro fechou a porta. Havia um denso nevoeiro, e não se via nada.

— Não se pode dar melhor explicação com nosso atual conhecimento, mas leve em conta, Sherlock, quanta coisa você ignorou. Suponhamos, para argumentar, que o jovem Cadogan West *decidiu* levar esses papéis a Londres. Naturalmente, faria um contato com o agente estrangeiro e manteria aquela noite livre. Em vez disso, comprou dois ingressos para o teatro, foi com a noiva até a metade do caminho, e então, de repente, desapareceu.

— Um despiste — disse Lestrade, que ficara sentado, a escutar a conversa com certa impaciência.

— Primeira objeção: é um despiste muito singular. Eis a segunda objeção: suponhamos que ele chega a Londres e encontra esse tal agente estrangeiro. Precisaria trazer os papéis antes do amanhecer ou se descobriria a perda. Levou dez. Só trazia sete no bolso. Onde foram parar os outros três? Certamente, ele não os deixaria por livre e espontânea vontade. Então, mais uma vez, onde está o preço de seu tesouro? Seria de esperar encontrar uma grande soma em seu bolso.

— A mim parece bastante claro — retrucou Lestrade. — Não tenho dúvida sobre o que ocorreu. Ele pegou os papéis para vendê-los. Encontrou-se com o agente. Não conseguiram chegar a um acordo sobre o preço. Ele pegou a estrada de volta, mas o agente o acompanhou. No trem, assassinou-o, pegou os papéis mais essenciais e atirou o corpo do vagão. Isso explicaria tudo, não?

— Por que ele não tinha bilhete?

— O bilhete teria mostrado qual estação ficava mais perto da casa do agente. Por isso ele o tirou do bolso do assassinado.

— Boa, Lestrade, muito boa — disse Holmes. — Sua teoria se sustenta. Mas, se isso é verdade, então o caso encerrou-se. Por um lado, o traidor morreu, por outro, supõe-se que os planos do submarino Bruce-Partington já chegaram ao continente. Que nos resta fazer?

— Agir, Sherlock... agir! — gritou Mycroft, levantando-se de um salto. — Todos os meus instintos discordam dessa explicação. Vá à cena do crime! Observe as pessoas envolvidas! Não deixe de revirar uma pedra! Em toda a sua carreira, você jamais teve uma chance tão grande de servir ao seu país.

— Tudo bem, tudo bem — disse Sherlock, dando de ombros. — Vamos, Watson! E você, Lestrade, pode nos favorecer com sua companhia por uma ou duas horas? Começaremos nossa investigação com uma visita à estação de Aldgate. Até logo, Mycroft. Eu lhe entregarei o relatório antes do anoitecer, mas o advirto de antemão que tem pouco a esperar.

Uma hora depois, Holmes, Lestrade e eu estávamos diante dos trilhos da ferrovia subterrânea, no ponto em que a via sai do túnel logo antes da estação Aldgate. Um amável cavalheiro idoso, de faces avermelhadas, representava a empresa ferroviária.

— Era ali que jazia o corpo do jovem — ele disse, indicando um lugar a cerca de um metro distante dos trilhos. — Não podia ter caído de cima, pois estas, como veem, são paredes lisas. Por conseguinte, só pode ter vindo de um trem, e esse trem, até onde podemos situá-lo, deve ter passado por volta da meia-noite de segunda-feira.

— Examinaram os vagões em busca de qualquer sinal de violência?

— Não existem tais sinais, nem se encontrou bilhete algum.

— Nem registro de uma porta ter sido aberta?

— Nenhum.

— Ainda hoje, logo cedo, obtivemos novos indícios — disse Lestrade. — Um viajante que passou por Aldgate num trem metropolitano comum, às onze e quarenta da noite de segunda-feira, declarou ter ouvido um pesado baque, como de um corpo batendo na linha, pouco antes de o trem chegar à estação. Mas havia denso nevoeiro e não se via nada. Ora, que é que há com o sr. Holmes?

De pé, com uma expressão de acentuada tensão no rosto, meu amigo olhava os trilhos que saíam em curva do túnel. Aldgate é um entroncamento, e havia uma rede de chaves de desvios. Neles, Holmes fixava o olhar ávido e interrogador, e no semblante penetrante e alerta vi aquele franzir dos lábios, o tremor das narinas e a concentração das densas sobrancelhas que eu tão bem conhecia.

— Desvios — ele murmurou. — Os desvios.

— E daí? Que quer dizer?

— Suponho que não há um grande número de desvios num sistema como este?

— Não, são muito poucos, na verdade.

— E uma curva, ainda por cima. Desvios e uma curva. Deus do céu! Se ao menos fosse assim.

— Que aconteceu, sr. Holmes? Encontrou alguma pista?

— Uma ideia... uma indicação, nada mais. Mas o caso, sem dúvida, torna-se mais interessante. Único, em tudo único, e, no entanto, por que não? Não vejo quaisquer sinais de sangue nos trilhos.

— Quase não havia nenhum.

— Mas pelo que entendo havia um ferimento considerável.

— O osso foi esmagado, mas não havia ferimento externo.

— E, contudo, seria de esperar certo sangramento. Seria possível eu inspecionar o trem que levava o passageiro que ouviu o baque de uma queda no nevoeiro?

— Receio que não, sr. Holmes. O trem foi decomposto e os vagões foram redistribuídos.

— Posso assegurar-lhe, sr. Holmes — disse Lestrade — que examinamos cuidadosamente todos os vagões.

Era uma das mais óbvias fraquezas de meu amigo, o fato de não ter paciência com inteligências menos alertas que a sua.

— Muito provável — ele respondeu, voltando-se. — Na verdade, não era o vagão que eu desejava examinar. Watson, já fizemos tudo que podemos aqui. Não precisamos incomodá-lo mais, sr. Lestrade. Acho que nossa investigação deve levar-nos agora a Woolwich.

Na London Bridge passou um telegrama ao seu irmão, que me deu para ler antes de expedir:

> Vejo alguma luz na escuridão, mas é possível que se apague. Enquanto isso, por favor, mande à Baker Street, por mensageiro — para esperar resposta — uma lista completa de todos os espiões estrangeiros ou agentes internacionais de que se tem conhecimento residirem na Inglaterra, com endereço completo.
>
> SHERLOCK

— Isso deve ajudar, Watson — ele observou, quando tomamos assento no trem de Woolwich. — Certamente temos com meu irmão Mycroft uma dívida por nos haver introduzido no que promete ser um caso de fato bastante notável.

O ávido rosto dele ainda tinha a expressão de intensa e tensa energia, o que me mostrava que alguma nova e sugestiva circunstância abrira uma estimulante linha de pensamento. Vejam o cão de caça com as orelhas caídas e a cauda baixa quando perambula pelos canis e comparem com o mesmo animal quando, com os olhos brilhantes e músculos tensos, corre atrás de um faro próximo na altura do peito — tal era a mudança em Holmes desde a manhã. Mostrava-se um homem diferente da figura abatida e sem energia de roupão cinza-amarelado que circulava de forma tão nervosa apenas algumas horas antes pela sala envolta em neblina.

— Sinto a existência de material aqui. Certa esfera de ação — ele disse. — Fui mesmo tolo por não ter entendido as possibilidades.

— Mesmo agora, continuam obscuras para mim.

— O fim é escuro para mim também, mas ocorreu-me uma ideia que pode levar-nos longe. O homem encontrou a morte em outra parte, e apenas seu corpo seguia no *teto* do vagão.

— No teto?

— Admirável, não? Mas pense nos fatos. Será apenas uma coincidência terem encontrado o corpo de West no ponto mesmo em que o trem se abala e oscila quando contorna a curva ao deslocar-se no desvio? Não é esse o lugar de onde se esperaria que um objeto em cima do vagão caísse? Os desvios não afetariam nenhum objeto dentro do trem. Ou o corpo caiu do teto do vagão ou ocorreu uma coincidência muito curiosa. Mas agora pense na questão do sangue. Por certo não havia sangramento na linha se o corpo houvesse sangrado em outra parte. Cada fato é sugestivo em si. Juntos, têm uma força cumulativa!

— E o bilhete, também! — exclamei.

— Exatamente! Não podemos explicar a ausência do bilhete. Isso explicaria. Tudo se encaixa.

— Mas mesmo que tenha sido assim, continuamos ainda tão longe como sempre de desvendar o mistério da morte dele. Na verdade, não se torna mais simples, e sim mais estranho.

— Talvez — disse Holmes, pensativo. — Talvez.

E tornou a mergulhar no silencioso devaneio que durou até o lento trem parar na estação de Woolwich. Ali, ele chamou um coche de aluguel e tirou a lista de Mycroft do bolso.

— Temos uma imensa quantidade de visitas vespertinas a fazer. Acho que sir James requer nossa primeira atenção.

A casa do famoso funcionário público ficava numa bela mansão de gramados verdes que se estendiam até o Tâmisa. Quando a alcançamos, o nevoeiro levantava-se, e um tênue sol aquoso irrompia. Um mordomo atendeu à nossa campainha.

— Sir James, senhor! — ele disse, com uma expressão solene. — Sir James morreu esta manhã.

— Deus do céu! — exclamou Holmes, pasmo. — Como ele morreu?

— Talvez o senhor deseje entrar e ver o irmão dele, o coronel Valentine.

— Sim, é o melhor a fazer.

Levaram-nos para uma sala de visitas pouco iluminada, onde um instante depois se juntou a nós um homem muito alto e elegante, de barba loura e uns 50 anos, o irmão mais jovem do morto. Os olhos alucinados, as faces manchadas e os cabelos desgrenhados transmitiam o súbito golpe que se abatera sobre a casa. Mal articulava as palavras ao falar a respeito

— Foi esse horrível escândalo — disse. — Meu irmão, sir James, era um homem muito sensível no que se refere à honra. Isso lhe partiu o coração. Teve sempre tanto orgulho da eficiência do departamento, que tal golpe o arrasou.

— Esperávamos que ele nos desse algumas indicações que nos ajudassem a esclarecer o assunto.

— Asseguro-lhe que era tanto um mistério para ele quanto para os senhores e todos nós. Já tinha posto todo o seu conhecimento à disposição da polícia. Naturalmente, não duvidava da culpa de Cadogan West. Mas todo o resto era inconcebível.

— O senhor não saberia nos oferecer nenhum esclarecimento novo sobre o caso?

— Eu nada sei, a não ser que o que li ou ouvi. Não tenho desejo algum de ser descortês, mas o senhor entende, sr. Holmes, que estamos muito transtornados no momento, e peço-lhe que abrevie e ponha um fim a esta entrevista.

— Trata-se na verdade de um acontecimento inesperado — disse meu amigo quando retornamos ao coche. — Eu me pergunto se a morte foi natural ou se o pobre sujeito se matou. Nesse caso, podemos tomar isso como um sinal de autocensura por negligência do dever? Temos de deixar essa questão para o futuro. Agora, voltemos a tratar de Cadogan West.

Uma pequena, mas bem cuidada, casa nos arredores da cidade abrigava a enlutada mãe. A idosa encontrava-se estupefata demais pela dor para ser-nos de alguma utilidade, mas ao lado dela estava uma jovem de tez pálida apresentada como srta. Violet Westbury, a *fiancée* do morto e a última a vê-lo na noite anterior.

— Não consigo explicar, sr. Holmes — ela disse. — Não preguei os olhos desde a tragédia, pensando, pensando, pensando, noite e dia, qual pode ser o verdadeiro significado do fato. Arthur era o homem mais determinado, cavalheiresco e patriota sobre a Terra. Ele teria cortado a mão direita antes de vender um segredo de Estado confiado à sua guarda. É absurdo, impossível. Inacreditável para qualquer um que o conhecesse.

— Mas os fatos, srta. Westbury?

— Sim, sim, admito que não posso explicá-los.

— Ele andava necessitado de dinheiro?

— Não, era um homem de necessidades muito simples e com um ótimo salário. Economizou algumas centenas de libras e nosso casamento seria no Ano-Novo.

— Nenhum sinal de alguma excitação mental? Por favor, srta. Westbury, seja absolutamente franca conosco.

O rápido olhar de meu companheiro notara alguma mudança na atitude da jovem, que corara e hesitara.

— Sim — ela respondeu por fim. — Tive a sensação de que alguma coisa inquietante passava pela sua mente.

— Há muito tempo?

— Só durante a última semana, mais ou menos. Andava pensativo e preocupado. Uma vez insisti para que me contasse o que o incomodava. Ele admitiu ser algo relacionado ao serviço. "É sério demais para falar a respeito, mesmo com você", disse. Não consegui arrancar nada mais.

Holmes tinha uma expressão grave.

— Continue, srta. Westbury. Mesmo que pareça contra ele, continue. Não sabemos aonde talvez isso possa levar.

— Na verdade, nada mais tenho a dizer. Uma ou duas vezes pareceu-me que ele estava a ponto de me contar alguma coisa. Uma noite, falou da importância do segredo, e tenho uma lembrança de que disse que sem dúvida espiões estrangeiros pagariam muito para tê-lo.

O rosto de meu amigo tornou-se mais grave ainda.

— Mais alguma coisa?

— Disse que éramos negligentes em tais assuntos... que seria fácil um traidor obter os planos.

— Só há pouco ele fez essas observações?

— Sim, com toda certeza.

— Agora, fale sobre a noite passada.

— Íamos ao teatro. Havia um nevoeiro tão denso que não adiantava um coche. Fomos a pé, e nosso caminho nos levou perto do departamento. De repente, ele disparou para dentro da neblina.

— Sem dizer uma palavra?

— Soltou uma exclamação, só isso. Esperei, mas ele não retornou. Então, voltei para casa a pé. Na manhã seguinte, depois que abriram a repartição, vieram fazer perguntas. Por volta do meio-dia, soubemos da terrível notícia. Oh, sr. Holmes. Se ao menos o senhor pudesse salvar nossa honra. Isso significava muito para ele.

Holmes balançou a cabeça, pesaroso.

— Vamos, Watson — disse —, ainda temos outros caminhos a percorrer. Nossa próxima parada deve ser a repartição de onde tiraram os papéis.

"A situação já era péssima contra esse rapaz, mas nossa investigação tornou-a pior ainda", observou, quando o coche se afastou. "O casamento próximo é um motivo para o crime. Naturalmente, ele precisava de dinheiro. Quase fez da moça uma cúmplice ao falar dos planos que tinha. É tudo muito ruim."

— Mas, Holmes, com certeza o caráter vale alguma coisa, não? Além do mais, por que ele deixaria a moça na rua e correria a cometer um crime?

— Exatamente! Sem dúvida, há objeções. Mas é um caso formidável que enfrentamos.

O funcionário superior, sr. Sidney Johnson, recebeu-nos no departamento com aquele respeito que o cartão de meu companheiro sempre impunha. Vimos um homem de meia-idade, magro, mal-humorado, de óculos, as faces emaciadas, e torcia as mãos pela tensão nervosa a que fora sujeito.

— A coisa está ruim, sr. Holmes, muito ruim. Já soube da morte do chefe?

— Acabamos de vir da casa dele.

— A repartição ficou desorganizada. O chefe morto, Cadogan West morto, nossos documentos roubados. Contudo, quando fechamos as portas segunda-feira, éramos uma repartição tão eficiente quanto qualquer outra no serviço público. Santo Deus, como é terrível pensar que aquele West, logo ele, fizesse uma coisa dessas!

— O senhor tem certeza da culpa dele, então?

— Não vejo outra explicação. E, no entanto, eu confiaria nele como confio em mim mesmo.

— A que horas a repartição fechou na segunda-feira?

— Às cinco.

— Foi o senhor quem a fechou?

— Sou sempre o último a sair.

— Onde estavam os planos?

— Naquele cofre. Eu mesmo os coloquei lá.

— Não há vigia no prédio?

— Há, mas ele tem de cuidar de outros departamentos também. É um velho soldado e digno da maior confiança. Não viu nada naquela noite. Por certo o nevoeiro era muito denso.

— Se Cadogan West desejasse entrar no prédio tarde da noite, precisaria de três chaves, não, para chegar aos papéis?

— É, precisaria. A da porta externa, a do escritório e a do cofre.

— Só sir James e o senhor tinham essas chaves?

— Eu não tinha chave da porta... só do cofre.

— Sir James era um homem de hábitos metódicos?

— Sim, acho que sim. Sei que, no que diz respeito a essas chaves, ele as mantinha no mesmo aro. Eu as vi muitas vezes.

— E esse aro ia com eles para Londres?

— Ele dizia que sim.

— E a sua jamais saiu de suas mãos?

— Jamais.

— Então West, se é o culpado, devia ter uma duplicata. E, no entanto, não se encontrou nenhuma no cadáver. Outra coisa: se um funcionário desta repartição desejasse ver os planos, não seria mais simples copiá-los, em vez de tirar os originais, como na verdade se fez?

— Seria necessário considerável conhecimento técnico para copiar o plano de uma forma eficaz.

— Mas eu suponho que sir James, ou o senhor, ou West, tinha esse conhecimento técnico?

— Sem dúvida, mas peço-lhe que não tente me envolver no caso, sr. Holmes. De que adianta especular, quando encontraram o plano original com West?

— Bem, é muito estranho que ele corresse o risco de tirar os originais se podia fazer cópias com segurança, as quais lhe seriam úteis da mesma forma?

— Estranho, de fato... mas ele o fez.

— Toda investigação neste caso revela algumas coisas inexplicáveis. Agora, ainda faltam três documentos, que são os vitais, pelo que entendi.

— Definitivamente, são.

— Quer dizer que alguém com esses três documentos, e sem os outros sete, poderia construir um submarino Bruce-Partington?

— Eu comuniquei isso ao Almirantado. Contudo, hoje repassei os desenhos e não tenho tanta certeza. As válvulas duplas com as fendas de ajuste automático constam de um dos documentos devolvidos. Até descobrirem sozinhos, os estrangeiros na posse das plantas não têm como fazer a embarcação. Claro, podem superar logo essa dificuldade.

— Mas os três desenhos que faltam são os mais importantes?

— Sem dúvida alguma.

— Se me permite, agora apreciaria dar uma volta pelas instalações. Não lembro de qualquer outra pergunta que desejasse fazer.

Ele estudou a fechadura do cofre, a porta da sala e, por fim, as folhas de ferro da janela. Só quando chegamos ao gramado, do lado de fora, seu interesse ganhou uma forte excitação. Havia um arbusto de louros diante da janela e vários galhos mostravam-se torcidos ou quebrados. Holmes os examinou cuidadosamente com a lente, e depois algumas marcas pouco nítidas no chão. Por fim pediu ao principal funcionário que fechasse as folhas de ferro da janela e indicou-me que elas mal se encontravam no centro, e seria possível a qualquer um de fora ver o que se passava dentro da sala.

— Os indícios foram comprometidos pela demora de três dias. Podem significar alguma coisa ou nada. Bem, Watson, não creio que Woolwich possa nos ajudar mais. A nossa colheita aqui foi magra. Vamos ver se nos saímos melhor em Londres.

Contudo, acrescentou mais uma folha à nossa colheita antes de deixarmos a estação de Woolwich. O funcionário na bilheteria podia dizer com segurança que viu Cadogan West — a quem conhecia bem de vista — na noite de segunda-feira, e que ele fora para Londres no trem das 20h15, com destino à Ponte de Londres. Ia sozinho, e comprou um bilhete único de terceira classe. Na ocasião, o funcionário ficou impressionado pelos modos agitados e nervosos do rapaz. Tão trêmulo estava que mal conseguiu pegar o troco, e o bilheteiro precisou ajudá-lo. A conferência na tabela de horários mostrou ser o das 20h15 o primeiro trem que era possível West pegar depois de deixar a dama por volta das 19h30.

— Vamos reconstituir os fatos, Watson — disse Holmes após meia hora de silêncio. — Não sei se em todas as nossas investigações juntos algum dia tivemos um caso mais difícil de solucionar. Cada novo progresso que fazemos apenas revela mais uma nova montanha a transpor. No entanto, com certeza fizemos um notável progresso.

"O resultado da maior parte de nossas investigações em Woolwich revelou-se contra Cadogan West, mas os indícios na janela se prestariam a uma hipótese mais favorável. Suponhamos, por exemplo, que ele tenha sido abordado por um agente estrangeiro. Isso talvez o obrigasse a fazer promessas que o teriam impedido de falar a respeito, porém, ainda assim, influenciaram suas ideias no sentido indicado pelas observações dele à noiva. Muito bem. Agora, vamos supor que, ao ir para o teatro com a jovem, de repente tivesse vislumbrado, em meio ao nevoeiro, esse mesmo agente encaminhando-se rumo à repartição. Era um homem impetuoso, de decisões rápidas. O dever antes de tudo. Seguiu o homem, chegou à janela, viu-o roubar os documentos e perseguiu o ladrão. Com isso, superamos a objeção de que ninguém tiraria os originais quando podia fazer cópias. Esse forasteiro precisava pegar os originais. Até agora tudo se mantém coeso."

— Que aconteceu depois?

— Então nos deparamos com as dificuldades. Imaginaríamos que, em tais circunstâncias, o primeiro ato do jovem West seria agarrar o vilão e dar o alarme. Por que ele não o fez? Poderia ser um de seus superiores o criminoso? Isso explicaria a conduta de Cadogan West. Ou o ladrão escapuliu no nevoeiro e o nosso jovem partiu logo para Londres a fim de detê-lo nos próprios aposentos dele, supondo-se que soubesse onde morava? O apelo deve ter sido muito forte, uma vez que ele deixou a noiva naquele nevoeiro e não fez nenhum esforço para se comunicar com ela. Nossa pista se desfaz aí, e uma grande lacuna separa as duas hipóteses e o ato de estender o cadáver com sete documentos no bolso no teto de um trem metropolitano. Meu instinto agora me manda trabalhar a partir da outra ponta. Se Mycroft nos deu a lista de endereços, talvez possamos encontrar nosso homem e seguir duas pistas em vez de uma.

De fato, um bilhete nos esperava na Baker Street. Um mensageiro do governo trouxera-o com urgência. Holmes deu uma olhada e atirou-o para mim:

> Há numerosas arraias miúdas, mas poucos lidariam com assunto tão importante. Os únicos homens dignos de consideração são Adolphe Meyer, Great George Street, 13, Westminster; Louis de Rothier, Campden Mansions, Notting Hill; e Hugo Oberstein, Caulfield Gardens, 13, Kensington. Sabe-se que o último estava na cidade segunda-feira, e agora informaram que partiu. Estou feliz por saber que você viu alguma luz. O Gabinete espera seu relatório final com a máxima ansiedade. Urgentes representações chegaram dos mais altos escalões. Conte com toda a força do Estado como apoio, se precisar.
>
> MYCROFT

— Receio — disse Holmes, com um sorriso — que toda a cavalaria e todos os homens da rainha não podem nos beneficiar neste caso. — Abrira o grande mapa de Londres e curvava-se ávido sobre ele. — Ora, ora — acabou por acrescentar, com uma exclamação de satisfação —, as coisas se voltam um pouco em nossa direção, afinal. Bem, Watson, acredito, com toda honestidade, que, por fim, conseguiremos. — Deu-me um tapinha no ombro com uma súbita explosão de bom humor. — Vou sair agora. É apenas um reconhecimento. Não farei nada sério sem meu camarada e biógrafo de confiança ao meu lado. Fique aqui, pois voltarei dentro de uma ou duas horas. Se lhe parecer muito tempo, pegue papel e tinta e comece sua narrativa de como nós salvamos nosso país.

Senti um ligeiro reflexo da euforia dele, pois sabia muito bem que não deixaria o comportamento austero de sempre se não houvesse boa causa para aquela alegria. Esperei a sua volta por toda a longa noite de novembro, em grande impaciência. Afinal, pouco depois das nove chegou um mensageiro com um bilhete:

> Jantarei no restaurante Goldini, Gloucester Road, Kensington. Por favor, apresse-se a me encontrar. Traga consigo um pé de cabra, uma lanterna, um cinzel e um revólver.
> S.H.

Tratava-se de um belo equipamento para um respeitável cidadão carregar pelas ruas mal iluminadas e cobertas pelo nevoeiro. Guardei tudo com toda discrição sob meu capote e fui direto ao endereço informado. Lá encontrei meu amigo, sentado a uma pequena mesa redonda perto da porta do espalhafatoso restaurante italiano.

— Já jantou? Então se junte a mim para o café e um curaçau. Experimente um dos charutos do proprietário. São menos venenosos do que seria de esperar. Trouxe as ferramentas?

— Estão aqui, sob meu casaco.

— Excelente. Vou apresentar-lhe um breve esboço do que fiz, com uma indicação do que vamos fazer. Já deve ter ficado evidente para você, Watson, que o corpo desse jovem foi *posto* no teto do trem. Isso ficou claro para mim desde o instante em que determinei o fato de que foi de lá que o corpo caiu, e não de dentro do vagão.

— Não poderia ter sido jogado de uma ponte?

— Eu diria ser impossível. Se você examinar os tetos dos vagões, descobrirá que são um pouco arredondados e sem aparador que os contorne. Portanto, podemos dizer, com certeza, que o corpo do jovem Cadogan West foi colocado ali em cima.

— Como?

— Essa é a pergunta que precisamos responder. Só há uma forma possível. Você sabe que o trem metropolitano corre fora de túneis em alguns pontos no West End. Tenho uma vaga lembrança de que, quando viajei nele, vi janelas pouco acima de minha cabeça. Agora, suponha que um trem parasse sob uma dessas janelas; teria alguém dificuldade para colocar o corpo em cima de um vagão?

— Essa ideia me parece muitíssimo improvável.

— Devemos levar em conta a antiga premissa segundo a qual, quando todas as outras explicações falham, a que resta, por mais improvável que seja, deve ser a verdadeira. Neste caso, todas as demais explicações *falharam*. Quando descobri que o principal espião, o agente estrangeiro que acabara de deixar Londres, vivia numa fileira de casas paralela à linha do trem, fiquei tão satisfeito que deixei você um pouco espantado com minha súbita frivolidade.

— Ah, então era isso?

— Sim, era isso. O sr. Hugo Oberstein, de Caulfield Gardens, 13, tornou-se meu objetivo. Comecei as operações na estação Gloucester Road, onde um funcionário muito prestativo andou comigo ao longo dos trilhos, o que me permitiu observar não apenas que as janelas dos fundos de Caulfield Gardens se abrem para a linha, mas o fato ainda mais essencial: em virtude da intersecção de uma das maiores ferrovias, os trens metropolitanos com frequência ficam retidos por alguns minutos, imóveis, naquele mesmo ponto.

— Esplêndido, Holmes! Você conseguiu!

— Até agora... até agora, Watson. Progredimos, mas a meta continua distante. Bem, depois de ver os fundos de Caulfield Gardens, visitei a fachada e convenci-me de que o pássaro, de fato, voara. É uma casa considerável, sem mobília, até onde pude observar, nos aposentos do segundo andar. Oberstein morava ali com um único criado, na certa um cúmplice de inteira confiança. Ele foi ao continente negociar os planos. Porém não com a ideia de fuga, pois não tinha motivo algum para temer um mandado de prisão, e a ideia de uma visita domiciliar de um amador com certeza jamais lhe ocorreria. Contudo, é precisamente o que faremos.

— Podemos obter um mandado e tornar tudo isso legal?

— Dificilmente, com os indícios que temos.

— Que podemos esperar encontrar?

— Não há como saber. Talvez ainda haja alguma correspondência por lá.

— Não gosto disso, Holmes.

— Meu caro amigo, você vigiará a rua. Eu farei a parte criminosa. Não é hora de parar por bobagens. Pense no bilhete de Mycroft, no Almirantado, no Gabinete, a ilustre pessoa que espera notícias. Devemos seguir em frente.

Minha reação foi levantar-me da mesa.

— Tem razão, Holmes. Devemos seguir em frente.

Ele levantou-se de um salto e sacudiu-me a mão.

— Eu sabia que você não ia se esquivar na última hora — disse, e por um momento puder ver algo em seus olhos que beirava mais a ternura do que qualquer outra emoção.

No instante seguinte, ele já voltara ao seu aspecto dominante e prático.

— É quase um quilômetro, mas não há pressa. Caminhemos — disse. — Não deixe as ferramentas caírem. Sua prisão seria a mais infeliz complicação.

Caulfield Gardens tinha moradias com linhas planas, colunas e pórticos que constituem um produto tão destacado de meados da era vitoriana no distrito West End de Londres. Na casa ao lado parecia haver uma festa infantil, pois o alegre zumbido de vozes jovens e o batucar de um piano ressoavam na noite. O nevoeiro ainda pairava em volta e nos protegia com sua sombra amistosa. Holmes acendera a lanterna e dirigiu-a para a porta enorme.

— Uma barreira difícil — disse. — Sem dúvida tem ferrolho, além de fechadura. Nós nos sairíamos melhor na área dos fundos. Há uma excelente cobertura ali, caso algum policial demasiado zeloso queira se intrometer. Ajude-me aqui, Watson, que eu farei o mesmo por você.

Um minuto depois chegávamos à área. Mal havíamos alcançado as sombras e ouvimos o passo de um policial no nevoeiro acima. Quando o ritmo baixo das pisadas extinguiu-se ao longe, Holmes pôs-se a trabalhar na porta de baixo. Vi-o abaixar-se e erguer-se até que, com um alto estalo, abriu-a. Saltamos por ela para um corredor escuro, e fechamos a porta da área atrás. Meu amigo subiu na frente a escada curva não atapetada. O pequeno leque de luz amarela da lanterna refletiu numa janela baixa.

— Chegamos, Watson... deve ser esta.

Ele abriu-a e, de repente, começamos a ouvir um ruído baixo, áspero, que foi aumentando até se tornar um rugido alto, quando um trem passou por nós na escuridão. Holmes correu a luz pelo batente da janela, coberto por uma grossa camada de fuligem das locomotivas, mas a superfície negra mostrava estar manchada e raspada em alguns lugares.

— Dá para ver onde estenderam o corpo. Ei, Watson, o que é isto? Não há dúvida de que se trata de uma mancha de sangue. — Apontava leves manchas ao longo do madeiramento da janela. — Veja, há uma ali na pedra da escada também. Finalizamos a demonstração. Ficaremos aqui até um trem parar.

Não precisamos esperar muito. Logo o trem seguinte rugiu na saída do túnel como antes, mas reduziu a marcha no espaço aberto, e então, com um ranger de freios, parou bem embaixo de nós. Do parapeito da janela ao teto dos vagões havia uma distância de pouco mais de um metro.

— Até agora, nossa teoria está justificada — disse. — Que acha disso, Watson?

— Uma obra-prima. Você nunca se elevou a uma altura maior.

— Nisso não posso concordar com você. Desde o momento em que concebi a ideia de que o corpo foi colocado no teto do vagão, na verdade uma ideia muito razoável, todo o resto era inevitável. Se não fossem os graves interesses envolvidos, o caso, até este ponto, seria insignificante. As dificuldades ainda estão por vir. Mas talvez encontremos aqui alguma coisa que nos ajude.

Havíamos subido pela escada da cozinha e entrado num dos apartamentos do primeiro andar. Um cômodo constituía a sala de jantar, mobiliada com severidade e sem nada interessante. O segundo, um quarto de dormir, também quase vazio. O quarto restante, porém, mostrava-se mais promissor, e meu companheiro iniciou um exame sistemático. Repleto de livros e papéis, era evidente que o tinham usado como gabinete. Com rapidez e método, Holmes revirou o conteúdo de uma gaveta após outra e de cômoda após cômoda, mas nenhum vislumbre de sucesso veio iluminar-lhe o austero semblante. Ao cabo de uma hora, não chegara mais longe do que quando começara.

— O astuto cobriu os próprios rastros — disse. — Nada deixou que o incriminasse. Destruiu ou retirou a correspondência comprometedora. Esta é a nossa última chance.

Era um pequeno cofre de estanho sobre a escrivaninha. Holmes forçou-o com o buril. Dentro havia vários rolos de papel cobertos de números e cálculos, sem qualquer nota que indicasse a que se referiam. As repetidas palavras "pressão da água" e "pressão sobre a polegada quadrada" sugeriam uma possível relação com um submarino. Meu amigo afastou-os todos com impaciência. Restava apenas um envelope com alguns pequenos recortes de jornal. Ele os sacudiu em cima da escrivaninha, e logo vi pelo rosto sério que tivera a esperança despertada.

— Que é isto, Watson? Hem? Que é isto? Registro de uma série de mensagens nos anúncios de jornal. Sessão de pessoas desaparecidas do *Daily Telegraph*, a julgar pelo tipo e o papel. Não há datas, mas as mensagens se ordenam. Esta deve ser a primeira. Canto esquerdo no alto da página:

"'Esperei notícias mais cedo. Termos aceitos. Escreva com todos os pormenores para o endereço dado no cartão de visitas.' — Pierrot".

"Em seguida vem: 'Complexo demais para descrever. Devo receber relatório completo. O material o espera quando entregar a encomenda'. — Pierrot."

"Então se lê: 'O assunto é urgente. Precisarei retirar oferta se não se cumprir o contrato. Marque encontro por carta. Confirmarei por anúncio'. — Pierrot."

"Por fim: 'Segunda-feira à noite, depois das nove. Duas batidas. Só nós. Não fique desconfiado. Pagamento em dinheiro quando a encomenda for entregue'. — Pierrot."

— Um registro bastante completo, Watson! Se pudéssemos pegar o homem na outra ponta!

Ele ficou sentado, perdido em pensamentos, tamborilando os dedos na escrivaninha. Por fim, saltou de pé.

— Bem, talvez não seja tão difícil, afinal. Nada mais a fazer aqui, Watson. Acho que devemos passar pela redação do *Daily Telegraph* para concluir um bom dia de trabalho.

No dia seguinte, após o desjejum, Mycroft Holmes e Lestrade apareceram, como combinado, e Sherlock Holmes contara-lhes as descobertas do dia anterior. O profissional balançou a cabeça diante do nosso confesso arrombamento de uma residência.

— Não podemos fazer essas coisas à força, sr. Holmes — disse. — Não admira que consiga resultados além dos nossos. Mas, um dia desses, o senhor irá longe demais, e se verá, e ao seu amigo, em encrenca.

— Pela Inglaterra, a pátria e a beleza... Hem, Watson? Mártires no altar de nosso país. Mas que acha você, Mycroft?

— Excelente, Sherlock! Admirável. Mas que uso fará disso?

Holmes pegou o *Daily Telegraph* em cima da mesa.

— Viu o anúncio de Pierrot hoje?

— Como? Outro?

— É, veja aqui: "Hoje à noite. Mesma hora. Mesmo lugar. Duas batidas. Da mais vital importância. Sua própria segurança está em jogo — Pierrot".

— Por Deus! — exclamou Lestrade.

— Se ele responder a isso, nós o pegamos.

— Foi a minha ideia quando pus o anúncio. Penso que se vocês puderem vir conosco a Caulfield Gardens, por volta das oito, talvez cheguemos mais perto de uma solução.

Uma das mais notáveis características de Sherlock Holmes era o poder de lançar o cérebro fora de ação e transferir todos os pensamentos para coisas mais amenas sempre que se convencia de que não mais podia trabalhar com proveito. Lembro-me de que durante todo aquele memorável dia ele se perdeu numa monografia que começara a escrever sobre os *Motetes polifônicos* de Lasso. De minha parte, eu não tinha nenhum poder de abstração, e o dia, em consequência, pareceu interminável. A grande importância nacional da questão, o suspense nos altos escalões, a natureza direta da experiência que tentávamos, tudo se combinou para me dar nos nervos. Foi um alívio para mim quando, finalmente, após um leve jantar, partimos em nossa expedição. Lestrade e Mycroft nos encontraram, como combinado, diante da estação de Gloucester Road. Eu deixara a porta da área externa da casa de Oberstein aberta na noite anterior, e foi-me necessário, pois Mycroft negou-se, categórico e indignado, a subir no parapeito, entrar e abrir a porta da sala. Às 9 horas, estávamos todos sentados no gabinete, em paciente espera de nosso homem.

Passou-se uma hora, depois outra. Quando soaram onze, as cadenciadas badaladas do grande relógio da igreja pareceram repercurtir o dobre fúnebre de nossas esperanças. Lestrade e Mycroft inquietavam-se nas poltronas e olhavam duas vezes por minuto seus próprios relógios. Holmes permanecia sentado, calado, as pálpebras semicerradas, mas cada sentido em alerta. Ergueu a cabeça com um movimento súbito.

— Aí vem ele — disse.

Ouviu-se um furtivo passo atravessar o espaço diante da porta. Agora retornava. Depois um barulho de arrastar os pés do lado de fora, e em seguida duas batidas com a aldrava. Holmes levantou-se e fez-nos sinal para que permanecêssemos sentados. O lampião na sala não passava de um mero ponto de luz. Ele abriu a porta da rua, e então, quando um vulto escuro deslizou a seu lado, fechou-a e aferrolhou-a.

— Por aqui — ouvimo-lo dizer, e um momento depois nosso homem surgia diante de nós.

Holmes seguira-o de perto e, quando o homem se voltou com um grito de surpresa e susto, pegou-o pelo colarinho e atirou-o de volta na sala. Antes que o prisioneiro recuperasse o equilíbrio, fechava-se a porta e meu amigo encostava-se nela. O homem fuzilou com os olhos em volta, cambaleou e caiu desmaiado. Com o choque, o chapéu de abas largas voara de sua cabeça, o cachecol escorregara dos lábios, e revelaram-se a longa barba loura e as suaves e bonitas feições do coronel Valentine Walter.

Holmes deu um assobio de surpresa.

— Desta vez, pode registrar-me por escrito como um asno, Watson — disse. — Este não era o pássaro que eu procurava.

— Quem é ele? — perguntou Mycroft, ávido.

— O irmão caçula de sir James Walter, o diretor do Departamento de Submarinos. Sim, sim, vejo que tudo se encaixa. Ele está voltando a si. Acho melhor deixarem o interrogatório comigo.

Havíamos carregado o corpo prostrado para o sofá. Agora nosso prisioneiro sentava-se e passava a mão na testa, como alguém que não consegue acreditar em seus próprios sentidos.

— Que é isso? — perguntou. — Vim aqui visitar o sr. Oberstein.

— Sabemos de tudo, coronel Walter — disse Holmes. — Como um cavalheiro inglês pode ter tal comportamento transcende a minha compreensão. Mas toda a sua correspondência e relações com Oberstein são do nosso conhecimento. E também as circunstâncias ligadas à morte do jovem Cadogan West. Permita-me aconselhá-lo a ganhar ao menos o pequeno crédito pelo arrependimento e confissão, uma vez que restam alguns detalhes que só podemos saber de seus lábios.

O homem grunhiu e afundou o rosto nas mãos. Esperamos, mas ele ficou calado.

— Posso garantir-lhe — disse Holmes — que já conhecemos todo o essencial. Sabemos que o senhor tinha necessidade de dinheiro; que tirou um molde das chaves de seu irmão, entrou em contato com Oberstein, respondeu às suas cartas por meio das colunas de anúncios do *Daily Telegraph.* Sabemos que o senhor se dirigiu à repartição, no nevoeiro de segunda-feira à noite, mas foi visto e seguido pelo jovem Cadogan West, o qual na certa tinha algum motivo prévio para desconfiar do senhor. Ele testemunhou o seu furto, mas não pôde dar o alarme, pois era possível que o senhor estivesse levando os papéis para seu irmão em Londres. Deixando todos os interesses particulares, como bom cidadão que era, seguiu-o de perto no nevoeiro e manteve-se nos seus calcanhares até vê-lo chegar a esta mesma casa. Então interveio, e foi aí que, à traição, coronel Walter, o senhor comentou o mais terrível crime, que é o assassinato.

— Não! Eu não o matei! Perante Deus, eu juro que não fiz isso! — gritou o infeliz prisioneiro.

— Conte-nos, então, como Cadogan West encontrou o fim antes de o senhor o pôr no teto de um vagão da ferrovia.

— Eu conto. Juro a vocês que conto. Fiz todo o resto. Confesso. Precisava muito de dinheiro. Oberstein me ofereceu cinco mil libras. Eram para me salvar da ruína. Mas quanto ao assassinato, sou tão inocente quanto o senhor.

— Que aconteceu então?

— Ele já desconfiava antes, e me seguiu como o senhor descreveu. Eu só soube quando cheguei à própria porta. Era um nevoeiro pesado, e não se via três metros adiante. Dei as duas batidas e Oberstein veio à porta. O jovem precipitou-se e exigiu saber o que pretendíamos fazer com os papéis. Oberstein tinha uma arma curta. Sempre a carregava consigo. Quando West forçou a entrada atrás de nós, Oberstein golpeou-o na cabeça. O golpe foi fatal. Ele morreu em cinco minutos. Ficou ali, caído na sala, e não sabíamos o que fazer. Então Oberstein teve a ideia dos trens que paravam sob a janela dos fundos. Mas antes examinou os papéis que eu tinha trazido, disse que três eram essenciais e ia guardá-los consigo. "Não pode ficar com eles", eu disse. "Haverá um barulho dos diabos em Woolwich se não forem devolvidos." "Preciso ficar com eles", ele respondeu, "pois são tão técnicos que é impossível copiá-los agora. "Preciso devolver todos ainda esta noite", eu disse. Ele pensou um pouco e então exclamou que já sabia como resolver a questão. "Fico com três", disse. "os outros nós colocamos no bolso desse jovem. Quando o encontrarem, com certeza o caso todo será atribuído a ele." Eu não via outra saída, por isso fiz como ele sugeria. Esperamos meia hora na janela até um trem parar. O nevoeiro era tão denso que não se via nada, e não tivemos dificuldade para colocar o corpo de West em cima do vagão. Este foi o fim do caso no que me diz respeito.

— E seu irmão?

— Não disse nada, mas tinha me flagrado uma vez com suas chaves e acho que desconfiou. Percebi nos olhos dele que desconfiou. Como vocês sabem, jamais se recuperou da vergonha.

Fez-se silêncio na sala, quebrado por Mycroft Holmes.

— Você pode fazer alguma reparação? Aliviaria sua consciência, e talvez o castigo.

— Que reparação posso fazer?

— Onde está Oberstein com os planos?

— Não sei.

— Ele não lhe deu nenhum endereço?

— Disse que as cartas para o Hotel do Louvre, Paris, acabariam por chegar às mãos dele.

— Então você ainda pode fazer uma reparação — disse Sherlock Holmes.

— Farei qualquer coisa que puder. Não tenho a menor boa vontade com esse sujeito. Ele me causou ruína e decadência.

— Aqui tem papel e caneta. Sente-se a essa mesa e escreva o que eu ditar. Complete o envelope com o endereço informado. Agora, a carta:

> Caro senhor, com relação à nossa transação, sem dúvida já percebeu que falta um detalhe essencial. Possuo um desenho que o completará. Isso me causou um trabalho extra, porém, e devo pedir-lhe um adiantamento de quinhentas libras. Não quero confiá-lo ao correio, nem aceitarei nada além de cédulas ou ouro. Eu iria procurá-lo no exterior, mas despertaria suspeita se deixasse o país no momento. Por isso, vou esperá-lo na sala para fumantes do Hotel Charles Cross, ao meio-dia de sábado. Lembre-se de que só aceitarei cédulas inglesas ou ouro.

— Isso servirá muito bem. Ficarei muito surpreso se não trouxer nosso homem.

E de fato trouxe! Trata-se de uma questão que faz parte da história — a história secreta de uma nação, quase sempre muito mais íntima e interessante do que as crônicas públicas — o fato de que Oberstein, ávido por finalizar o golpe de sua vida, caiu na armadilha e foi encarcerado, durante quinze anos, numa prisão britânica de segurança máxima. Em seu baú, encontraram-se os inestimáveis planos do Bruce-Partington, os quais ele pusera em leilão em todos os centros navais da Europa.

O coronel Walter morreu no segundo ano da sentença. Quanto a Holmes, voltou renovado aos *Motetes polifônicos* de Lasso, desde então publicado para circulação particular e tido pelos especialistas como a última palavra sobre o assunto. A propósito, algumas semanas depois eu soube que meu amigo passou um dia em Windsor, de onde voltou com um excelente alfinete de gravata de esmeralda. Quando lhe perguntei se o comprara, ele respondeu que era presente de certa dama graciosa em cujo interesse eu tive uma vez a felicidade de cumprir uma pequena missão. Nada mais disse, porém imagino que posso adivinhar o majestoso nome da dama, e tenho pouca dúvida de que o alfinete de esmeralda trará para sempre à memória de meu amigo a aventura dos planos do Bruce-Partington.

O pé do diabo

Ao registrar, de tempos em tempos, algumas curiosas experiências e interessantes lembranças que associo à minha longa e íntima amizade com o sr. Sherlock Holmes, vejo-me repetidas vezes diante das dificuldades causadas pela aversão dele à publicidade. Todo aplauso popular sempre aborreceu esse espírito sombrio e cínico, e nada o divertia mais ao fim de um caso bem-sucedido que entregar a solução de fato a um funcionário ortodoxo e ouvir, com um sorriso zombeteiro, o coro geral de inadequadas felicitações. Na verdade, foi essa atitude de meu amigo, e não qualquer falta de material interessante, com toda certeza, que me fez publicar muito poucos dos meus registros. Minha participação em algumas das aventuras dele sempre constituiu um privilégio que implicava discrição e reticência para mim.

Qual não foi minha considerável surpresa, então, ao receber um telegrama de Holmes na última terça-feira — jamais se soube que escrevesse quando um telegrama daria conta do serviço — nos seguintes termos: "Por que não lhes contar 'O horror da Cornualha' — o mais estranho caso de que tratei?". Não tenho ideia de qual varrida retrospectiva da memória lhe trouxe de novo o assunto à mente, ou que aberração o fez desejar que eu o contasse; mas apresso-me, antes que chegue outro telegrama de cancelamento, a caçar as anotações que me dão os detalhes exatos do caso, e a pôr a narrativa diante de meus leitores.

Assim, foi na primavera do ano de 1897 que a constituição de ferro de Holmes mostrou alguns sintomas de ceder diante de constante trabalho árduo da natureza mais exaustiva, agravado, talvez, por ocasionais indiscrições dele próprio. Em março daquele ano, o dr. Moore Agar, da Harley Street, cuja dramática apresentação a Holmes talvez um dia eu conte, fez positivas intimações a que o famoso detetive particular deixasse de lado todos os casos e se entregasse a um completo repouso se quisesse evitar um absoluto colapso. Seu estado de saúde não era assunto que lhe despertasse o mais leve interesse, pois tinha um poder de abstração absoluto, mas acabou por ser induzido afinal, sob ameaça de ver-se para sempre desqualificado para o trabalho, a porporcionar-se uma completa mudança de cenário e ares. Foi assim que, no início da primavera daquele ano, encontramo-nos num pequeno chalé perto da Poldhu Bay, na ponta mais extrema da península de Cornualha.

Era um lugar singular, e peculiarmente bem adequado ao sombrio humor de meu paciente. Da janela de nossa casinha caiada, que se projetava alta de uma ponta de terra coberta de mato, víamos lá embaixo todo o sinistro círculo da Mounty Bay, velha armadilha mortal para os barcos a vela, com uma franja de penedos negros e penhascos batidos pelas ondas, onde inúmeros marinheiros haviam encontrado seu trágico fim. Com um vento norte, a baía se mostra plácida e abrigada, convidando o barco açoitado pela tempestade a entrar em busca de repouso e refúgio.

Então, do sudoeste, chega o súbito redemoinho, a violenta ventania, a âncora é arrastada, a costa surge de sotavento e a última batalha se trava nos rochedos brumosos. O marujo sensato mantém-se bem afastado desse lugar diabólico.

Do lado da terra, nossas circunvizinhanças se mostravam tão sombrias quanto aquelas vistas do mar. Era uma região de charnecas ondulantes, solitárias e pardacentas, com a visão ocasional de uma torre de igreja para assinalar alguma aldeia do velho mundo. Para todos os lados nessas charnecas viam-se vestígios de uma raça que desaparecera para sempre e deixara como único registro estranhos monumentos de pedra, montes irregulares que continham as cinzas dos mortos e curiosas obras de barro que sugeriam lutas pré-históricas. O encanto e mistério do lugar, com a sinistra atmosfera de nações estrangeiras, atraíam a imaginação de meu amigo, que passava grande parte do tempo em longas caminhadas e solitária meditação no terreno pantanoso. O antigo idioma do local também lhe capturara a atenção, e me lembro de que Holmes concebeu a ideia de que era semelhante ao caldeu, e se originara em grande parte dos comerciantes fenícios de estanho. Ele recebera uma encomenda de livros sobre filologia, e já se instalara para desenvolver essa tese quando, de repente, para meu pesar e sincero prazer dele, nos vimos, mesmo naquela terra de sonhos, mergulhados num problema diante de nossas próprias portas mais intenso, mais absorvente e infinitamente mais misterioso do que qualquer daqueles que nos impelira de Londres. Nossa vida simples e pacífica, a saudável rotina, foi interrompida de forma violenta, e nos vimos precipitados no meio de uma série de acontecimentos que causaram a máxima excitação não só na Cornualha, mas em todo o oeste da Inglaterra. Muitos de meus leitores talvez retenham alguma lembrança do que se chamara na época de "O Horrível Crime da Cornualha", embora houvesse chegado à imprensa londrina uma versão bastante inexata do fato. Agora, após treze anos, darei ao público os verdadeiros detalhes daquele inconcebível caso.

Eu disse que torres espalhadas assinalavam as aldeias que pontilhavam aquela parte da Cornualha. A mais próxima era a aldeia de Tredannick Wollas, onde os chalés de uns duzentos habitantes se aglomeram em torno de uma antiga igreja tomada pela vegetação. O vigário da paróquia, sr. Roundhay, era, até certo ponto, antropólogo e, como tal, Holmes passara a manter contato com ele. Homem de meia-idade, corpulento e afável, possuía um considerável patrimônio de conhecimento do folclore local. A seu convite, fomos a um chá na sacristia, quando conhecemos também o sr. Mortimer Tregennis, cavalheiro aposentado que aumentava os escassos recursos do clérigo alugando aposentos em sua grande e desordenada casa. O vigário, solteiro, ficou feliz com tal arranjo, embora tivesse pouco em comum com seu inquilino, um homem magro, moreno e de óculos, com uma curvatura dos ombros tão acentuada que dava a impressão de verdadeira deformidade física. Lembro-me de que, durante nossa curta visita, achamos o pároco gárrulo, mas o inquilino mostrava uma estranha reserva, um homem de semblante triste e introspectivo, sentado com os olhos desviados, ao que parecia ruminando seus próprios assuntos.

Foram esses dois homens que entraram bruscamente em nossa saleta na terça-feira, 16 de março, logo depois do desjejum, enquanto fumávamos em preparação para nosso passeio diário pela charneca.

— Senhor Holmes — disse o vigário, com a voz agitada —, aconteceu algo extraordinário e muito trágico durante a noite. Trata-se de um fato desconhecido. Só podemos considerar um desígnio da Providência o fato de o senhor se encontrar aqui neste momento, pois em toda a Inglaterra é o próprio homem que precisamos.

Lancei ao intempestivo vigário um olhar de poucos amigos, mas Holmes tirou o cachimbo dos lábios e sentou-se na poltrona como um velho perdigueiro que ouve na caçada a ordem de um caçador para avisar que se avistou a raposa irromper no campo. Indicou-lhe o sofá com um aceno da mão, onde nosso ansioso pároco e o agitado companheiro sentaram-se lado a lado. O sr. Mortimer Tregennis parecia mais retraído do que o seu senhorio, mas o torcer das delgadas mãos e o brilho dos olhos escuros revelaram que ambos partilhavam uma emoção comum.

— Falo eu ou fala o senhor? — ele perguntou ao vigário.

— Bem, como parece ter sido o senhor quem fez a descoberta, seja lá qual for, e o vigário ter tomado conhecimento depois, talvez seja melhor o senhor mesmo relatar — disse Holmes.

Dei uma olhada no clérigo vestido às pressas, com o inquilino em trajes formais sentado ao lado, e divertiu-me a surpresa que a simples dedução de Holmes estampara-lhes no rosto.

— Talvez seja melhor eu dizer primeiro algumas palavras — interpôs o vigário — e depois cabe ao senhor julgar se ouvirá os detalhes do sr. Tregennis, ou se não devíamos correr logo à cena deste misterioso caso. Posso explicar então que nosso amigo aqui passou a noite anterior em companhia dos dois irmãos, Owen e George, e da irmã Brenda, na casa deles, em Tredannick Wartha, localizada perto da antiga cruz de pedra na charneca. Deixou-os logo depois das dez horas, após jogarem cartas em volta da mesa da sala de jantar, em excelente saúde e humor. Esta manhã, por ser um madrugador, ele se encaminhava naquela direção antes do desjejum, quando o alcançou a carruagem do dr. Richards, o qual explicou que acabara de ser chamado para uma visita de extrema urgência a Tredannick Wartha. O sr. Mortimer Tregennis certamente foi com o médico. Ao chegar, deparou-se com uma extraordinária situação. Os dois irmãos e a irmã continuavam sentados à mesa, na mesma posição em que ele os deixara, as cartas ainda espalhadas diante dos três e as velas se haviam queimado até extinguir-se nos suportes. A irmã sentava-se recostada, morta, na cadeira, enquanto os dois irmãos, ao lado, riam, gritavam e cantavam ensandecidos. Todos os três, a morta e os dois dementes, exibiam no rosto uma expressão de extremo horror — uma convulsão de terror assustadora de olhar. Não se via sinal da presença de alguém em casa, com exceção da sra. Porter, a idosa cozinheira e governanta, a qual declarou que dormira um sono de pedra e não ouvira nenhum ruído durante a noite. Nada fora roubado nem desarrumado, e não se tem em absoluto explicação para o horror que matara uma mulher de pavor e tirara o juízo de dois homens saudáveis. Esta, em suma, é a situação, sr. Holmes, e, se puder ajudar-nos a esclarecê-la, terá realizado um grande trabalho.

De algum modo, eu tivera a esperança de convencer meu companheiro a retornar ao sossego que motivara a nossa viagem, mas ao olhar aquele rosto atento e as sobrancelhas contraídas percebi como fora vã tal expectativa. Holmes continuou sentado por mais algum tempo em silêncio, absorto no estranho drama que interrompera nossa paz.

— Examinarei o caso — respondeu, enfim. — A julgar pela aparência, eu diria tratar-se de um caso de natureza muito excepcional. Já foi lá também, sr. Roundway?

— Não, sr. Holmes. O sr. Tregennis trouxe-me o relato ao vicariato, e eu logo o apressei a vir comigo consultá-lo.

— A que distância fica a casa onde ocorreu essa tragédia?

— A cerca de um quilômetro e meio.

— Então iremos juntos a pé até lá. Mas antes de sairmos preciso fazer-lhe algumas perguntas, sr. Mortimer Tregennis.

Embora o outro houvesse permanecido calado todo esse tempo, eu observara que seu nervosismo mais controlado era ainda maior do que a emoção perturbadora do clérigo. Ali sentado no sofá, com o rosto pálido, abatido, o olhar ansioso fixo em Holmes, torcia convulsivamente as mãos uma na outra. Os lábios exangues tremiam ao escutar a pavorosa experiência que se abatera sobre sua família, e os olhos escuros pareciam refletir algo do horror da cena que presenciara.

— Pergunte o que quiser, sr. Holmes — disse, ansioso. — Sinto-me péssimo ao falar a respeito, mas vou dizer-lhe tudo que sei.

— Fale-me sobre ontem à noite.

— Bem, sr. Holmes, jantei lá, como contou o vigário, e depois meu irmão mais velho, George, propôs um jogo de uíste. Sentamo-nos por volta das nove horas. Eram dez e quinze quando me preparei para sair. Deixei-os todos ao redor da mesa, mais alegres, impossível.

— Quem o acompanhou à porta?

— A sra. Porter já se recolhera para dormir, por isso saí sozinho. Fechei a porta do vestíbulo atrás de mim. A janela da sala em que eles se reuniam estava fechada, mas não se puxara toda a persiana até embaixo. Não vi mudança alguma na porta nem na janela esta manhã, nada que me fizesse achar que algum estranho entrara na casa. No entanto, estavam eles enlouquecidos de pavor, e Brenda morta, a expressão aterrorizada, a cabeça pendida sobre o braço da cadeira. Enquanto eu viver, jamais conseguirei tirar da mente a visão daquela sala.

— Os fatos, como o senhor os declara, são certamente incríveis. Percebo que o senhor não tem como de algum modo explicá-los.

— Como maldade diabólica, sr. Holmes, maldade diabólica! — exclamou Mortimer Tregennis. — Não é coisa deste mundo. Algo entrou naquela sala, precipitou-se sobre eles e lhes arrancou toda a lucidez da mente. Que maquinação humana poderia ter feito tal maldade?

— Receio — respondeu o sr. Holmes — que, se a questão transcende a natureza humana, sem dúvida vai além da minha capacidade. Precisamos, contudo, esgotar todas as explicações naturais antes de recorrer a uma teoria como essa. Quanto ao senhor, sr. Tregennis, deduzo que se separou de alguma forma de sua família, pois eles moravam juntos e o senhor é inquilino do sr. Roundhay.

— É verdade, sr. Holmes, embora a questão se deva ao passado e esteja encerrada. Éramos uma família de mineiros de estanho em Redruth, mas vendemos nosso negócio a uma empresa, e assim nos retiramos com o suficiente para manter-nos. Não nego que houve então certo ressentimento relacionado à divisão do dinheiro, que nos afastou por um tempo, mas tudo foi esquecido e perdoado, e convivíamos como bons amigos.

— Relembrando a noite que passaram juntos, destaca-se algo em sua lembrança que possa lançar qualquer luz à tragédia? Pense com atenção, sr. Tregennis, em alguma pista que possa me ajudar.

— Nada me ocorre, senhor.

— Sua família se portava com o habitual estado de espírito?

— Com mais bom humor do que nunca.

— Eram pessoas nervosas? Alguma vez manifestaram alguma apreensão de temor iminente?

— De forma alguma.

— Nada tem a acrescentar, então, que possa me ajudar?

Mortimer Tregennis pensou seriamente por um instante.

— Ocorre-me uma coisa — ele afinal respondeu. — Quando nos sentamos à mesa, eu fiquei de costas para a janela e meu irmão George, sendo meu parceiro no jogo, de frente para ela. Vi-o, uma vez, olhar sério atrás de mim, por isso me virei e também olhei. A persiana estava levantada e a janela fechada, mas consegui apenas distinguir os arbustos no gramado, e me pareceu, por um momento, ver algo que se movia entre as folhas. Não saberia dizer se era animal ou gente, só que julguei ver qualquer coisa ali. Quando perguntei a George o que ele olhava, respondeu-me que teve a mesma sensação que eu. Isso é tudo que lhe posso dizer.

— Vocês não foram investigar?

— Não; não demos importância ao que se passou.

— Então os deixou sem qualquer presságio funesto?

— Nem sequer a menor.

— Não entendi bem como o senhor chegou a receber a notícia de manhã tão cedo.

— Sou um madrugador, e em geral faço uma caminhada antes do desjejum. Esta manhã, mal começara a andar, quando o médico que conduzia sua carruagem me alcançou. Disse-me que a velha sra. Porter enviara um menino com uma mensagem urgente. Sentei-me de um salto ao lado dele e seguimos em frente. Ao chegarmos lá, examinamos aquela sala apavorante. As velas e o fogo da lareira deviam ter-se extinguido horas antes, e eles haviam continuado sentados ali, no escuro, até o amanhecer. O médico calculou que Brenda devia estar morta havia pelo menos seis horas. Simplesmente se apoiava ali no braço da cadeira com aquela expressão no rosto. George e Owen cantarolavam trechos de músicas e balbuciavam como dois macacos imensos. Ai, que visão medonha! Não suportei presenciá-la, e o médico ficou branco como uma folha de papel. Na verdade, desabou numa poltrona como se fosse desfalecer, e quase tivemos de cuidar dele também.

— Estranho... muito estranho! — exclamou Holmes, ao levantar-se e pegar o chapéu no suporte. — Acho que talvez seja melhor ir sem mais tardar para Tredannick Wartha. Confesso que raras vezes soube de um caso que à primeira vista apresentasse um problema mais singular.

Os trabalhos daquela primeira manhã pouco contribuíram para o progresso da investigação, assinalada, porém, logo de saída por um incidente que me deixou a mais sinistra impressão. O acesso ao local em que ocorreu a tragédia é por uma estradinha de terra, estreita e sinuosa. Enquanto a percorríamos, ouvimos o matraquear de uma carruagem que vinha em nossa direção e nos afastamos para um lado, a fim de deixá-la passar. Quando passou por nós, pela janela, vislumbrei um rosto horrivelmente contorcido num arreganho de dentes que nos olhava furioso. Aquele olhar fulminante e aquele ranger de dentes passaram num clarão por nós como uma visão pavorosa.

— Meus irmãos! — gritou Mortimer Tregennis, completamente lívido. — Eles vão levá-los para Helston.

Olhamos horrorizados para a carruagem negra a avançar com pesados movimentos pela estradinha. Depois desviamos os passos em direção à casa malfadada, na qual eles haviam encontrado tão estranho destino.

Era uma residência grande e clara, mais mansão do que chalé, com um considerável jardim que já se achava, naquele ar da Cornualha, repleto de flores primaveris. Voltada de frente para o jardim, avistava-se a janela da sala de estar, e dali, segundo Mortimer Tregennis, teria vindo algo demoníaco que, por puro horror e num único instante, destruíra a mente dos irmãos. Holmes encaminhou-se devagar e pensativo por entre os canteiros de flores e ao longo do atalho antes de entrarmos na varanda. Lembro-me de que estava tão absorto nos próprios pensamentos que tropeçou num regador, derrubou o conteúdo, e encharcou tanto nossos pés quanto o atalho do jardim. No interior da casa, recebeu-nos a idosa governanta nativa da Cornualha, a sra. Porter, que, com a ajuda de uma jovem, cuidava das necessidades da família. Ela logo respondeu às perguntas de Holmes. Nada ouvira durante a noite. Os três amos vinham manifestando excelente humor nos últimos tempos, e ela jamais os vira mais animados e prósperos. Pela manhã, ao chegar à sala, desmaiara horrorizada ao ver aquele grupo assustador em volta da mesa. Após se recuperar, abrira a janela para deixar entrar o ar matinal, e correra pela estradinha, de onde enviara um menino camponês para chamar o médico. A falecida senhora jazia na cama no andar de cima, caso quiséssemos vê-la. Foram necessários quatro homens fortes para levar os irmãos e instalá-los na carruagem do asilo. A governanta não queria permanecer na casa nem mais um dia, e ia partir naquela mesma tarde para juntar-se à família em St. Ives.

Subimos a escada e examinamos a morta. A srta. Brenda Tregennis fora uma jovem linda, embora agora beirasse a meia-idade. O rosto trigueiro, de feições bem definidas, continuava belo mesmo na morte, mas no qual ainda perdurava algo da convulsão de horror que fora sua última emoção. Do quarto descemos para a sala de estar onde de fato ocorrera essa estranha tragédia. As cinzas do fogo na lareira da noite para o dia estendiam-se pela grade. Na mesa havia quatro velas consumidas, e as cartas estavam espalhadas. Haviam encostado as cadeiras na parede, porém, tudo mais continuava como na noite anterior. Holmes circulou pela sala a passos leves, rápidos; sentou-se nas várias cadeiras, após recolocá-las ao redor da mesa, e reconstituiu a posição dos irmãos. Verificou a extensão do jardim visível dali; examinou o piso, o teto e a lareira, mas sequer uma vez vi desprender-se dos seus olhos o brilho repentino e a contração dos lábios que me teriam revelado haver ele percebido alguma luz naquela escuridão absoluta.

— Por que uma lareira acesa? — perguntou uma vez. — Eles sempre a acendiam nesta sala pequena numa noite de primavera?

Mortimer Tregennis explicou que a noite foi fria e úmida. Por isso, depois da chegada dele, acendeu-se o fogo.

— Que vai fazer agora, sr. Holmes? — indagou.

— Meu amigo sorriu e pôs a mão no meu braço.

— Acho, Watson, que vou retomar aquele hábito de envenenamento com tabaco que você, com tanta frequência e razão, tem condenado. Com sua permissão, senhores, retornaremos agora ao nosso chalé, pois sei que nenhum novo fator tem probabilidade de revelar-se aqui. Ponderarei os fatos na mente, sr. Tregennis, e se me ocorrer algo certamente me comunicarei com o senhor e o vigário. Enquanto isso, desejo a ambos um bom-dia.

Só muito depois de voltarmos a Poldhu Cottage Holmes quebrou seu completo e absorto silêncio. Sentava-se enroscado na poltrona, o rosto fatigado e contemplativo mal visível em meio ao torvelinho azulado da fumaça do tabaco, as escuras sobrancelhas franzidas, a testa contraída, os olhos ausentes e distantes. Por fim, largou o cachimbo e levantou-se de um salto.

— Não vai funcionar! — disse, com uma gargalhada. — Vamos dar um passeio até os rochedos e procurar pontas de flecha feitas de sílex. Temos mais chance de encontrá-las do que pistas para esse problema. Deixar o cérebro trabalhar sem material suficiente é como forçar demais a rotação de um motor, pois isso o despedaça. O ar marítimo, a luz do sol e paciência, Watson... tudo mais surgirá.

"Agora, tentemos com toda calma definir nossa posição, Watson", ele continuou ao caminharmos juntos pela margem dos rochedos. "Tentemos obter uma firme compreensão do pouquíssimo que *sabemos*, de modo que, quando aparecerem fatos novos, eles possam nos encontrar preparados para encaixá-los nos respectivos lugares. Deduzo, acima de tudo, que nenhum de nós se dispõe a admitir intrusões diabólicas em questões humanas. Comecemos por excluí-las por completo de nossa mente. Muito bem. Restam três pessoas que sofreram um cruel ataque, causado por alguma ação humana consciente ou inconsciente. Aí pisamos em terreno firme. Ora, quando ocorreu isso? É evidente, levando-se em conta a veracidade do relato do sr. Mortimer Tregennis, que foi logo depois que ele deixou a sala. Trata-se de um ponto muito importante. Presume-se que tenha sido alguns minutos depois. As cartas continuavam espalhadas na mesa. Já passara do horário habitual de eles se deitarem. No entanto, não haviam mudado suas posições nem empurrado as cadeiras para trás. Repito, então, que a ocorrência se deu logo após a partida do irmão, e não antes das onze horas na noite.

"Nosso próximo passo óbvio é refazer, até onde nos for possível, os movimentos de Mortimer Tregennis após deixar a sala. Nisso não há dificuldade, e eles parecem acima de qualquer suspeita. Conhecendo meus métodos como você os conhece, percebeu, claro, o expediente um tanto atabalhoado do regador cheio de água pelo qual obtive do pé dele uma impressão mais clara do que seria possível conseguir de outro modo. A trilha arenosa e úmida conservou sua pisada à perfeição. A noite de ontem também foi chuvosa, como deve lembrar-se, e não encontrei dificuldade, após obter a amostra da impressão, para reconhecer suas pegadas dentre as outras e refazer seus movimentos. Parece que ele se afastou às pressas na direção do vicariato.

"Se, então, Mortimer Tregennis desapareceu da cena, e mesmo assim alguma outra pessoa de fora abalou os jogadores de carta, como podemos reconstituir tal pessoa, e como ela lhes transmitiu tamanha impressão de horror? Pode-se eliminar a sra. Porter, por ser evidentemente inofensiva. Tem-se algum indício de que alguém se esgueirou até a janela que dá para o jardim e de algum modo aterrorizou os que o viram a ponto de os fazer perderem o juízo? A única sugestão nesse sentido vem do próprio Mortimer Tregennis, o qual disse que o irmão mencionou algum movimento no jardim; isso, com certeza, constitui algo surpreendente, pois a noite era chuvosa, nublada e escura. Qualquer um que tivesse a intenção de amedrontar aquela gente seria obrigado a colar o rosto na janela para que o pudessem ver. O canteiro de flores que se estende por um metro diante da janela não tem indicação alguma de pegadas. Fica difícil imaginar, portanto, como um forasteiro pôde causar essa terrível impressão no grupo, e nós não constatamos qualquer motivo justificável para tão estranho e complicado ataque. Percebe nossas dificuldades, Watson?"

— Simplesmente não podem ser mais claras — respondi com convicção.

— No entanto, com um pouco mais de material, talvez provemos que não são insuperáveis — disse Holmes. — Imagino que, entre seus extensos arquivos, Watson, você consiga encontrar alguns mistérios quase tão obscuros. Nesse meio tempo, vamos pôr o caso de lado até dispormos de dados mais precisos, e dedicar o resto da manhã à busca do homem neolítico.

Talvez eu já tenha comentado sobre o poder de abstração do meu amigo, porém, nunca essa capacidade me surpreendeu mais do que naquela manhã de primavera na Cornualha, quando por duas horas ele discursou sobre os celtas, pontas de flechas e fragmentos da Idade da Pedra Polida, com tamanha despreocupação, como se nenhum sinistro mistério aguardasse solução. Só à tarde, depois de retornar ao chalé, encontramos à nossa espera um visitante que logo nos trouxe de volta à mente o problema próximo. Ninguém precisou nos apresentar. O imenso corpanzil, o rosto áspero e marcado por profundas rugas, os olhos veementes, o nariz adunco e os cabelos grisalhos que quase roçavam o teto do chalé, a barba, dourada nas pontas e branca junto aos lábios, a não ser pela mancha de nicotina do seu perpétuo charuto, todas essas características eram tão famosas em Londres quanto na África e podiam ser associadas apenas à tremenda personalidade do dr. Leon Sterndale, o notável explorador e caçador de leões.

Soubéramos de sua presença na cidade, e uma ou duas vezes avistáramos aquela alta figura nas veredas da charneca. Ele, porém, não se adiantou em nossa direção, nem sonháramos que o fizesse, pois era bem conhecido seu amor pela reclusão que o fazia passar a maior parte dos intervalos entre as viagens num pequeno bangalô embrenhado na solitária floresta de Beauchamp Arriance. Aí, em meio a livros e mapas, levava uma vida de absoluta solidão, a satisfazer apenas as próprias necessidades simples e prestar visível atenção na vida dos vizinhos. Para mim foi uma surpresa, portanto, ouvi-lo perguntar com voz ansiosa a Holmes se fizera algum avanço na reconstituição do misterioso episódio.

— A polícia do condado mostra-se inteiramente incapaz — disse — mas talvez sua experiência maior lhe sugerisse alguma explicação concebível. O único motivo que me fez recorrer à sua competência é que, durante minhas várias permanências aqui, passei a conhecer muito bem a família de Tregennis; na verdade, pelo meu lado materno da Cornualha posso chamá-los de primos, e o estranho destino deles me causou decerto um grande choque. Saiba que eu já havia chegado a Plymouth a caminho da África, mas quando a notícia alcançou-me esta manhã, retornei direto para ajudar na investigação.

Holmes ergueu as sobrancelhas.

— Perdeu seu barco por isso?

— Tomarei o próximo.

— Puxa! Trata-se de uma grande amizade mesmo.

— Mas lhe digo que éramos parentes.

— De fato, primos de sua mãe. Sua bagagem já se encontrava a bordo da embarcação?

— Alguma, sim, mas a bagagem pessoal ainda está no hotel.

— Entendo. Porém, com certeza a notícia desse fato ainda não podia ter chegado aos jornais matutinos de Plymouth.

— Não, senhor; recebi um telegrama.

— Permite-me perguntar de quem?

Uma sombra deslizou pelo esquelético rosto do explorador.

— É muito inquisitivo, sr. Holmes.

— Ossos do ofício.

Com um esforço, o dr. Sterndale recuperou a calma perturbada.

— Não tenho objeção a respondeu-lhe. Foi o sr. Roundway, o vigário, quem me enviou o telegrama que me trouxe de volta.

— Obrigado — disse Holmes. — Em resposta à sua pergunta original, ainda não formulei na mente uma opinião clara a respeito do caso, mas são grandes minhas esperanças de chegar a alguma conclusão. Seria prematuro dizer mais.

— Será que se importaria de me dizer se suas suspeitas apontam em alguma direção específica?

— Não, ainda não tenho como afirmá-lo.

— Então perdi meu tempo e não preciso prolongar a visita.

O famoso doutor saiu a passos largos do chalé de considerável mau humor e, cinco minutos depois, Holmes o seguiu. Só tornei a vê-lo quando voltou com um andar vagaroso e expressão desanimada, o que me garantiu que não fizera grande progresso na investigação. Olhou de relance um telegrama que o aguardava e atirou-o na grade da lareira.

— Do hotel de Plymouth, Watson — disse. — O vigário me deu o nome do estabelecimento e eu enviei um telegrama para lá, a fim de certificar-me de que o relato do dr. Leon

Sterndale era verdade. Parece que, de fato, ele passou a noite anterior lá e mandou despachar mesmo parte da bagagem para a África, enquanto retornava com a ideia de participar da presente investigação. Que interpretação você dá a isso, Watson?

— Ele demonstra profundo interesse no caso.

— Profundo interesse... sim. Desenreda-se um fio aqui que ainda não conseguimos identificar e talvez nos conduza pela intrincada trama. Anime-se, Watson, pois tenho absoluta certeza de que ainda não identificamos todo o material. Quando isso acontecer, logo superaremos as dificuldades.

Quase não me dei conta de como as palavras de Holmes se concretizariam, nem como seria estranho e sinistro o desenrolar do caso, que nos indicaria uma linha de investigação inteiramente nova. Na manhã seguinte, barbeava-me perto da janela de meu quarto, quando ouvi o tropel de cascos, e, ao erguer os olhos, vi uma charrete que se aproximava a galope pela estrada. Parou diante da porta do chalé, e nosso amigo vigário saltou como um raio e atravessou correndo o atalho do jardim. Holmes já se vestira, e nos apressamos a ir ao encontro dele.

Nosso visitante estava tão agitado que mal conseguia articular direito as palavras, mas arquejava e ofegava, porém acabou por nos comunicar seu trágico relato.

— O diabo se apoderou de minha casa, sr. Holmes! Minha pobre paróquia caiu sob o domínio do demônio! — gritou. — Satanás pinta e borda em meio à congregação! Caímos sob seu jugo! — Movia-se diante de nós em extrema agitação, um ser risível, não fosse o rosto lívido e os olhos assustados. Por fim, disparou a terrível notícia. — O sr. Tregennis morreu durante a noite! Os mesmos sintomas manifestados pelo restante de sua família.

Holmes levantou-se de um salto, num instante de pura energia.

— Pode acomodar-nos em sua charrete?

— Posso, sim.

— Então, Watson, adiaremos nosso desjejum. Senhor Roundhay, colocamo-nos ao seu inteiro dispor. Rápido, rápido, antes que mexam em alguma coisa.

O inquilino ocupava dois aposentos, um acima do outro, numa quina do vicariato. Embaixo ficava uma grande sala de estar; no de cima, o quarto de dormir. Davam para um gramado de croqué,[1] que se elevava até as janelas. Havíamos chegado antes do médico e da polícia, de modo que tudo continuava intocado. Vou descrever com precisão a cena como a vimos naquela enevoada manhã de março. Deixou-me uma impressão na mente que jamais se apagará.

A atmosfera do quarto causava uma horrível e deprimente asfixia por falta de ar puro. A criada, que entrara antes de nós, abrira a janela, do contrário, teria sido ainda mais intolerável. Parte disso talvez se devesse ao fato de um lampião continuar a arder e exalar fumaça na mesa do centro. Ao lado, sentava-se o morto recostado na poltrona, a barba rala projetada para a frente, os óculos suspendidos até a testa, e o rosto moreno magro voltado para a janela e contraído na mesma distorção de terror que deformara as feições da falecida irmã. Tinha os membros convulsionados e os dedos contorcidos, como se ele houvesse morrido num intenso paroxismo de medo. Embora vestido com traje completo, viam-se sinais de que se arrumara às pressas. Já soubéramos que a cama fora desfeita e usada, e que o trágico fim ocorrera ao amanhecer.

Notava-se a energia vigorosa por trás do exterior fleumático de Holmes observando-se a súbita mudança que dele se apoderara assim que entrou no aposento fatal. Num instante, ficou tenso e alerta, com os olhos cintilantes, a expressão decidida, os membros trêmulos de ansiosa atividade. Saiu no gramado, tornou a entrar pela janela, percorreu a sala e subiu para o quarto, igual a um arrojado cão de caça que atrai a raposa do esconderijo. Deu uma rápida circulada

---

[1] Croqué: ou *croquet*; jogo caseiro e também popular nos parques de diversões e estações de veraneio na segunda metade do século XIX e início do século XX. Praticado com bolas de madeira que, impulsionadas por tacos em forma de malho, devem passar sob pequenos arcos fincados na grama, de acordo com um percurso preestabelecido. (Adaptado: *Dicionário Houaiss Eletrônico*) (N. do E.)

pelo quarto de dormir e terminou abrindo a janela, o que lhe pareceu dar-lhe algum novo motivo de excitação, pois se debruçou sobre ela com altas exclamações de interesse e deleite. Então tornou a descer correndo a escada, lançou-se de bruços no gramado, levantou-se de um salto e entrou mais uma vez na sala, tudo com a energia de um caçador no rastro da própria presa. Examinou o lampião, do tipo convencional, com minucioso cuidado, enquanto fazia alguns cálculos. Perscrutou com a lente o protetor de fuligem que revestia o topo da chaminé, raspou parte da cinza grudada na superfície superior e despejou-a dentro de um envelope, o qual guardou no inseparável caderno de anotações. Por fim, quando apareceram o médico e o policial, acenou com a cabeça para o vigário e nós três saímos em direção ao gramado.

— Tenho a satisfação de informá-los de que minha investigação não foi de todo infrutífera — observou. — Não posso permanecer aqui para conversar com a polícia, mas lhe seria imensamente grato, sr. Roundhay, se transmitisse minhas recomendações ao inspetor e dirigisse a atenção dele para a janela do quarto acima e o lampião da sala de estar no térreo. Cada um, separadamente, é sugestivo, juntos são quase conclusivos. Se a polícia desejar mais informações, terei o prazer de receber os dois no chalé. E agora, Watson, acho que poderemos trabalhar melhor em outro lugar.

Talvez o policial se ressentisse da intrusão de um amador, ou imaginasse seguir alguma linha de investigação mais segura; mas o fato é que nada soubemos dele nos dois dias seguintes, durante os quais Holmes passou parte do tempo fumando e devaneando em casa, mas a maior parte em caminhadas solitárias pelo campo das quais retornava após várias horas sem dizer onde estivera. Uma experiência serviu para mostrar-me a linha de sua investigação. Ele comprara um lampião idêntico ao que havia no aposento de Mortimer Tregennis na manhã da tragédia. Encheu-o com o mesmo querosene usado no vicariato, e calculou com toda precisão o tempo que levaria para esgotar-se. A experiência seguinte revelou-se de uma natureza mais desagradável, a qual não é provável que algum dia eu venha a esquecer.

— Você deve se lembrar, Watson — Holmes comentou uma tarde —, que existe um único ponto de semelhança nos vários relatos que chegaram a nós. Refere-se, em cada caso, à influência causada pela atmosfera do ambiente naqueles que haviam entrado primeiro no local. Lembre-se de que, ao descrever o episódio da última visita que fez à casa dos irmãos, não observou Mortimer Tregennis que, tão logo o médico entrou, desabou numa poltrona? Esqueceu? Bem, afirmo que assim foi. Ora, lembre-se também de que a governanta, sra. Porter, contou que ela mesma desmaiou ao entrar na sala e depois abrira a janela. No segundo caso... o de Mortimer Tregennis... não pode ter esquecido o horrível abafamento do quarto quando chegamos, embora a criada já tivesse aberto a janela. Descobri, depois de pedir informações, que a tal criada passou tão mal que ficou acamada. Reconheça, Watson, que esses fatos são muito sugestivos. Em cada caso, existe prova de uma atmosfera tóxica. Em cada caso, também, ocorria combustão no aposento, no primeiro, uma lareira, no outro um lampião. Necessitou-se do fogo aceso na lareira devido ao frio da noite, mas se acendeu o lampião, como demonstrará uma comparação do querosene consumido, muito depois, em plena luz do dia. Por quê? Decerto porque existe uma ligação entre três coisas: a combustão, a atmosfera asfixiante e, por fim, a loucura ou morte daquela desafortunada gente. Está claro, não?

— Parece que sim.

— Pelo menos podemos aceitá-la como uma hipótese provável. Vamos supor, então, que em cada caso se queimou alguma coisa responsável por gerar uma atmosfera causadora de estranhos efeitos tóxicos. Muito bem. No primeiro exemplo, o da família Tregennis, colocou-se essa substância no fogo da lareira. Assim, embora a janela se encontrasse fechada, o fogo sem dúvida transportaria vapores até certo ponto chaminé acima. Daí se poderia esperar que os efeitos do veneno fossem menores que no segundo caso, em que havia menos escape para os vapores tóxicos. O resultado parece indicar que assim ocorreu, pois no primeiro caso apenas a mulher, na certa a que tinha o organismo mais sensível, veio a falecer, e os demais exibiam aquela demência temporária ou permanente, que toda evidência aponta como o primeiro efeito da droga. No segundo caso, o resultado foi completo. Os fatos, portanto, parecem confirmar a teoria de um veneno que age por combustão.

"Com essa série de deduções na mente, eu, como seria de esperar, examinei o quarto de Mortimer Tregennis, à procura de alguns resíduos da tal substância. O lugar óbvio a inspecionar era a manga ou protetor de fumaça do lampião. Ali, com certeza, notei inúmeras cinzas escamosas e ao redor da borda uma orla de pó amarronzado, ainda não consumido por completo. Retirei metade do pó, como você viu, e coloquei num envelope."

— Por que metade, Holmes?

— Não é minha intenção, meu caro Watson, interpor-me no caminho da força policial oficial. Deixo-lhes todas as provas que encontrei. O veneno ainda permaneceu no silicato de magnésio, se tiverem eles tino para encontrá-lo. Agora, meu caro, vamos acender nosso lampião, porém, antes, ter a precaução de abrir a janela para evitar a morte prematura de dois dignos membros da sociedade. Você se sentará na poltrona, perto da janela aberta, a não ser que, como um homem sensato, decida não participar do caso. Ah, quer acompanhá-lo até o fim, não? Achei que conhecia meu bom e velho Watson. Vou pôr esta cadeira diante da sua, para que fiquemos a mesma distância do veneno, e de frente um para o outro. Deixaremos a porta entreaberta. Agora, cada um se encontra numa posição de vigiar o outro e de encerrar a experiência caso os sintomas pareçam alarmantes. Tudo entendido? Ótimo, então retiro o nosso pó, ou o que resta dele, do envelope e espalho-o acima do lampião aceso. Pronto! Agora, Watson, vamos sentar-nos e aguardar os fenômenos.

Eles não demoraram a se manifestar. Mal me acomodara na poltrona, percebi um denso odor almiscarado, sutil e nauseante. À primeiríssima inalação, senti o cérebro e a imaginação ficarem fora de todo controle. Uma nuvem escura, espessa, rodopiava diante de mim, e a mente me disse que nessa nuvem, embora ainda invisível, mas prestes a precipitar-se sobre meus sentidos tomados de pavor, espreitava tudo que existia de vagamente horrível, tudo que constituía de monstruoso e de inconcebível perversidade no universo. Vagas formas remoinhavam e nadavam em meio à soturna parede de nuvens, cada qual consistindo numa ameaça e advertência de algo que se aproximava: o advento de algum habitante inominável no limiar, cuja própria sombra me explodiria a alma. Um gélido pavor se apossou de mim. Senti os cabelos eriçarem-se e os olhos projetarem-se, a boca abrir-se e a língua pender como couro. O tumulto no interior do cérebro era tão grande que alguma coisa com certeza ia estourar. Tentei gritar, e tive vaga consciência do rouco coaxar de minha própria voz, mas distante e separado de mim. No mesmo momento, em algum esforço de fuga, irrompi através daquela nuvem de desespero e vislumbrei o rosto de Holmes, lívido, rígido e repuxado de horror — a mesma máscara que eu vira nas feições do morto. Foi essa visão que me deu um instante de sanidade e força. Precipitei-me da poltrona, lancei os braços em volta de Holmes, e juntos cambaleamos porta afora. Momentos depois, jogávamo-nos no gramado e ali nos estendemos lado a lado, conscientes apenas da gloriosa luz solar que afastava a demoníaca nuvem de terror que nos envolvera. Aos poucos, ela ascendeu de nossas almas como as névoas de uma paisagem, até depois que a paz e a razão nos haviam retornado e nos sentávamos na grama, a esfregar as viscosas testas e olhar receosos um ao outro para distinguir os últimos vestígios daquela aterrorizante experiência pela qual passamos.

— Palavra de honra, Watson! — acabou por dizer Holmes, a voz instável. — Devo-lhe ao mesmo tempo meus agradecimentos e minhas desculpas. Foi uma experiência injustificável apenas para mim mesmo, e em dobro injustificável para um amigo. Sinto de fato muitíssimo.

— Sabe — respondi meio comovido, pois jamais senti Holmes expressar tanto afeto antes — que ajudá-lo consiste minha maior alegria e um privilégio.

Ele logo recaiu naquela disposição meio jocosa, meio cínica, que era sua atitude habitual com os mais próximos.

— Seria supérfluo enlouquecer-nos, meu caro Watson — disse. — Um observador sincero por certo declararia que já o éramos antes de nos iniciarmos numa experiência assim tão ousada. Confesso que jamais imaginei que o efeito pudesse ser tão imediato e grave.

Tornou a entrar às pressas no chalé, e ao reaparecer com o lampião aceso a distância total do braço atirou-o no meio de uma moita de sarça.

— Precisamos dar algum tempo ao aposento para o ar purificar-se. Creio, Watson, que não lhe resta sequer uma sombra de dúvida quanto à forma como ocorreram essas tragédias.

— Nenhuma, em absoluto.

— Mas a causa continua tão obscura quanto antes. Vamos ali, até a pérgula sombreada, conversar a respeito. Aquela desgraçada substância parece continuar travada na minha garganta. Acho que precisamos reconhecer que todos os indícios apontam aquele sujeito Mortimer Tregennis como o criminoso na primeira tragédia, embora ele tenha sido a vítima na segunda. Antes de mais nada, devemos lembrar o relato de certa briga em família, seguida de reconciliação. Não sabemos até que ponto a briga foi séria, nem se a reconciliação foi sincera. Quando penso em Mortimer Tregennis, com aquele rosto astuto e os olhinhos redondos, argutos, por trás dos óculos, não me parece ser um homem a quem eu julgaria de tendência muito pronta a perdoar. Depois, você há de lembrar que a ideia de alguém se mover no jardim, que nos desviou a atenção da verdadeira causa da tragédia, partiu dele, que tinha um motivo para induzir-nos ao erro. Por fim, se não foi ele que atirou a substância ao fogo no momento em que ia partir da sala, quem o fez? A ocorrência aconteceu logo depois que Tregennis partiu. Se houvesse aparecido outra pessoa, a família certamente teria se levantado da mesa. Além disso, na pacífica Cornualha, visitantes não chegam após as dez horas da noite. Podemos deduzir, então, que todas as provas apontam Mortimer Tregennis como o culpado.

— Então a morte dele foi suicídio!

— Bem, Watson, diante disso, não é uma suposição impossível. O homem com a consciência culpada de provocar tão cruel destruição da família bem poderia ser impelido por remorso a infligi-la a si mesmo. Mas há alguns motivos irrefutáveis contra isso. Por sorte, um homem na Inglaterra sabe tudo a respeito, e tomei providências pelas quais, esta tarde, saberemos dos fatos de seus próprios lábios. Ah! Ele chegou um pouco antes da hora. Talvez queira ter a bondade de seguir por aqui, dr. Leon Sterndale. Há pouco, realizamos uma experiência química dentro do chalé, o que deixou nossa salinha em condições difíceis de receber tão ilustre visitante.

Eu ouvira o estalo do portão do jardim, e agora surgia a majestática figura do grande explorador africano no atalho. Ele se desviou um tanto surpreso em direção à rústica pérgula na qual nos sentávamos.

— Mandou me chamar, sr. Holmes. Recebi seu bilhete mais ou menos uma hora atrás e vim vê-lo, embora, de fato, não saiba por que deva obedecer ao seu chamado.

— Talvez possamos esclarecer a questão antes de nos despedirmos — respondeu Holmes. — Nesse ínterim, sou-lhe muito grato pelo atencioso consentimento. Queira desculpar-nos esta informal recepção ao ar livre, mas meu amigo Watson e eu quase acrescentamos um capítulo extra ao que os jornais chamam de "O Horror da Cornualha", e preferimos atmosfera pura por enquanto. Talvez, como os assuntos que temos de conversar vão afetá-lo pessoalmente de maneira muito íntima, é melhor conversarmos aqui onde ninguém pode nos escutar às escondidas.

O explorador tirou o charuto dos lábios e encarou meu companheiro com um olhar duro e severo.

— Estou perplexo, senhor — disse. — Que pode ter a dizer-me que me afeta pessoalmente de maneira muito íntima?

— O assassinato de Mortimer Tregennis — respondeu Holmes.

Por um momento, desejei estar armado. O feroz rosto de Sterndale tornou-se vermelho-escuro, o olhar fulminante, as veias exaltadas se salientaram ao mesmo tempo que ele se precipitava de punhos cerrados em direção ao meu companheiro. Então, parou de chofre, e com um violento esforço recuperou uma rígida e fria calma que talvez fosse mais sugestiva de perigo do que sua explosão maníaca.

— Tenho vivido tanto tempo em meio a selvagens e distante da lei — ele disse —, que passei a exercer a lei e a fazer justiça por mim mesmo. Seria mais sensato de sua parte, sr. Holmes, não se esquecer disso, pois não tenho o menor desejo de causar-lhe alguma injúria.

— Tampouco desejo causar-lhe algum mal, dr. Sterndale. Sem dúvida, a prova mais clara disso é que, embora eu saiba o que sei, mandei chamá-lo e não a polícia.

Sterndale sentou-se com um gemido, intimidado possivelmente pela primeira vez em sua aventurosa vida. Desprendia-se da atitude de Holmes uma tranquila segurança de poder à qual era impossível resistir. Nosso visitante titubeou por um momento, fechando e abrindo as mãos enormes em grande agitação.

— Que quer dizer? — perguntou, afinal. — Se é um blefe, sr. Holmes, escolheu um péssimo homem para sua experiência. Chega de plantar verde para colher maduro. Que *quer* dizer?

— Já lhe explicarei — respondeu Holmes —, e o motivo de eu explicá-lo é a esperança de que franqueza gere franqueza. O que farei depois dependerá inteiramente da natureza de sua própria defesa.

— Minha defesa?

— Sim, senhor.

— Minha defesa contra o quê?

— Contra a acusação de ter assassinado Mortimer Tregennis.

Sterndale enxugou a testa com o lenço e disse:

— Palavra de honra, o senhor continua a plantar verde. Todos os seus sucessos dependem dessa prodigiosa capacidade de blefar?

— Quem blefa é o senhor, dr. Leon Sterndale, não eu — respondeu Holmes, severo. — Como prova, relacionarei alguns dos fatos nos quais se baseiam minhas conclusões. De seu retorno de Plymouth, após autorizar o envio de grande parte de sua bagagem para a África, nada direi, senão que esse fato foi o primeiro a informar-me que o senhor constituía um dos fatores a serem levados em conta na reconstituição desse drama...

— Eu voltei...

— Já ouvi seus motivos e encaro-os como não convincentes e inadequados. Deixaremos isso de lado. O senhor veio aqui para perguntar-me de quem eu suspeitava. Recusei-me a responder-lhe. Foi então até o vicariato, esperou algum tempo do lado de fora e afinal retornou ao seu chalé.

— Como sabe disso?

— Segui-o.

— Não vi ninguém.

— É isso mesmo que se deve esperar quando eu sigo alguém. O senhor passou uma noite agitada no chalé e arquitetou certos planos que, ao amanhecer, começou a pôr em prática. Após sair de casa, tão logo o dia raiou, encheu o bolso com um punhado de seixos avermelhados, empilhados ao lado do portão.

Sterndale teve um violento sobressalto e olhou assombrado para Holmes.

— Então percorreu rápido o quilômetro e meio que o separava do vicariato. Posso afirmar que usava o mesmo par de tênis com sola reforçada que se vê no momento em seus pés. Ao chegar lá, atravessou o pomar, a sebe lateral e saiu embaixo da janela do inquilino Tregennis. Embora àquela altura já houvesse clareado o dia, ainda não se viam movimentos no interior da casa. O senhor tirou um punhado de pedrinhas no bolso e atirou-as na janela acima...

Sterndale levantou-se de um salto.

— Creio que o senhor é o próprio diabo.

Holmes sorriu diante do elogio.

— Foram necessários dois, ou talvez, três punhados para o inquilino aparecer na janela. Fez-lhe um sinal para que Tregennis descesse. Ele se vestiu às pressas e desceu para a sala de estar. O senhor entrou pela janela. Seguiu-se, então, uma breve conversa, durante a qual o senhor se pôs a andar de um lado para outro da sala. Depois o senhor saiu pela janela, fechou-a, ficou no gramado, do lado de fora, a fumar um charuto e observar o que ocorria. Por fim, após a morte de Tregennis, retirou-se como havia chegado. Ora, dr. Sterndale, como justifica tal conduta, e quais os motivos para suas ações? Se usar de subterfúgios ou menosprezo comigo, garanto-lhe que transmitirei de uma vez todas as informações aos responsáveis.

Nosso visitante empalidecera ao ouvir as palavras do acusador. Continuou sentado absorto por algum tempo com o rosto mergulhado nas mãos. Então, com um repentino gesto impulsivo, retirou uma fotografia do bolso interno do paletó e atirou-a na mesa rústica diante de nós.

— Aí está o motivo por que o fiz. — O retrato mostrava o busto e o rosto de uma belíssima mulher.

Holmes curvou-se sobre a fotografia.

— Brenda Tregennis — disse.

— Sim, Brenda Tregennis — repetiu nosso visitante.

— Por anos eu a amei, e ela me amou. Isso revela o segredo do meu isolamento na Cornualha, que tanta gente estranhou. Trouxe-me para perto do único ser no mundo que me era querido. Não podia me casar com ela, pois tenho uma esposa, que há anos me abandonou e de quem, no entanto, as deploráveis leis da Inglaterra ainda não me permitiram divorciar-me. Durante anos, Brenda esperou. Durante anos, esperei. E vejam o resultado.

Um terrível soluço sacudiu-lhe a imensa compleição e o fez agarrar a garganta sob a barba manchada. Então com esforço dominou-se e continuou a falar.

— O vigário sabia. Era nosso confidente. Ele lhes dirá que ela era um anjo na Terra. Foi por isso que me telegrafou e eu retornei. Que importância tinham bagagem e África para mim, quando soube da terrível sina que se abatera sobre minha amada? Agora o senhor tem a pista que faltava para explicar minha ação, sr. Holmes.

— Prossiga — pediu meu amigo.

O dr. Sterndale tirou do bolso um pacote de papel e o pôs na mesa. A parte externa trazia escrito: *Radix pedis diaboli* com um rótulo vermelho de veneno embaixo. Empurrou-o para mim.

— Sei que é médico, senhor. Já ouviu falar deste preparado?

— Raiz de pé do diabo! Não, jamais ouvi falar.

— O que em nada depõe contra seu conhecimento profissional — ele explicou —, pois creio que, exceto uma amostra num laboratório de Budapeste, na Hungria, não existe outro espécime na Europa. No entanto, consta de algum modo no catálogo da farmacopeia ou literatura de toxicologia. A raiz tem a forma de um pé, meio humano, meio de bode; daí o nome fantasia dado por um missionário botânico. É usada como um veneno de suplício pelos curandeiros em certos distritos da África ocidental, e mantido como um segredo entre eles. Obtive este espécime específico em circunstâncias muito extraordinárias, no território de Ubanghi.

Abriu o papel ao falar e revelou um montículo de pó castanho-avermelhado semelhante a rapé.

— E então, senhor? — incitou Holmes, severo.

— Pretendo contar-lhe, sr. Holmes, tudo que de fato ocorreu, pois o senhor já sabe tanto que é do meu claro interesse que se inteire de todo o resto. Já lhe expliquei o relacionamento de parentesco que me ligava à família Tregennis. Por causa da irmã, eu mantinha relações amigáveis com os irmãos. Uma briga de família sobre dinheiro afastou esse sujeito, Mortimer, mas se acreditava ter havido uma reconciliação, e, depois, passei a me encontrar com ele como fazia com os outros. Embora fosse calculista, dissimulado, sutil, e disseram várias coisas que me fizeram suspeitar dele, não houve nada concreto que justificasse um desentendimento entre nós.

"Um dia, há duas semanas, ele foi até meu chalé e mostrei-lhe algumas de minhas curiosidades africanas. Entre outras, este pó, do qual comentei as estranhas propriedades, como estimular os centros nervosos cerebrais que controlam a emoção do medo, e que a loucura ou a morte constitui o destino do infeliz nativo submetido ao suplício pelo curandeiro da tribo. Também comentei sobre a ineficácia da ciência europeia em detectá-las. Como ele o pegou, não sei, pois não saí da sala, mas não há a menor dúvida de que foi nessa ocasião, enquanto eu abria armários e me curvava sobre caixas, que

Mortimer conseguiu remover parte da raiz de pé do diabo. Lembro-me muito bem de que ele me crivou de perguntas sobre a quantidade e o tempo necessários para o efeito da substância, mas nem passou pela minha cabeça que ele pudesse ter um motivo pessoal para perguntar.

"Não tornei a pensar mais no assunto até o telegrama do vigário alcançar-me em Plymouth. O miserável achou que eu estaria no mar antes que a notícia chegasse a mim, e ficaria exilado por anos na África. Mas retornei de imediato. Por certo, não pude deixar de ouvir os detalhes sem ter absoluta certeza de que haviam usado meu veneno. Vim procurar o senhor para saber se, por acaso, alguma outra explicação lhe havia ocorrido. Mas eu sabia ser quase impossível. Convenci-me de que Mortimer Tregennis era o assassino, por causa do dinheiro, e, talvez com a ideia de que, se os outros membros da família enlouquecessem, ele seria o único guardião do patrimônio.Assim, ele usou o pó da raiz de pé do diabo, enlouquecendo dois e assassinando a irmã Brenda, o único ser humano a quem amei e que me amou algum dia. Esse foi seu crime; qual devia ser seu castigo?

"Deveria eu recorrer à lei? Onde estão minhas provas? Embora soubesse da veracidade de minhas provas, poderia ter a esperança de que um júri formado por gente do campo acreditasse em tão fantástica história? Talvez sim, talvez não. Mas não podia permitir-me ser malsucedido. Minha alma gritava por vingança. Já lhe disse antes, sr. Holmes, que passei grande parte da vida fora do alcance da lei, e que acabei afinal por tornar-me a própria lei. Então, assim ocorreu dessa vez. Decidi que ele mesmo deveria partilhar o destino que dera aos demais. Ou isso ou eu lhe faria justiça com as próprias mãos. Em toda a Inglaterra não pode existir ninguém que dê menos valor à própria vida que eu no presente momento.

"Agora lhe contei tudo. O senhor complementou o resto. Eu de fato, como disse, após uma noite insone, saí cedo do chalé. Previ a dificuldade de despertá-lo, por isso peguei um punhado de seixos da pilha que o senhor mencionou, e usei-os para atirar na janela do quarto dele, que desceu e me recebeu pela janela da sala de estar. Expus-lhe o crime que cometeu. Avisei-lhe que tinha vindo ao mesmo tempo como juiz e carrasco. O desgraçado desabou numa cadeira, imobilizado pela visão de meu revólver. Acendi o lampião, despejei o pó na chama e fiquei diante da janela, no lado de fora, pronto a cumprir a ameaça de baleá-lo se ele tentasse sair da sala. Morreu em cinco minutos. Meu Deus! Que morte! Mas meu coração estava empedernido, pois Mortimer nada sofreu que minha inocente amada não houvesse sofrido antes dele. Aqui tem minha história, sr. Holmes. Talvez, se amasse uma mulher, o senhor tivesse feito o mesmo. De qualquer modo, estou em suas mãos. Tome as medidas que quiser. Como já disse, homem algum vivo no mundo teme a morte menos do que eu.

Holmes continuou sentado algum tempo em silêncio.

— Quais eram seus planos? — perguntou, afinal.

— Pretendia enterrar-me na África Central. Já terminei quase a metade de meu trabalho lá.

— Parta e termine a outra metade — disse Holmes. — Eu, pelo menos, não tenho a intenção de impedi-lo.

O dr. Sterndale ergueu a gigantesca figura, curvou-se solene até embaixo e afastou-se da pérgula. Holmes acendeu o cachimbo e entregou-me a bolsa de tabaco.

— Certas fumaças não venenosas constituem uma mudança bem-vinda — disse. — Creio que concorda comigo, Watson, que se trata de um caso que não nos exige interferir. Nossa investigação foi independente, e nossa ação também o será. Você denunciaria o sujeito?

— Por certo que não — respondi.

— Nunca amei, Watson, mas se amasse uma mulher que encontrasse semelhante fim talvez eu agisse da mesma forma que o nosso caçador fora da lei. Quem sabe? Bem, Watson, eu não quero ofender sua inteligência explicando o óbvio. O ponto de partida de minha pesquisa foram, claro, os seixos encontrados no peitoril da janela, diferentes de tudo existente no jardim do vicariato. Só depois que dirigi a atenção ao dr. Sterndale e seu chalé, descobri a sua origem. O lampião aceso em plena luz do dia e os restos de pó na manga de vidro constituíram sucessivos elos numa corrente bastante óbvia. E agora, meu caro Watson, acho que podemos tirar esse assunto da mente e retornar com a consciência limpa ao estudo daquelas raízes do período caldeu, cujos vestígios, com certeza, localizaremos no ramo do grande dialeto céltico da Cornualha.

O CÍRCULO VERMELHO

I

— Ora, sra. Warren, não entendo por que a senhora vê algum motivo específico para essa inquietação, nem por que eu, cujo tempo tem certo valor, deva interferir no caso. De fato, preciso me dedicar a outros assuntos.

Assim falou Sherlock Holmes, e retornou ao seu grande álbum de recortes, no qual organizava e classificava seu material recente.

Mas a senhoria tinha a obstinação e também a astúcia do sexo feminino. Manteve-se firme.

— No ano passado, o senhor resolveu um problema para um inquilino meu — disse —, o sr. Fairdale Hobbs.

— Ah, sim... um caso simples.

— Mas ele não para de falar a respeito, fala de sua amabilidade e do modo pelo qual trouxe luz à escuridão ao desvendar o mistério. Lembrei-me das palavras dele, quando também me vi em dúvida e escuridão. Sei que o senhor poderia resolver, basta querer.

Holmes era acessível pelo lado da lisonja e também, para fazer-lhe justiça, pelo da amabilidade. As duas forças fizeram-no largar o pincel da goma-arábica e empurrar a cadeira para trás, com um suspiro de resignação.

— Pois bem, sra. Warren, vamos ouvi-la, então. Não se opõe ao fumo, certo? Obrigado. Watson, os fósforos! Pelo que entendi, a senhora se inquieta porque seu novo inquilino não sai do quarto e a senhora não consegue vê-lo. Ora, abençoada seja, sra. Warren, se eu fosse seu inquilino, garanto-lhe que com frequência não me veria por semanas a fio.

— Sem dúvida, sr. Holmes, mas não se trata da mesma situação! Deixa-me assustada, senhor, não consigo dormir de medo. Ouvir aquele andar rápido dele de um lado para outro, da manhã até tarde da noite, e sem vê-lo sequer um momento, é insuportável. Meu marido anda tão nervoso com isso quanto eu, só que trabalha fora o dia todo, enquanto eu não tenho como descansar. Por que se esconde ele? Que foi que ele fez? Com exceção da menina que me ajuda, fico sozinha em casa com ele e sinto que isso é mais do que meus nervos podem suportar.

Holmes curvou-se para a frente e apoiou os dedos longos e finos no ombro da mulher. Exercia um poder quase hipnótico de acalmar quando desejava. O olhar assustado desfez-se dos olhos dela e as feições agitadas se suavizaram na aparência tranquila. Ela sentou-se na cadeira que ele lhe indicara.

— Se eu aceitar o caso, preciso entender todos os detalhes — explicou. — Pense com calma, sem se apressar. Às vezes, a mínima informação é a mais essencial. A senhora disse que o homem chegou há dez dias e lhe pagou adiantado quinze semanas pelos aposentos e pelas refeições?

— Ele me perguntou quais eram as condições, senhor. Respondi que cobrava cinquenta xelins por semana. Temos uma salinha de estar e um quarto de dormir, tudo mobiliado, na parte superior da casa.

— E então?

— Ele me disse: "Vou pagar-lhe cinco libras por semana se puder ocupá-lo segundo minhas próprias condições". Sou pobre, sr. Holmes, meu marido ganha pouco, e esse dinheiro significava muito para mim. Ele tirou uma nota de dez libras do bolso e me entregou imediatamente. "Receberá o mesmo de quinze em quinze dias, durante muito tempo, se respeitar minhas condições", disse. "Do contrário, de nada mais teremos a tratar."

— Quais eram as condições?

— Bem, senhor, primeiro, queria ter uma chave da casa. Tudo bem, quanto a isso. Os inquilinos muitas vezes têm. E também devia deixá-lo inteiramente sozinho e jamais, sob qualquer pretexto, incomodá-lo.

— Nada extraordinário nisso, concorda?

— Não, nos limites do bom-senso, senhor. Mas ele os extrapolou. Já está aqui há dez dias, e nem meu marido, nem eu, e tampouco minha ajudante, conseguimos vê-lo. Ouvimos aquele rápido andar, de um lado para o outro, de um lado para o outro, de manhã, à tarde e à noite. Com exceção daquela primeira noite, jamais, sequer uma vez, saiu da casa.

— Ah, saiu então na primeira noite?

— Sim, senhor, e retornou muito tarde... Bem depois que todos se recolheram. Disse-me, depois de alugar os aposentos, que assim o faria, e pediu-me que não passasse a trave na porta. Já passava da meia-noite, quando o ouvi subir a escada.

— Mas, e as refeições?

— Deu-nos específica instrução de que sempre quando tocasse a campainha deixássemos a bandeja com a refeição numa cadeira diante da porta. Torna a tocá-la quando termina e a retiramos da mesma cadeira. Se deseja alguma outra coisa, escreve em letra de forma num pedaço de papel e deixa-o junto na bandeja.

— Em letra de forma?

— Sim, senhor; escreve em letra de forma, a lápis. Só a palavra, nada mais. Aqui está um que eu trouxe para lhe mostrar: SABÃO. Veja outro: FÓSFORO. Este é o que ele deixou na primeira manhã: DAILY GAZETTE. Deixo o jornal com o desjejum diante da porta, todas as manhãs.

— Caramba, Watson — disse Holmes, examinando com grande curiosidade as tiras de papel almaço que a senhoria lhe entregara. — Isto, sim, é meio incomum. Entendo a reclusão, mas por que escrever com letra de forma? Trata-se de um processo desajeitado. Por que apenas não escrever em sua habitual letra cursiva? Que lhe sugere isso, Watson?

— Que ele desejou esconder a própria caligrafia.

— Mas por quê? Qual a importância no fato de a senhoria ver uma palavra escrita de próprio punho? Ainda assim, você deve estar certo. Mas, por outro lado, por que mensagens tão lacônicas?

— Não faço a mínima ideia.

— Isso abre um divertido campo à especulação sobre informação secreta. Ele escreve as palavras com um lápis de cor violeta e ponta rombuda e com um padrão fora do comum. Observe que o papel é rasgado neste lado, depois de a palavra ter sido escrita, assim não se vê parte do S de SABÃO. Sugestivo, não, Watson?

— Cautela?

— Exatamente. É evidente que havia alguma marca ou impressão digital do polegar que poderia revelar uma pista da identidade da pessoa. Bem, sra. Warren, a senhora descreveu-o como um homem de estatura média, moreno e barbudo. Que idade deve ter?

— Bastante jovem, senhor, Não mais de 30 anos.

— Bem, poderia dar-me mais detalhes?

— Ele falava um bom inglês, mas, apesar disso, achei que era estrangeiro por causa do sotaque.

— E vestia-se bem?

— Com muita elegância, senhor. Um cavalheiro. Roupas escuras, nada que chamasse a atenção.

— Não lhe deu nenhum nome?

— Não, senhor.

— E não recebeu correspondências nem visitas?

— Nada.

— Mas por certo a senhora ou a sua ajudante entram no quarto dele de manhã, não?

— Não, senhor; ele cuida sozinho de todas as suas coisas.

— Meu Deus! Com certeza é admirável. E quanto à bagagem?

— Trouxe consigo uma grande mala marrom, nada mais.

A sra. Warren tirou da bolsa um envelope. Deste, despejou na mesa dois fósforos queimados e uma guimba de cigarro.

— Estavam na bandeja esta manhã. Eu os trouxe porque soube que o senhor tem grandes interpretações para coisas mínimas.

Holmes encolheu os ombros.

— Nada há aqui — disse. — Os fósforos foram, claro, usados para acender os cigarros, o que é óbvio pelo tamanho dos restos. Consome-se metade do fósforo ao acender um cachimbo ou um charuto. Mas, nossa! Este toco de cigarro é admirável, sem dúvida admirável! A senhora disse que o cavalheiro tem barba e bigode, não?

— Sim, senhor.

— Não entendo. Eu diria que só um homem bem barbeado poderia ter fumado este cigarro. Ora, Watson, até o seu modesto bigode ficaria chamuscado.

— Uma piteira? — sugeri.

— Não, não; o toco foi tocado pelos lábios. Será que não são duas as pessoas em seus aposentos, sra. Warren?

— Não, senhor. Ele come muito pouco; muitas vezes eu me pergunto como consegue sobreviver.

— Bem, acho que precisamos esperar um pouco mais de material. Afinal, a senhora não tem do que reclamar. Recebeu o aluguel e não se trata de um inquilino incômodo, embora certamente seja incomum. Ele lhe paga bem, e, se prefere se esconder, não lhe compete o direito de interferir em sua escolha. Não temos nenhuma desculpa para invadir sua intimidade até haver algum motivo que pareça criminoso. Aceitei o caso e não o perderei de vista. Comunique-me se acontecer alguma novidade e conte com minha ajuda, se for necessária.

— Sem dúvida, Watson, há alguns pontos interessantes neste caso — ele observou depois que a senhoria nos deixou. — Talvez seja insignificante... excentricidade individual, ou talvez seja muito mais profundo do que parece na superfície. A primeira coisa que me ocorre é a óbvia possibilidade de que a pessoa agora nos aposentos seja uma inteiramente diferente da que os alugou.

— Por que pensa assim?

— Ora, fora este toco de cigarro, não foi sugestivo que a única vez que o inquilino saiu tivesse sido logo depois de alugar os aposentos? Ele voltou, ou alguém veio, quando todas as testemunhas estavam dormindo. Não temos prova alguma de que a pessoa que voltou foi a mesma que saiu. Por outro lado, o sujeito que alugou os aposentos falava bem inglês. Esse outro, porém, escreve “fósforo”, quando deveria escrever “fósforos”. Imagino que tirou a palavra de um dicionário, que dá o substantivo, mas não o plural. O estilo lacônico talvez seja para ocultar a ausência de conhecimento do idioma. Sim, Watson, há bons motivos para suspeitar que tenha havido uma substituição de inquilinos.

— Mas com que finalidade?

— Ah! Aí está nosso problema. Vejo uma óbvia linha de investigação. — Holmes tirou da estante o enorme álbum de recortes no qual colava, dia após dia, as colunas sentimentais publicadas nos vários jornais londrinos. — Meu Deus! — exclamou ao folhear as páginas. — Que coro de gemidos, choros e lamúrias! Que miscelânea de acontecimentos singulares! Porém, sem dúvida, o mais valioso campo de pesquisa que já se ofereceu àquele que estuda o extraordinário! Essa pessoa encontra-se só e isolada e não se tem como acessá-la por carta sem uma violação do absoluto sigilo que lhe é desejável. Como a alcança alguma notícia ou recado de fora? Obviamente por anúncio publicado em jornal. Não parece haver outro meio e, por sorte, já sabemos qual é o jornal. Aqui estão os recortes do *Daily Gazette* dos últimos quinze dias: "Senhora com uma echarpe preta no Prince's Skating Club...", podemos ignorar. "Certamente Jimmy não partirá o coração de sua mãe...", parece sem importância. "Se a senhora que desmaiou no ônibus de Brixton...", não me interessa. "Todo dia meu coração anseia...". Lamúrias, Watson, infindáveis lamúrias. Ah! Esta é um pouco mais possível. Ouça: "Seja paciente. Encontrarei algum meio seguro de comunicação. Enquanto isso, esta coluna... G.". A data é de dois dias após a chegada do inquilino da sra. Warren. Parece plausível, não? O misterioso inquilino entendia inglês, embora soubesse escrevê-lo apenas em letra de forma. Vamos ver se conseguimos encontrar a próxima mensagem. Sim, aqui está, três dias depois: "Tenho tomado providências bem-sucedidas. Paciência e cautela. As nuvens passarão... G.". Nada durante uma semana depois disso. Então, vem algo muito mais definitivo: "O caminho se desanuvia. Se acaso eu encontrar um meio de enviar uma mensagem por sinais, lembre-se do código combinado: um, A, dois B, e assim por diante. Terá notícias em breve... G.". Saiu no jornal de ontem, e nada há no de hoje. Tudo isso talvez se destine ao inquilino da sra. Warren. Se esperarmos um pouco, Watson, não duvido que o caso fique ainda mais inteligível.

E assim se comprovou, pois, na manhã seguinte, encontrei meu amigo em pé no tapete da lareira, de costas para o fogo e um sorriso de total satisfação no rosto.

— Que tal lhe parece, Watson? — ele gritou ao pegar o jornal da mesa. "Casa alta, de tijolo vermelho, com fachadas de pedra branca. Terceiro andar. Segunda janela à esquerda. Depois do crepúsculo... G." Bastante definitivo. Acho que, depois do desjejum, devemos fazer um pequeno reconhecimento do bairro da sra. Warren. Ah, sra. Warren! Que notícias nos traz esta manhã?

De repente, nossa cliente irrompera na sala com energia tão explosiva que nos pareceu comunicar que algo novo e muito importante acontecera.

— É uma questão de polícia, sr. Holmes! — gritou. — Para mim, basta! Ele terá de sair de lá com sua bagagem! Eu queria ter ido direto procurá-lo e dizer-lhe isso, só que achei melhor ouvir primeiro sua opinião. Mas minha paciência se esgotou, e quando agrediram meu idoso marido...

— Agrediram o sr. Warren?

— Trataram-no de modo grosseiro, de qualquer forma.

— Mas quem o tratou mal?

— Ah! Isso é o que quero saber! Aconteceu agora há pouco, bem cedo, senhor. Meu marido é o encarregado do registro de ponto dos empregados na Morton & Waylight, na Tottenham Court Road. Precisa sair de casa antes das sete. Bem, hoje de manhã, mal avançara dez passos na rua, quando dois homens vieram por trás, cobriram-lhe a cabeça com um paletó e o empurraram dentro de um coche de aluguel parado junto ao meio-fio. Rodaram com ele durante uma hora, depois abriram a porta e o atiraram fora do veículo. Ele ficou ali, estendido no leito da rua tão fora de si com o choque que não soube para onde se dirigira o veículo. Ao voltar a si, percebeu que estava em Hamptead Heath; então tomou um ônibus para casa e agora está lá, no sofá, enquanto vim direto procurá-lo para lhe contar o que tinha ocorrido.

— Muitíssimo interessante — disse Holmes. — Ele observou a aparência desses homens, ouviu-os conversar?

— Não, está mergulhado em completo atordoamento. Sabe apenas que o agarraram e devolveram à rua como por magia. Participaram pelo menos dois homens ou talvez três.

— E a senhora relaciona essa agressão com seu inquilino?

— Bem, moramos lá há quinze anos e jamais aconteceram tais ocorrências. Já estou farta dele. O dinheiro não é tudo. Mandarei que saia de minha casa antes de anoitecer.

— Espere um instante, sra. Warren. Não faça nada precipitado. Começo a achar que este caso talvez seja muito mais importante do que parecia à primeira vista. Agora está claro que algum perigo ameaça seu inquilino. Também está mais do que claro que seus inimigos, que o esperavam numa emboscada perto da sua casa, confundiram seu marido com ele, por causa da manhã enevoada. Ao descobrirem o erro, libertaram-no. Só nos resta imaginar o que teriam feito se não se tivessem enganado.

— Bem, que devo fazer, sr. Holmes?

— Eu gostaria muito de ver seu inquilino, sra. Warren.

— Não sei como vai consegui-lo, a não ser que arrombe a porta. Ouço-o sempre abri-la, quando desço a escada após deixar a bandeja.

— Ele precisa pegar a bandeja e levá-la para dentro. Certamente poderíamos nos esconder para vê-lo fazer isso.

A senhoria pensou um instante.

— Bem, senhor, há um pequeno quarto de depósito em frente de seus aposentos. Eu posso arranjar um espelho, e se o senhor ficar atrás da porta...

— Excelente! — exclamou Holmes. — A que horas ele almoça?

— Por volta da uma hora da tarde.

— Então, o dr. Watson e eu chegaremos a tempo. Por enquanto, sra. Warren, até logo.

Ao meio-dia e meia, subimos os degraus da casa da sra. Warren, um prédio de tijolos amarelos, alto e esguio, na Great Orme Street, uma rua pequena e estreita no lado noroeste do Museu Britânico. Por ficar na esquina, oferece uma ampla vista da Howe Street, com suas casas mais ostentosas. Holmes apontou uma dessas casas com uma risadinha, uma fileira de prédios de apartamentos residenciais, cuja altura se sobressaía tanto que não deixou de atrair seu olhar.

— Veja, Watson! — disse. — "Casa alta vermelha com fachadas de pedra branca." Esse é o local da troca de mensagens por sinais. Conhecemos a casa e o código; com toda certeza nossa tarefa será simples. Tem uma cartolina na janela com o aviso de "Aluga-se". Trata-se evidentemente de um apartamento vazio, ao qual o cúmplice tem acesso... Então, sra. Warren, e agora?

— Já aprontei tudo para vocês. Se fizerem a gentileza de subir e deixar as botas sob o patamar da escada, eu os levarei lá agora mesmo.

Ela providenciara um excelente esconderijo. Pusera o espelho em tal posição que, sentados no escuro, podíamos ver claramente a porta defronte. Mal nos instaláramos, e a sra. Warren deixou-nos, quando um som distante anunciou que o nosso misterioso vizinho tocara a campainha. Logo em seguida, apareceu a senhoria com a bandeja, colocou-a numa cadeira junto à porta fechada e então, pisando forte, retirou-se. Agachados no ângulo da porta, eu e Holmes mantínhamos os olhos fixos no espelho. De repente, quando se extinguiu o ruído dos passos da sra. Warren, ouviu-se o ranger de uma chave girar na fechadura, a maçaneta virar, a porta entreabrir e duas mãos finas lançaram-se rápidas e ergueram a bandeja da cadeira. Um instante depois, as mãos tornaram a recolocá-la no lugar, e entrevi, de relance, um belo rosto moreno, assustado, encarar a estreita abertura da porta do depósito. Então a porta do quarto fechou-se com estrondo, a chave girou mais uma vez e tudo ficou em silêncio. Holmes torceu-me a manga, e juntos descemos a escada, escondidos.

— Voltarei de novo ao entardecer — ele avisou à expectante sra. Warren. — Acho, Watson, que podemos conversar mais à vontade sobre esse assunto em nossos aposentos.

— Minha hipótese, como você pode ver, revelou-se correta — ele comentou das profundezas de sua poltrona. — Houve substituição de inquilinos. O que não previ era que fôssemos encontrar uma mulher, e uma mulher bastante incomum, Watson.

— Ela nos viu.

— Bem, viu algo que a assustou. Com certeza. A sequência dos acontecimentos está bastante clara, não? Em Londres, um casal procura refúgio de um perigo terrível e imediato. Vê-se a extensão desse perigo pelo rigor de suas precauções. O homem, que tem algum trabalho necessário a realizar, deseja manter a mulher em absoluta segurança, enquanto o realiza. Não é um problema fácil, mas ele o resolveu de maneira original, e com tanta eficácia, que a presença da mulher é desconhecida até da senhoria que lhe fornece as refeições. As mensagens em letra de forma, como agora sabemos, visavam a impedir que descobrissem o sexo pela caligrafia. O homem não pode aproximar-se da mulher, ou guiará os inimigos até ela. Como não lhe é permitido comunicar-se direto com ela, ele recorreu à coluna sentimental de um jornal. Até aí, tudo está claro.

— Mas onde se encontra a raiz disso?

— Ah, sim, Watson, como sempre, prático e rigoroso! Onde se encontra a raiz disso? O excêntrico problema da sra. Warren aumenta um pouco e assume um aspecto mais sinistro à medida que avançamos. Até aqui, podemos dizer: não se trata de uma simples fuga amorosa. Você viu o rosto daquela mulher ao sinal de perigo. Também soubemos do ataque ao senhorio, o qual se destinava ao inquilino, inquestionavelmente. Esses temores e a desesperada necessidade de sigilo demonstram tratar-se de um caso de vida ou morte. O ataque contra o sr. Warren mostra, ainda, que os próprios inimigos, sejam eles quem forem, não sabem da substituição do inquilino pela mulher. O caso é muito curioso e complexo, Watson.

— Que o faz prosseguir? Que tem a ganhar com isso?

— Que, de fato? O amor à arte pela arte, Watson. Suponho que, quando você se diplomou como médico, viu-se estudando casos sem pensar nos honorários.

— Em nome de minha educação acadêmica, Holmes.

— A educação nunca termina, Watson. Trata-se de uma série de lições, das quais a maior é sempre a última. É um caso instrutivo. Embora não envolva dinheiro nem crédito, eu gostaria de esclarecê-lo. Ao anoitecer, devemos constatar ter avançado um estágio na investigação.

Quando retornamos à casa da sra. Warren, a escuridão de uma noite hibernal londrina se avolumara numa cortina cinzenta, uma monotonia de cor, interrompida apenas pelos definidos quadrados amarelos das janelas iluminadas e os indistintos halos dos lampiões a gás. Ao espreitarmos pela janela da sombria sala de estar da pensão, uma luz mais tênue tremeluziu bem alto na escuridão.

— Alguém se move naquele quarto — sussurrou Holmes, o rosto magro e ávido colado na vidraça. — Sim, vejo sua sombra. Lá está de novo! Tem uma vela na mão. Agora se esforça para ver do outro lado. Quer ter a certeza de que ela está prestando atenção. Agora começou a fazer sinais com a luz. Registre a mensagem também, Watson, para podermos verificar os resultados. Um único lampejo, é A, com certeza: Continue! Percebeu quantos foram? Vinte. Eu também. Deve significar T. AT... bastante inteligível! Outro T. Na certa vai começar uma segunda palavra. Continue... TENTA. Ponto final. Não pode ser tudo, Watson! ATTENTA não faz sentido. Nem dividindo em três palavras... AT. TEN. TA., a não ser que T.A. sejam as iniciais de alguém. Começou de novo! Que é isto? ATTE... Ora, é ainda a mesma mensagem repetida. Curioso, Watson, muito curioso! Agora sinaliza mais uma vez! AT... por quê? Repete a mesma coisa pela terceira vez. ATTENTA. Três vezes! Quantas mais a repetirá? Não, parece ser o fim. Saiu da janela. Que deduz disso, Watson?

— Uma mensagem cifrada, Holmes.

Meu companheiro deu uma repentina risadinha de compreensão.

— E não é uma cifra muito obscura, Watson — disse. — Ora, está em italiano, claro! Aquele A significa que a mensagem é dirigida a uma mulher. Cuidado! Cuidado! Cuidado! Que acha, Watson?

— Creio que acertou em cheio.

— Sem a menor dúvida. É uma mensagem muito urgente, repetida três vezes para enfatizar ainda mais a urgência. Mas cuidado com o quê? Espere um instante, lá vem ele de novo para a janela.

Mais uma vez vimos a indistinta silhueta de um homem agachado e o movimento rápido e repentino da chamazinha pela janela, quando se renovaram os sinais. Surgiam mais rápidos do que antes, tão rápidos que tornavam a contagem difícil.

— PERICOLO... Pericolo... Ei, que quer dizer isso, Watson? Perigo, não é? Sim, por Deus! É um aviso de perigo. Lá vai ele de novo! PERI. Veja, que diabos...

A luz de repente se apagou, o tremeluzente quadrado da janela desapareceu e o terceiro andar formava uma faixa escura ao redor do alto edifício, com as demais fileiras de caixilhos iluminados. Aquele último grito de alerta fora cortado subitamente. Como, e por quem? O mesmo pensamento ocorreu a nós no mesmo instante. Holmes levantou-se de um salto do lugar onde se achava agachado perto da janela.

— Isso é sério, Watson — gritou. — Alguma desgraça avança! Por que uma mensagem dessas seria assim interrompida? Eu devia comunicar este caso à Scotland Yard, mas é urgente demais para nos afastarmos.

— Quer que eu vá até a polícia?

— Precisamos definir a situação com um pouco mais de clareza. Talvez tenha uma interpretação mais inocente. Venha, Watson, vamos atravessar a rua e ver o que conseguimos entender disso.

II

Enquanto seguíamos rápido pela Howe Street, virei o rosto e olhei o prédio atrás que deixáramos. Ali, fracamente contornada na janela superior, vi a sombra de uma cabeça, uma cabeça feminina, que contemplava a noite, tensa, rígida, à espera, com aflito suspense, da retomada daquela mensagem interrompida. Na entrada do prédio de apartamentos da Howe Street, um homem de gravata e casacão grosso escondia-se apoiado na balaustrada. Ele se adiantou quando a luz do vestíbulo iluminou nossos rostos.

— Holmes! — exclamou.

— Veja só, é você, Gregson? — saudou meu companheiro ao apertar a mão do policial da Scotland Yard. — As excursões terminam com encontros de namorados! Que o traz aqui?

— Creio que os mesmos motivos que o trouxeram — respondeu Gregson. — Só não entendo o que veio fazer.

— Fios diferentes, mas que conduzem ao mesmo emaranhado. Estive acompanhando os sinais.

— Sinais?

— Sim, daquela janela. Interromperam-se na metade de uma mensagem e aqui viemos para saber a causa. No entanto, desde que o caso está em suas mãos, não vejo motivo para continuar a investigação.

— Espere um instante! — exclamou Gregson, ansioso. — Justiça seja feita, sr. Holmes, ainda não houve um caso em que não me sentisse mais preparado por tê-lo ao meu lado. Só existe uma saída desses apartamentos, portanto ele está sob nossa vigilância.

— Quem é "ele"?

— Ora, ora, nós o superamos, para variar, sr. Holmes! Precisa reconhecer que desta vez nos saímos melhor — deu uma forte pancada com a bengala no chão, diante do que, um cocheiro com chicote na mão saltou de uma carruagem parada no outro lado da rua e veio até nós. — Permita-me apresentar-lhe o sr. Sherlock Holmes — disse, dirigindo-se ao cocheiro. — Este é o sr. Leverton, da Agência Americana Pinkerton.

— O herói do mistério da enseada de Long Island? — perguntou Holmes. — Sim, é um prazer conhecê-lo.

O americano, rapaz sério, de feições talhadas a cinzel e rosto bem barbeado, corou diante das palavras elogiosas.

— Estou em busca do caso que definirá minha vida e minha carreira, sr. Holmes — ele disse. — Se eu conseguir prender Gorgiano...

— Como! O Gorgiano do Círculo Vermelho?

— Ah! Ele também tem fama na Europa, não é? Bem, soubemos sobre ele nos Estados Unidos. *Sabemos* que está por trás de cinquenta assassinatos, só que ainda não temos nada de positivo que nos permita apanhá-lo. Segui sua pista desde Nova York, e há uma semana sigo-o de perto em Londres, à espera de algum pretexto para agarrá-lo. O sr. Gregson e eu o encurralamos neste edifício, onde só há uma porta para entrada e saída, por isso ele não pode fugir sem que o vejamos. Saíram três pessoas desde que Gorgiano entrou, mas juro que ele não era nenhuma delas.

— O sr. Holmes mencionou sinais — informou Gregson. — Espero que, como de hábito, ele saiba de muita coisa que ainda ignoramos.

Em poucas e claras palavras, Holmes explicou a situação como nos parecera. O americano entrelaçou as mãos num gesto irritado.

— Ele nos localizou! — exclamou.

— Por que acha isso?

— Ora, assim parece, não? Ali estava ele, a transmitir mensagens a um cúmplice, há vários da quadrilha em Londres. Então, de repente, segundo seu próprio relato, sr. Holmes, o sujeito que os informava da existência de perigo interrompeu os sinais. Que isto significa senão que, da janela, subitamente nos localizou na rua ou que, de algum modo, se deu conta da proximidade do perigo e de que devia agir agora mesmo se quisesse evitá-lo? Que sugere, sr. Holmes?

— Que subamos de imediato para verificar.

— Mas não temos nenhum mandado de prisão contra ele!

— Ele se encontra num apartamento desocupado, em circunstâncias suspeitas — lembrou Gregson. — Isso basta para o momento. Depois que o tivermos sob controle, veremos se Nova York não nos pode ajudar a prendê-lo. Assumo a responsabilidade de capturá-lo já.

Nossos detetives da força policial talvez cometam erros crassos na questão de discernimento, mas nunca de coragem. Gregson subiu a escada para prender aquele desesperado assassino com a mesma postura de absoluta tranquilidade e praticidade com que teria subido a escadaria principal da Scotland Yard. O homem da Pinkerton tentara passar à sua frente, mas Gregson o afastara firme para trás com o cotovelo. Os perigos de Londres constituíam o privilégio da força policial londrina.

No terceiro andar, encontramos a porta do apartamento à esquerda entreaberta. Gregson escancarou-a. Dentro, tudo se achava em absoluto silêncio e escuridão. Risquei um fósforo e acendi a lanterna do policial. Quando o ambiente ficou iluminado, todos nós dissemos um "oh!" de surpresa. Nas tábuas de pinho do piso não atapetado, via-se um rastro de sangue fresco. As pegadas vermelhas apontavam em nossa direção e se afastavam para outro cômodo, cuja porta estava fechada. Gregson abriu-a com um empurrão e manteve a lanterna elevada, enquanto olhávamos ansiosos por cima de seus ombros.

No meio do piso da sala vazia, jazia o corpo contraído de um homem enorme, o rosto escuro bem barbeado, retorcido numa expressão grotesca e terrível. Tinha a cabeça circundada por uma horripilante poça de sangue que se estendia num largo círculo sobre o madeiramento claro, os joelhos encolhidos junto ao peito, as mãos esticadas ao lado em agonia, e, do centro de sua larga e morena garganta virada para cima, projetava-se o cabo branco de um punhal enterrado no corpo. Por mais gigantesco que ele fosse, o sujeito devia ter tombado como um boi abatido a machado, antes daquele tremendo golpe. Ao lado da mão direita, via-se uma formidável adaga de dois gumes e punho de chifre, e perto dela uma luva preta de pelica.

— Por Deus! É o próprio Gorgiano, o Negro! — gritou o detetive americano. — Alguém chegou antes de nós desta vez.

— Olhe a vela ali na janela, sr. Holmes — disse Gregson. — Ora, que diabos pretende o senhor fazer com isso?

Holmes avançara até o outro lado do quarto, acendera a vela, e deslizava-a de um lado para o outro pelas vidraças da janela. Depois espreitou a escuridão, apagou a vela com um sopro e atirou-a no chão.

— Algo que acho nos será útil — respondeu. Aproximou-se de nós e ficou absorto em profunda reflexão, enquanto os dois profissionais examinavam o cadáver. — O senhor disse que três pessoas saíram do prédio enquanto se encontrava à espera embaixo? — perguntou afinal. — Observou-as de perto?

— Sim, observei.

— Havia um homem na faixa dos 30 anos, barba preta, pele escura e de estatura mediana?

— Sim, foi o último a passar por mim.

— Suponho que seja esse o homem. Posso dar-lhe a descrição e temos um excelente contorno da sua pegada. Isso deve bastar-lhe.

— Nem tanto, sr. Holmes, entre os milhões de Londres.

— Talvez não. Por isso é que julguei melhor chamar esta senhora em seu auxílio.

Todos nos voltamos diante dessas palavras. Ali, emoldurada no vão da porta, parara uma mulher, alta e linda — a misteriosa locatária de Bloomsbury. Ela avançou devagar, o rosto pálido e repuxado numa apreensão aterradora, com os apavorados olhos fixos na figura escura no piso.

— Vocês o mataram! — murmurou. — Oh, *Dio mio*! Vocês o mataram! — Então ouvi uma repentina e profunda inspiração, e ela deu um salto no ar com um grito de alegria. Pôs-se a dançar em círculos pelo aposento, batia palmas, os olhos cintilantes de maravilhada admiração, e deixava escapar dos lábios uma torrente de agradáveis exclamações em italiano. Era terrível e surpreendente ver uma mulher como aquela tão radiante de felicidade perante uma visão tão horrível. De repente, ela parou e encarou-nos com um olhar desconfiado. — Mas quem são vocês? São da polícia, não? Mataram Giuseppe Gorgiano. Não foi?

— Somos de fato da polícia, madame.

Ela olhou as sombras do quarto em volta.

— Mas então, onde está Gennaro? — perguntou. — Gennaro é meu marido, Gennaro Lucca. Meu nome é Emilia Lucca, e ambos somos de Nova York. Onde está Gennaro? Chamou-me ainda há pouco da janela e corri o mais rápido que pude.

— Fui eu quem a chamou — disse Holmes.

— O senhor! Como soube me chamar?

— Seu código não me pareceu difícil, madame. Sua presença aqui era desejável. Eu sabia que me bastava sinalizar "*Vieni*" e a senhora com certeza viria.

A bela italiana olhou estupefata para meu companheiro.

— Não compreendo como sabe dessas coisas — disse. — Giuseppe Gorgiano... como ele... — Interrompeu-se e de repente o rosto se iluminou de orgulho e deleite. — Agora compreendo! Meu Gennaro! Meu esplêndido e belo Gennaro, que me guardava em segurança de todos os males, foi ele que, com sua mão forte, matou o monstro! Ah, Gennaro, como você é maravilhoso! Que mulher algum dia poderá ser digna de tal homem?

— Bem, sra. Lucca — disse o prático Gregson, puxando a manga do vestido da senhora com tanta insensibilidade, como se ela fosse uma frenética desordeira de Notting Hill. — Ainda não sei bem quem é e o que faz aqui, mas já falou o bastante para deixar claro que necessitamos da senhora na Scotland Yard.

— Um momento, Gregson — pediu Holmes. — Suponho que esta senhora talvez esteja tão aflita por nos dar informações quanto nós por obtê-las. A senhora compreende, madame, que seu marido será preso e julgado pela morte do homem aqui estendido diante de nós? O que nos disser talvez seja usado como provas. Mas se acha que ele agiu levado por motivos não criminosos, e os quais gostaríamos de ter sabido, a melhor forma de ajudá-lo é contar-nos a história toda.

— Agora que Gorgiano está morto, nada temos a temer — ela respondeu. — Era um demônio, um monstro, e nenhum juiz no mundo puniria meu marido por tê-lo matado.

— Nesse caso — interveio Holmes — minha sugestão é trancarmos esta porta, deixar tudo como encontramos, acompanhar esta senhora até seus aposentos e formar a nossa opinião depois de ouvir o que ela tem a nos dizer.

Meia hora depois, sentávamos todos os quatro na salinha de estar da signora Lucca, ouvindo sua admirável narrativa daqueles sinistros acontecimentos, cujo final tivemos a chance de testemunhar. Ela falava em inglês rápido e fluente, embora nada convencional, que reproduzirei segundo as regras gramaticais por causa da clareza.

— Nasci em Posilippo, perto de Nápoles — começou —, filha de Augusto Barelli, principal advogado e uma vez deputado daquele porto. Gennaro trabalhava para meu pai, e me apaixonei por ele, como faria qualquer mulher. Ele não tinha dinheiro nem posição, nada, além de beleza, força e energia, por isso meu pai proibiu a união. Fugimos juntos, casamo-nos em Bari, e vendemos minhas joias para conseguir o dinheiro que nos levaria à América do Norte. Isso faz quatro anos, e moramos em Nova York desde então.

"A princípio, a sorte nos foi muito propícia. Gennaro conseguiu prestar um serviço a um cavalheiro italiano, salvou-o de alguns rufiões num lugar chamado Bowery, e assim conquistou um poderoso amigo. Chamava-se Tito Castalotte e era o sócio majoritário da grande empresa Castalotte e Zamba, principais importadores de frutas de Nova York. O signor Zamba é inválido, e nosso amigo Castalotte tem todo o poder dentro da empresa, que emprega mais de trezentos homens. Contratou meu marido, nomeou-o chefe de departamento e demonstrava-lhe sua boa vontade de todas as maneiras. Ele era solteiro, creio que considerava Gennaro um filho, e meu marido e eu o amávamos como se fosse um pai. Havíamos alugado e mobiliado uma casinha no Brooklyn, e todo o nosso futuro parecia assegurado, quando apareceu aquela nuvem negra que logo devia obscurecer-nos o céu.

"Uma noite, quando Gennaro retornou do trabalho, trouxe consigo um compatriota e colega de trabalho. Chamava-se Gorgiano e também viera de Posilippo. Um homem imenso, como vocês podem testemunhar, pois examinaram o cadáver. Não apenas tinha o corpo de gigante, mas tudo nele era grotesco, gigantesco e apavorante. A voz ressoava como trovão em nossa casinha. Mal havia espaço para o movimento daqueles enormes braços quando ele falava. Todos os pensamentos, as emoções e paixões daquele homem eram exagerados e monstruosos. Ele falava, ou melhor, rugia com tamanha energia que só restava aos outros se calarem e ouvirem, intimidados pela poderosa torrente de palavras. Seus olhos fulgiam, e ele nos mantinha à sua mercê. Era um homem terrível e fora do comum. Agradeço a Deus que ele tenha morrido!

"Aparecia repetidas vezes lá em casa. Mas eu sabia que a presença dele em nada agradava a Gennaro, nem a mim. Meu pobre marido ficava sentado, apático, a ouvir seus infindáveis delírios sobre política e questões sociais, que constituíam a conversa do visitante. Gennaro não dizia nada, mas eu, que o conhecia tão bem, percebia no seu rosto uma angústia que eu jamais vira. A princípio, achei tratar-se de antipatia. Então, aos poucos, vi que era mais do que isso. Era medo... um medo profundo, secreto e paralisante. Naquela noite, em que me dei conta desse terror, eu o abracei e implorei, pelo amor que tinha por mim e por tudo que lhe era caro, que nada me ocultasse e contasse por que aquele homenzarrão tanto o oprimia.

"Ele me contou, e meu próprio coração gelava enquanto eu o ouvia. Meu pobre Gennaro, no início de sua juventude rebelde e violenta, quando o mundo inteiro parecia estar contra ele e as injustiças da vida deixaram-lhe a mente semienlouquecida, ingressara numa sociedade napolitana chamada Círculo Vermelho, aliada aos antigos carbonários. Os juramentos e os segredos da irmandade eram espantosos, e, assim que um afiliado se submetia às suas regras, qualquer fuga tornava-se impossível. Quando fugimos para a América do Norte, Gennaro achou que tinha se livrado de tudo aquilo para sempre. Qual não foi seu horror uma noite quando se encontrou na rua com o próprio homem que o havia iniciado em Nápoles, o gigante Gorgiano, que merecera o nome de "Morte" no sul da Itália, pelo tanto que se envolvera em assassinatos! Fora para Nova York a fim de evitar a polícia italiana e já criara uma filial da apavorante sociedade na nova pátria. Tudo isso Gennaro me contou, além de mostrar-me um convite que recebera naquele mesmo dia, com um círculo vermelho desenhado na parte superior, que lhe comunicava que se realizaria uma reunião em certa data, e se exigia e ordenava sua presença.

"Isso, por si só, já era bastante ruim, mas o pior ainda estava por vir. Eu tinha notado havia algum tempo que, quando Gorgiano aparecia em nossa casa, como o fazia sempre, falava muito comigo, e, embora dirigisse as palavras ao meu marido, fixava aqueles olhos furiosos, bestiais, em mim. Uma noite desvendou-se seu segredo. Eu lhe despertara no íntimo o que ele chamava de 'amor', o amor de um bruto, um selvagem. Gennaro ainda não tinha retornado quando ele chegou. Forçou a entrada, agarrou-me em seus braços vigorosos, apertou-me naquele abraço de urso, cobriu-me de beijos e implorou-me que fugisse com ele. Eu lutava e gritava quando Gennaro entrou e o atacou. Ele derrubou Gorgiano com um soco, deixou-o desfalecido e fugimos da casa, para onde jamais voltaríamos. Naquela noite, fizemos um inimigo mortal.

"Alguns dias mais tarde, realizou-se a secreta reunião. Gennaro retornou com uma expressão que me revelou que algo terrível tinha ocorrido. Muito pior do que havíamos julgado possível. A sociedade levantava fundos chantageando ricos italianos e os ameaçando caso recusassem entregar o dinheiro. Parece que Castalotte, nosso amigo e benfeitor, fora abordado. Ele se recusara a ceder às ameaças e comunicara o fato à polícia. Resolveu-se, então, que se deveria castigá-lo para servir de exemplo, e impedir qualquer outro caso de rebeldia. Na reunião, foi decidido explodir sua casa com dinamite. Fez-se um sorteio para saber quem seria o responsável pela ação. Gennaro viu o cruel rosto de nosso inimigo a sorrir-lhe ao enfiar a mão na sacola. Sem dúvida, de algum modo, tudo fora combinado antes, pois foi o disco fatal, com o Círculo Vermelho, o mandato do assassinato, que lhe surgiu na palma da mão. Seria Gennaro o responsável por matar o melhor amigo ou estaríamos, ele e eu, expostos à vingança dos camaradas. Fazia parte do sistema perverso da sociedade punir os que os membros temiam ou odiavam, não apenas em suas próprias pessoas, bem como nas das que eles amavam, e era o conhecimento disso que assomava como um terror na mente de meu infeliz marido e quase o enlouquecia de apreensão.

“Passamos a noite toda sentados, abraçados, tentando fortalecermos um ao outro para os perigos que se apresentavam diante de nós. Marcara-se o atentado já para a noite seguinte. Ao meio-dia, meu marido e eu partíamos a caminho de Londres, mas não antes de Gennaro ter posto nosso benfeitor inteiramente a par do perigo que corria e também deixado essas informações à polícia, pois lhe salvaguardaria a vida para o futuro.

“O resto os senhores já sabem. Tínhamos a certeza de que os inimigos nos seguiriam como nossas próprias sombras. Gorgiano alentava motivos pessoais para vingar-se, mas, em todo caso, sabía-mos como ele podia ser brutal, astuto e incansável. Tanto na Itália quanto nos Estados Unidos proliferam as histórias dos terríveis poderes dele, que os exerceria agora mais do que nunca. Meu amado aproveitou os poucos dias desimpedidos que nossa partida antecipada nos permitira para providenciar-nos um refúgio de modo que nenhum perigo possível me alcançasse. Quanto a ele, desejava ficar livre para poder comunicar-se com a polícia americana e com a italiana. Eu não sabia como ele vivia nem onde. Só sabia o que li pelas colunas de um jornal. Porém, uma vez, ao olhar pela janela, vi dois italianos observando a casa e compreendi que, de algum modo, Gorgiano descobrira nosso refúgio. Por fim, Gennaro me disse, por meio do jornal, que me transmitiria mensagens em sinais de certa janela, mas quando os sinais chegaram, não passavam de advertências, as quais de repente se interromperam. Está muito claro para mim que Gennaro sabia da proximidade cada vez mais estreita de Gorgiano e que, graças a Deus, se achava preparado para enfrentá-lo caso se encontrassem. E agora, senhores, eu gostaria de saber se temos algo a temer da lei e se algum juiz poderia condenar meu Gennaro pelo que fez?”

— Bem, sr. Gregson — disse o americano ao detetive da Scotland Yard — nada sei quanto ao parecer britânico, mas suponho que em Nova York o marido desta senhora receberá um belo voto geral de agradecimento.

— Ela terá de ir comigo e ver o chefe — respondeu Gregson. — Se o que fiz for corroborado, não creio que ela nem o marido tenham muito a temer. Mas o que não consigo entender, sr. Holmes, é como foi que *o senhor* se envolveu no caso.

— Educação, Gregson, educação. Ainda busco conhecimentos na velha universidade. Bem, Watson, você tem agora mais um exemplo do trágico e do grotesco para acrescentar à sua coleção. Por falar nisso, ainda não são oito horas, e apresentam uma ópera de Wagner no Covent Garden! Se nos apressarmos, ainda chegaremos a tempo para o segundo ato.

O desaparecimento de Lady Frances Carfax

— Mas por que turco? — perguntou o sr. Sherlock Holmes, com o olhar fixo em minhas botas.

Como eu me achava reclinado numa espreguiçadeira com o encosto de vime, meus pés projetados atraíram sua sempre ágil atenção.

— São ingleses! — respondi um tanto surpreso. — Comprei-os na sapataria Latimer, na Oxford Street.

Holmes sorriu com uma expressão de esgotada paciência.

— O banho! — contestou — Eu me referia ao banho! Por que fazer o banho turco, relaxante e caro, em vez do revigorante feito em casa?

— Porque durante os últimos dias tenho me sentido reumático e velho. O banho turco é o que chamamos na medicina de tratamento alternativo, um novo ponto de partida, um purificador do sistema. Aliás, Holmes — acrescentei —, eu não tenho a menor dúvida de que a ligação entre as minhas botas e um banho turco é clara como o sol para uma mente lógica e talvez dispense explicação, mas eu ficaria muito grato se pudesse me explicar.

— A série de raciocínio não é muito obscura, Watson — disse Holmes, com uma piscadela marota. — Pertence à mesma classe de dedução elementar que eu ilustraria se tivesse de lhe perguntar com quem partilhou o carro no percurso desta manhã.

— Não admito que uma nova ilustração constitua uma explicação — contestei, com certa aspereza.

— Bravo, Watson! Repreensão muito digna e lógica. Vejamos, quais foram os argumentos? Tome o último, o carro. Observe que você tem alguns respingos de lama na manga e no ombro esquerdo do paletó. Se tivesse sentado no meio do banco do veículo, na certa não exibiria respingos, e se os exibisse, sem dúvida, seriam simétricos. Portanto, vê-se com clareza que você sentou no canto e com igual clareza seguia viagem com um companheiro.

— É muito evidente mesmo.

— Absurdamente corriqueiro, não?

— Mas, e as botas e o banho?

— Igualmente uma bobagem. Você tem o hábito de amarrar os cordões de certo modo. Vejo-os agora atados com um trabalhoso nó duplo, o que não corresponde ao seu método habitual de amarrá-los. Portanto, retirou-as. Quem as amarrou? Um sapateiro ou o ajudante no banho turco. É improvável ser um sapateiro, pois suas botas são quase novas. Ora, que resta? O banho. Absurdo, não? Mas, apesar de tudo isso, o banho serviu para uma finalidade.

— Qual?

— Você disse que o tomou porque precisava de uma mudança. Permita-me sugerir-lhe que faça uma. Que lhe parece Lausanne, meu caro Watson, passagens de primeira classe e todas as despesas pagas em escala principesca?

— Esplêndido! Mas por quê?

Holmes recostou-se na poltrona e tirou do bolso o livrinho de anotações.

— Uma das posições mais perigosas da sociedade — explicou — é a da mulher que vaga sozinha pelo mundo e sem amigos. Embora ela seja o mais inofensivo, e muitas vezes o mais útil dos mortais, mostra-se como a inevitável instigadora de crimes. Incorrigível, migratória, tem meios suficientes para mudar-se de um país para outro e de hotel para hotel. Vive perdida numa infinidade de *pensões* e hospedarias obscuras. Enfim, uma ave desgarrada num mundo de raposas. Quando devorada, mal se percebe que sumiu. Sinto grande temor de que algum mal tenha acontecido com lady Frances Carfax.

Senti-me aliviado com essa súbita descida do geral para o específico. Holmes consultou suas anotações.

— Lady Frances — continuou — é a única descendente direta do falecido conde de Rufton. Como você talvez se lembre, as propriedades passaram para os herdeiros masculinos. A morte do conde deixou-a com recursos limitados, mas com algumas excelentes joias antigas espanholas, de prata, e brilhantes curiosamente lapidados, dos quais gostava muitíssimo, até de forma um tanto excessiva, pois se recusava a deixá-los com seu banqueiro e sempre os mantinha consigo. Trata-se de uma figura um tanto patética, lady Frances, uma bela mulher, ainda no início da meia-idade, e, no entanto, por um estranho acaso, o último navio abandonado do que apenas vinte anos atrás constituía uma considerável frota.

— Mas que aconteceu a ela, então?

— Ah, que aconteceu a lady Frances? Essa é a minha dúvida. Está viva ou morta? Eis nosso problema. Senhora de hábitos metódicos, durante quatro anos manteve o costume invariável de escrever toda segunda semana do mês à srta. Dobney, sua antiga governanta, que há muito se aposentou e mora em Camberwell. Foi esta quem me consultou. Passaram-se quase cinco semanas sem sequer uma notícia de lady Frances. A última carta veio do Hotel Nacional, em Lausanne. Parece que nossa lady partiu de lá e não deixou nenhum endereço. A família está ansiosa, e, como todos os membros são milionários, não poupará soma alguma se conseguirmos esclarecer o mistério.

— A srta Dobney é a única fonte de informações? Será que lady Frances não tinha outros correspondentes?

— Existe um correspondente que constitui uma fonte segura, Watson. O banco. As senhoras solteiras também precisam viver e seus talões de cheques equiparam-se a diários condensados. Ela deposita seus bens no banco Silvester. Já dei uma examinada em sua conta. O penúltimo cheque pagou sua conta em Lausanne, mas correspondia a uma grande quantia e na certa a deixou com dinheiro em espécie. Apenas um cheque foi sacado desde então.

— Para quem e onde?

— Para a srta. Marie Devine. Não há nada que revele o local onde o cheque foi emitido. Descontaram-no no Crédit Lyonnais, em Montpellier, há menos de três semanas, equivalente a cinquenta libras.

— E quem é essa srta. Marie Devine?

— Consegui também descobrir isso. Era a criada de lady Frances Carfax. Por que ela lhe pagou essa quantia ainda não determinamos. Não tenho a menor dúvida, porém, de que suas pesquisas logo esclarecerão a questão.

— *Minhas* pesquisas?

— Daí o motivo de sua saudável viagem a Lausanne. Sabe que me é impossível deixar Londres enquanto o velho Abraham continuar em tão mortal terror de perder a vida. Além disso, por princípios gerais, é melhor que eu não saia do país. A Scotland Yard sente-se solitária, sem mim, o que suscita uma excitação insalubre entre as classes criminosas. Vá, então, meu caro Watson, e se avaliar que meus humildes conselhos valem pagar dois centavos por palavra, coloco-os à sua disposição, dia e noite, na linha do telégrafo continental.

Dois dias após encontrava-me no Hotel Nacional, em Lausanne, onde fui recebido com grande amabilidade pelo sr. Moser, o famoso gerente. Lady Frances, como me informara, ficara hospedada ali durante várias semanas. Todos que a haviam conhecido gostaram imensamente dela. Não tinha mais de 40 anos. Continuava bonita, e exibia todos os sinais de que fora linda quando jovem. O sr. Moser nada sabia de valiosas joias, mas ouvira comentários das criadas do hotel que diziam que a hóspede sempre trancava a sete chaves o pesado baú no seu quarto. Marie Devine, a criada pessoal, era tão popular quanto a ama. Na verdade, ficara noiva de um dos principais garçons do hotel, e o sr. Moser não teve a menor dificuldade para fornecer seu endereço: rue de Trajan, 11, Montpellier. Anotei tudo isso e tive a sensação de que nem o próprio Holmes teria sido mais hábil em levantar os fatos como o fiz.

Apenas um ponto continuava obscuro. Nenhuma informação que eu possuía esclarecia a causa que justificasse a repentina partida de lady Frances. Sentia-se muito feliz em

Lausanne. Tudo fazia crer que pretendia permanecer até o fim da estação nos luxuosos apartamentos com vista para o lago. E, no entanto, partira, com o aviso prévio de apenas um dia, o que a envolveu no inútil pagamento adiantado de uma semana de hospedagem. Só Jules Vibart, o namorado da criada, tinha uma sugestão a oferecer. Relacionava a partida repentina com a visita ao hotel, um ou dois dias antes, de um homem alto, moreno e barbudo.

— *Un sauvage... un véritable sauvage!*[1] — exclamou Jules Vibart.

O homem ocupava aposentos em outro lugar da cidade. Viram-no conversando muito sério com lady Frances na alameda que circundava o lago. Depois a visitara. Ela se recusara a recebê-lo. Era inglês, mas ninguém sabia como se chamava. Madame deixara o hotel logo depois. Jules Vibart e, o que parecia da maior importância, a namorada, acharam que a visita e a partida tinham uma relação de causa e efeito. Jules negou-se a falar apenas de uma coisa. O motivo por que Marie deixara a ama. Disso não podia ou não queria dizer nada. Se eu desejasse saber, devia ir a Montpellier e perguntar a ela.

Assim terminou o primeiro capítulo de meu inquérito. Dediquei o segundo ao lugar para onde se dirigira lady Frances ao sair de Lausanne. Em relação a isso, houve certo segredo, o que confirmava a ideia de que ela partira com a intenção de despistar alguém. Se não fosse esse o motivo, por que não endereçara a bagagem diretamente para Baden? Tanto as malas quanto a viajante haviam chegado ao balneário termal renano por meios indiretos, pelo que entendi do gerente local da Agência Cook. Então para Baden rumei, após despachar a Holmes um relato de todos os meus procedimentos e receber em resposta um telegrama de louvor meio zombeteiro.

Em Baden não foi difícil seguir a pista. Lady Frances se hospedara quinze dias no Englischer Hof. Estanto lá, conhecera o dr. Shlessinger e a esposa, um missionário que

---

[1] "Um selvagem... um verdadeiro selvagem!" (N. do E.)

acabara de regressar da América do Sul. Como a maioria das senhoras solitárias, lady Frances encontrou conforto e ocupação na religião. A admirável personalidade do dr. Shlessinger, a sincera devoção e o fato de que se recuperava de uma doença contraída no exercício de suas funções apostólicas, comoveram-na profundamente. Ela ajudara a sra. Shlessinger nos cuidados do religioso convalescente. Este passava o dia, como me descreveu o gerente do hotel, numa espreguiçadeira na varanda, com uma senhora vigilante de cada lado. Preparava um mapa da Terra Santa, com especial referência ao reino dos midianistas, descendentes de Abraão, a respeito do qual escrevia uma monografia. Por fim, após recuperar bastante a saúde, o missionário e a esposa haviam retornado a Londres, e lady Frances partira em companhia deles. A viagem ocorrera apenas três semanas antes, e o gerente de nada mais soubera desde então. Quanto à criada, Marie, partira alguns dias antes, numa enchente de lágrimas, após informar às outras criadas que deixava para sempre o serviço. O dr. Shlessinger pagara a conta de todo o grupo antes da partida.

— Aliás — disse o dono do hotel — o senhor não é o único amigo de lady Frances Carfax que tem indagado sobre ela no momento. Há apenas uma semana, recebemos um homem com a mesma finalidade.

— Ele deu-lhe o nome? — perguntei.

— Não, mas era inglês, embora de um tipo fora do comum.

— Um selvagem? — indaguei, ligando meus pontos à maneira de meu ilustre amigo.

— Exatamente. Isso o descreve muito bem. Trata-se de um sujeito grandalhão, barbudo, queimado de sol, que parece muito mais à vontade numa estalagem de agricultores do que num hotel elegante. Achei-o um homem rígido, feroz, daqueles que me faria arrepender-me se o ofendesse.

Já começava a definir-se o mistério, como os vultos ficam mais nítidos com a dissipação de uma neblina. Ali se salientava uma boa e devota senhora perseguida de um lugar ao outro por uma figura sinistra e implacável. Ela o temia, ou não teria fugido de Lausanne. Ele continuara a segui-la e, mais cedo ou mais tarde, a alcançaria. Será que já a alcançara? Seria *esse* o segredo de seu prolongado silêncio? Será que as bondosas pessoas que constituíam seus companheiros não conseguiram protegê-la da violência ou chantagem dele? Que horrível finalidade, que intenção oculta, achava-se por trás dessa longa perseguição? Esse era o problema que eu precisava resolver.

Escrevi a Holmes mencionando a rapidez, com que trabalhara e a certeza de ter resolvido o assunto. Em resposta, recebi um telegrama no qual ele me pedia uma descrição da orelha esquerda de Shlessinger. Como as ideias de humor de Holmes são estranhas, e de vez em quando ofensivas, não dei a menor importância ao inoportuno gracejo; na verdade, eu já chegara a Montpellier em minha busca da criada, Marie, antes de receber o telegrama.

Não tive dificuldade alguma para encontrar a ex-serviçal e inteirar-me de tudo o que ela sabia. Era uma pessoa dedicada, que só deixara a ama por ter certeza de que ela se encontrava em boas mãos e de qualquer modo porque seu casamento em breve faria a separação inevitável. Confessou-me angustiada que a ama demonstrara certa irritabilidade de temperamento durante a estada de ambas em Baden, e até mesmo a questionara uma vez, como se suspeitasse de sua honestidade, o que tornara a separação mais fácil do que de outro modo teria sido. Lady Frances lhe dera cinquenta libras como presente de casamento. Como eu, Marie também encarava com profunda desconfiança o estranho que impelira a ama a partir de Lausanne. Vira-o agarrar o pulso da senhora com grande violência no passeio público ao redor do lago. Era um homem feroz e terrível. Acreditava que fora por temê-lo que lady Frances aceitara a escolta dos Shlessinger até Londres. Ela jamais falara com Marie a respeito disso, porém vários pequenos sinais convenceram-na de que a ama vivia num estado de contínua apreensão nervosa. A jovem chegara até aí na narrativa, quando de repente se levantou da cadeira, com o rosto estarrecido de surpresa e medo.

— Veja! — gritou. — O canalha continua a nos seguir! Lá está o próprio sujeito de quem eu falava.

Pela janela aberta da sala de estar vi um homem imenso, trigueiro, com uma eriçada barba preta, encaminhar-se vagaroso pelo centro da rua e fitar com avidez os números das casas. Era claro que, como eu, ele também procurava a criada. Agindo por impulso do momento, corri para a rua e interpelei-o.

— O senhor é inglês — afirmei.

— E se for? — ele perguntou, com uma carranca abominável.

— Posso perguntar como se chama?

— Não, não pode — disse decidido.

Embora a situação fosse embaraçosa, o meio mais direto sempre é o melhor.

— Onde está lady Frances Carfax? — perguntei. — O sujeito me encarou atônito. — Que fez com ela? Por que a tem perseguido? Insisto numa resposta! — exigi.

O homem lançou um uivo furioso e saltou para cima de mim como um tigre. Tenho me defendido sozinho em muitas lutas, mas o homenzarrão possuía um pulso de ferro e a fúria de um demônio. Agarrava-me a garganta com as mãos e eu já perdia os sentidos, quando um operário francês, a barba por fazer e de blusa azul, precipitou-se de um bar no outro lado da rua, com um porrete na mão e baixou-o com vigorosa força no antebraço de meu atacante, o que o fez soltar-me. Ele ficou ali um instante a fumegar de raiva e hesitante, sem saber se recomeçava o ataque. Então, com um rosnado de fúria, deixou-me e entrou no chalé do qual eu acabara de sair. Virei-me para agradecer ao meu protetor, parado ao meu lado no meio da rua.

— Muito bem, Watson! — ele disse. — Em que confusão dos diabos você se meteu! Acho melhor voltar comigo para Londres pelo expresso noturno.

Uma hora depois, Sherlock Holmes, em seu traje e estilo habituais, sentava-se em meu quarto no hotel. A explicação de seu inesperado e oportuno aparecimento era a própria simplicidade, pois, ao constatar que podia afastar-se de Londres, decidiu desviar-me no óbvio ponto seguinte de minhas viagens. Disfarçado de operário, sentara-se no cabaré à espera de eu aparecer.

— Uma investigação de singular coerência a que você fez, meu caro Watson. No momento não me ocorre nenhum erro que tenha cometido. O efeito total de seus métodos foi acionar o alarme para todo mundo e sem nada descobrir.

— Talvez você não tivesse feito melhor — respondi, contrariado.

— Não existe "talvez" nisso. Eu *fiz* melhor. Aqui está o honorável Philip Green, um colega seu, hóspede do hotel, e nele é possível encontrar o ponto de partida para uma investigação mais bem-sucedida.

Chegara um cartão de visita numa bandeja, seguido pelo mesmo valentão barbudo que me atacara na rua. Ele se sobressaltou ao me ver.

— Que é isto, sr. Holmes? — perguntou. — Recebi seu recado e vim. Mas que tem este homem a ver com a questão?

— Este é o meu velho amigo e sócio, dr. Watson, que está nos ajudando neste caso.

O estranho estendeu a manzorra bronzeada, com algumas palavras de desculpa.

— Espero não tê-lo machucado. Quando me acusou de haver feito algum mal a ela, perdi as estribeiras. Na verdade, não ando muito equilibrado nos últimos dias. Tenho os nervos à flor da pele, mas esta situação foge do meu controle. O que quero saber, antes de mais nada, sr. Holmes, é como passou a saber de minha existência.

— Mantenho contato com a srta. Dobney, a governanta de lady Frances.

— A velha Susana Dobney com a touca amarrada sob o queixo! Lembro-me bem dela.

— E ela se lembra do senhor. Daqueles dias antes... antes de o senhor achar melhor ir para a África do Sul.

— Ah, vejo que sabe de toda a minha história. Não preciso esconder-lhe nada. Juro, sr. Holmes, jamais no mundo homem algum amou uma mulher com amor mais sincero do que o que eu sentia por lady Frances. Sei que era um jovem rebelde, mas não pior do que outros de minha classe social. A alma dela, porém, era pura como neve. Não suportava nem leve sombra de rudeza. Por isso, quando lhe chegou aos ouvidos tudo o que eu tinha feito, não quis mais falar comigo. E, no entanto, ela me amava, o que é o mais incrível; amava-me o bastante para permanecer solteira por toda sua vida, devota, tudo por minha causa. Depois que se haviam passado anos e eu tinha enriquecido em Barbeton, achei então que talvez pudesse procurá-la e apaziguá-la. Soube que continuava solteira. Encontrei-a em Lausanne e tentei tudo ao meu alcance para convencê-la de meu amor. Acho que ela esmoreceu, mas tinha forte determinação, e quando a procurei em seguida havia partido da cidade. Descobri que se encontrava em Baden e então, algum tempo depois, soube que a criada estava aqui. Sou um sujeito rude, recém-saído de uma vida dura, e, quando o dr. Watson me interpelou daquele jeito, perdi o controle por um momento. Mas, em nome de Deus, me diga o que aconteceu com lady Frances.

— É o que vamos descobrir — respondeu Sherlock Holmes com aquela característica seriedade. — Qual é seu endereço de Londres, sr. Green?

— No Langham Hotel me encontrará.

— Então me permita recomendar que retorne para lá e fique à disposição no caso de eu precisar do senhor. Não tenho o menor desejo de alimentar falsas esperanças, mas pode ficar tranquilo, que se fará tudo que é necessário pela segurança de lady Frances. Não posso dizer nada mais por enquanto. Vou deixar-lhe este cartão para que possa manter-se em contato conosco. Agora, Watson, se fizer o favor de arrumar a mala, telegrafarei à sra. Hudson pedindo-lhe que capriche ao máximo em seus dons culinários para dois viajantes famintos que chegam amanhã às sete e meia.

Um telegrama nos aguardava ao chegarmos aos nossos aposentos da Baker Street, o qual Holmes leu com uma exclamação de interesse e lançou-o em minha direção. "Cortada ou rasgada", dizia a curiosa mensagem, cujo lugar de origem era Baden.

— Que é isto? — perguntei.

— Tudo — respondeu Holmes. — Talvez se lembre de minha pergunta aparentemente irrelevante quanto à orelha esquerda do dr. Shlessinger. Você não a respondeu.

— Eu tinha partido de Baden e não pude perguntar.

— Exato. Por isso enviei uma cópia do telegrama ao gerente do Englischer Hof, cuja resposta está aí.

— Que revela?

— Revela, meu caro Watson, que lidamos com um homem perigoso e excepcional. O reverendo dr. Shlessinger, missionário que regressou da América do Sul, não é outro senão Holy Peters, um dos mais inescrupulosos crápulas que a Austrália já gerou, e, como país jovem, tem desovado alguns tipos muito esmerados. Sua especialidade específica é enganar senhoras solitárias, ao seduzi-las pelo sentimento religioso, e a que se diz sua esposa, uma inglesa chamada Fraser, é uma valiosa companheira nos golpes. A natureza das táticas dele sugeriu-me a sua identidade, e a característica física — levou uma séria mordida na orelha, numa briga de bar em Adelaide, em 1889 — confirmou minha suspeita. Essa pobre senhora está em poder de uma dupla muito diabólica que não tem escrúpulo algum, Watson. A suposição de que ela já esteja morta é bem provável. Se não, deve encontrar-se, sem dúvida, em algum tipo de confinamento, e sem condições para escrever à sra. Dobney ou a outros amigos. É bem possível que não tenha chegado a Londres ou que apenas tenha passado pela cidade, mas a primeira hipótese é improvável, pois, com o sistema de registro britânico, não é fácil estrangeiros usarem de artimanhas com a polícia continental; e a última também me parece improvável, porque esses patifes não podiam esperar encontrar outro lugar melhor do que Londres para manter uma pessoa sob controle. Todos os meus instintos me dizem que ela está em Londres, mas, como no momento não temos meios possíveis de saber onde, só nos resta tomar as medidas óbvias, saborear nosso jantar e imbuir nosso espírito de paciência. Mais tarde esta noite vou fazer um passeio e conversar com nosso amigo Lestrade, na Scotland Yard.

Porém, nem a polícia oficial nem a pequena, mas eficaz, organização de Holmes bastaram para esclarecer o mistério. Em meio aos milhares de londrinos, as três pessoas pareciam tão por completo eliminadas como se jamais houvessem existido. Tentaram-se anúncios nos jornais que malograram. Seguiram-se pistas que não levaram a lugar algum. Levantaram-se em vão todos os redutos criminosos que Shlessinger poderia frequentar. Vigiaram-se seus antigos comparsas, mas estes evitavam ser vistos com ele. Então, de repente, após uma semana de impotente suspense, surgiu uma notícia. Um pingente de prata e brilhante em estilo espanhol antigo foi penhorado na Bevington, na Westminster Road. O sujeito que o penhorara era um homenzarrão sem barba, de aparência clerical. Demonstraram-se falsos o nome e o endereço. Não se prestara muita atenção na loja de penhores; a descrição, porém, apontava, sem dúvida, Shlessinger.

Por três vezes nosso amigo barbudo do Hotel Langham apareceu em busca de notícias, a terceira, uma hora depois de recebermos a inesperada informação. As roupas dele começavam a ficar folgadas em seu corpanzil. Parecia definhar de ansiedade.

— Se vocês apenas me dessem alguma coisa para fazer! — era seu constante lamento.

Afinal, Holmes pôde satisfazê-lo.

— Ele começou a empenhar as joias. Devemos apanhá-lo agora.

— Mas isso significa que algo aconteceu a lady Frances?

Holmes assentiu com a cabeça numa expressão muito grave.

— Supondo que a tenham mantido prisioneira até agora, é claro que não podem soltá-la sem sua própria destruição. Devemos nos preparar para o pior.

— Que posso fazer?

— Essas pessoas o conhecem de vista?

— Não.

— É possível que ele vá a outra casa de penhor em breve. Nesse caso, precisaremos começar tudo de novo. Por outro lado, Shlessinger recebeu uma soma justa pela joia, e nada lhe perguntaram, por isso, se precisar de dinheiro logo, na certa voltará à Casa Bevington. Vou escrever um bilhete para o senhor entregar a eles, que lhe permitirão esperar na loja. Se o indivíduo aparecer, siga-o até onde ele mora. Nada de indiscrição, e, acima de tudo, sem violência. Prometa-me, com sua palavra de honra, que não dará um passo sem meu conhecimento e consentimento.

Durante dois dias, o honorável varão Philip Green (permita-me mencionar tratar-se do filho do famoso almirante de mesmo nome, que comandou a esquadra do mar de Azof, na Guerra da Crimeia) não nos trouxe nenhuma notícia. Na noite do terceiro dia, irrompeu em nossa sala de estar, pálido, trêmulo, com cada músculo da vigorosa compleição num esboço vibrante de excitação.

— Nós o apanhamos! Nós o apanhamos! — gritou.

Mostrava-se incoerente naquela agitação. Holmes acalmou-o com algumas palavras e o fez sentar-se numa poltrona.

— Vamos, dê-nos a ordem dos acontecimentos.

— Ela chegou apenas há uma hora. Dessa vez veio a esposa, mas o pingente que trouxe era par do outro. Mulher alta, pálida, com os olhos vasculhadores.

— Essa é a senhora — disse Holmes.

— Ela saiu da loja e eu a segui. Percorreu a Kensington Road e eu continuei atrás dela. Logo em seguida entrou numa loja, sr. Holmes, era uma agência funerária.

Meu companheiro sobressaltou-se.

— E aí? — perguntou, com aquela voz vibrante que transmitia a alma fogosa por trás do semblante frio, sombrio.

— Ela falava com a mulher atrás do balcão. Também entrei. "Está atrasado", ouvi-a dizer, ou palavras com esse objetivo. A mulher se desculpava. "A esta altura já devia estar lá", respondeu a mulher às desculpas da balconista. "Exigiu mais tempo por ser fora do comum." Ambas se calaram e me olharam, então fiz uma pergunta qualquer e deixei a loja.

— Agiu muitíssimo bem. Que aconteceu em seguida?

— A mulher saiu, mas eu tinha me escondido num vão de porta. Acho que desconfiava de algo, pois olhou em toda a volta. Então, chamou um coche e entrou. Tive a sorte de conseguir outro e pude segui-la. Ela desceu, afinal, no número 36 da Poultney Square, em Brixton. Passei por ela, saltei do veículo na esquina da praça e fiquei vigiando a casa.

— Viu alguém?

— As janelas estavam todas em escuridão, a não ser uma no andar inferior. Tinha a cortina fechada e não pude ver dentro. Fiquei ali, a me perguntar o que devia fazer em seguida, quando parou um furgão com dois homens. Eles desceram, tiraram algo de dentro do carro e o transportaram até os degraus diante da entrada. Sr. Holmes, era um caixão.

— Ah!

— Por um instante, estive prestes a entrar à força. Haviam aberto a porta para receber os dois homens com a carga. A mulher a abriu, mas como eu continuava ali, ela me viu de relance e acho que me reconheceu. Vi que se assustou e apressou-se a fechar a porta. Lembrei-me de minha promessa ao senhor e aqui estou.

— Fez um excelente trabalho — disse Holmes ao escrever algumas palavras numa meia-folha de papel. — Não podemos fazer nada judicialmente sem um mandado, e o senhor pode servir melhor à causa se levar este bilhete às autoridades e obtiver um. Talvez criem alguma dificuldade, mas acho que a venda das joias deve bastar. Lestrade tratará dos detalhes.

— Mas eles podem assassiná-la nesse meio tempo. O que poderia significar o caixão e para quem seria senão para ela?

— Faremos todo o possível, sr. Green. Não se perderá um instante. Deixe-nos cuidar disso. E agora, Watson — acrescentou, quando nosso cliente saiu correndo —, ele acionará as forças regulares. Somos, como de hábito, os irregulares, e precisamos tomar nossa linha de ação. A situação me parece tão desesperada que se justificam as mais extremas medidas. Não devemos perder um segundo para chegar à Poultney Square.

"Vamos tentar reconstituir a situação", continuou, ao passarmos rapidamente pelas casas do Parlamento e atravessar a ponte de Westminster. "Aqueles vilões atraíram a infeliz senhora para Londres, após afastá-la da fiel criada. Se ela escreveu quaisquer cartas, foram interceptadas. Por intermédio de um dos cúmplices deles, arranjaram uma casa mobiliada. Assim que a ocuparam, fizeram-na prisioneira e apossaram-se de suas valiosas joias, que haviam sido o objetivo deles desde o início. Já começaram a vender parte delas, o que lhes deve parecer seguro, pois não têm motivo para achar que alguém esteja interessado no destino da senhora. Se a soltarem, ela decerto irá denunciá-los. Portanto, não podem soltá-la. Mas tampouco podem mantê-la trancafiada para sempre. Em consequência, assassiná-la é a única solução para os bandidos."

— Isso parece muito claro para mim.

— Agora, seguiremos outra linha de raciocínio. Quando seguimos duas correntes distintas de pensamento, Watson, sempre encontraremos algum ponto de interseção que deve aproximar-se da verdade. Começaremos então, não a partir da senhora, mas do caixão, e raciocinaremos de trás para diante. Temo que esse incidente prove, sem sombra de dúvida, que a senhora está morta. Também indica um enterro segundo as normas, acompanhado de atestado de óbito e sanção oficial. Obviamente, se já a houvessem assassinado, teriam, sem dúvida, enterrado lady Frances numa cova no quintal. Mas, na atual circunstância, tudo é aberto e regular. Que significa isso? Com certeza, liquidaram-na de algum modo que enganou o médico, envenenamento, talvez. No entanto, parece estranho que chegassem a deixar um médico aproximar-se dela, a não ser que fosse um cúmplice, o que dificilmente constitui uma proposição aceitável.

— Teriam falsificado um atestado de óbito?

— Perigoso, Watson, muito perigoso. Não, não me parece que tenham feito isso. Pare, motorista! Com certeza, esta é a agência funerária, pois acabamos de passar pela casa de penhores. Poderia entrar, Watson? Sua aparência inspira confiança. Pergunte a que horas amanhã será o enterro da Poultney Square.

A mulher na loja respondeu-me sem hesitação que seria às oito da manhã.

— Está vendo, Watson? Nenhum mistério, tudo às claras! De algum modo, cumpriram-se as normas legais, e eles têm pouco a temer. Bem, só nos resta um ataque frontal direto. Está armado?

— Minha bengala!

— Ora, ora, devemos ser fortes o suficiente. "Três vezes armado se acha aquele cuja causa é justa", como afirma a personagem-título do rei Henrique VI, de Shakespeare. Simplesmente, não podemos nos permitir esperar a polícia, nem nos manter tolhidos pelas exigências da lei. Pode seguir em frente, motorista. Agora, Watson, apenas tentaremos nossa sorte juntos, como de vez em quando já fizemos.

Ele batera alto na porta de uma grande casa sombria no centro da Poultney Square. Logo a abriram, e vimos a silhueta de uma mulher alta delineada diante do corredor mal iluminado.

— Então, que vocês querem? — ela perguntou ríspida, espreitando-nos da escuridão.

— Quero falar com o dr. Shlessinger — disse Holmes.

— Essa pessoa não mora aqui — respondeu a mulher, e tentou fechar a porta, mas meu companheiro bloqueou-a com o pé.

— Bem, quero ver o homem que mora aqui, seja lá como ele se chama — insistiu Holmes, firme.

Ela hesitou. Depois abriu a porta.

— Pois bem, entrem! — disse. — Meu marido não teme enfrentar homem algum no mundo. — Fechou a porta assim que entramos, conduziu-nos a uma sala de estar no lado direito do corredor e acendeu o lampião ao nos deixar. — O sr. Peters os receberá num instante.

Dissera literalmente a verdade, pois mal tivemos tempo de olhar em volta o aposento empoeirado e roído de traças no qual nos encontrávamos, antes de a porta abrir-se e um homem enorme, calvo e bem barbeado entrar despreocupado na sala. De rosto grande e avermelhado, tinha as faces penduradas e um ar geral de superficial benevolência desvirtuada apenas por uma boca cruel e malévola.

— Trata-se sem dúvida de algum engano, senhores — disse com uma voz untuosa e conciliatória. — Imagino que lhes deram o endereço errado. Talvez se seguirem mais adiante na rua...

— Já chega, não temos tempo a perder — cortou-lhe meu companheiro com firmeza. — Você é Henry Peters, de Adelaide, e até pouco tempo atrás usava o nome de reverendo dr. Shlessinger, de Baden e da América do Sul. Tenho tanta certeza disso quanto de chamar-me Sherlock Holmes.

Peters, como agora o chamarei, sobressaltou-se e encarou firme seu temível adversário.

— Creio que seu nome não me assusta, sr. Holmes — ele disse friamente. — Não há travesseiro tão macio quanto uma consciência limpa. Que quer na minha casa?

— Quero saber o que você fez com lady Frances Carfax, a pessoa que vocês levaram embora de Baden.

— Teria imenso prazer se você me pudesse dizer onde está essa senhora — respondeu Peters, com frieza. — Tenho uma conta que ela me deve de quase cem libras, e nada para mostrar-lhe, além de um par de pingentes sem valor que o negociante mal olhou. Ela se apegou à sra. Peters e a mim e, em Baden, é um fato que eu usava outro nome na época, grudou em nós até virmos para Londres. Paguei sua conta do hotel e a passagem. Assim que se viu em Londres, ela fugiu de nós e, como eu disse, deixou essas joias antiquadas para pagar suas contas. Encontre-a, sr. Holmes, e serei seu devedor.

— *Pretendo* encontrá-la — disse Sherlock Holmes. — Vou procurar em toda esta casa até encontrá-la.

— Cadê seu mandado?

Holmes sacou parte de um revólver do bolso.

— Este servirá até chegar um melhor.

— Ora, você é um ladrão vulgar.

— Descreva-me como quiser — respondeu Holmes, rindo. — Meu companheiro também é um valente perigoso e juntos vamos revistar sua casa inteira.

Nosso oponente abriu a porta.

— Vá buscar um policial, Annie! — disse.

Ouviu-se um farfalhar de saias no corredor, em seguida a porta do vestíbulo se abrir e fechar.

— Nosso tempo é limitado, Watson. Se tentar impedir-nos, Peters, com quase toda a certeza se machucará. Onde está aquele caixão que trouxeram para cá?

— Por que lhe interessa o caixão? Está em uso, com um corpo dentro.

— Preciso vê-lo.

— Não tem meu consentimento.

— Então, sem ele.

Com um movimento rápido, Holmes empurrou o sujeito para um lado e saiu para o corredor. Vimos uma porta entreaberta bem diante de nós. Entramos. Era a sala de jantar. Em cima da mesa, sob um candelabro semiaceso, estendia-se o caixão. Holmes acendeu o lampião e levantou a tampa. Nos recessos do caixão jazia uma figura emaciada. O clarão das luzes acima abatia um rosto idoso e murcho. Por processo algum possível de crueldade, fome, ou doença, poderia ser aquela devastação a ainda bela lady Frances. A fisionomia de Holmes revelava seu espanto e também o alívio.

— Graças a Deus! — ele murmurou. — É outra pessoa.

— Ah! Dessa vez cometeu um erro crasso, sr. Sherlock Holmes — disse Peters, que nos seguira até a sala.

— Quem é esta morta?

— Ora, se quer mesmo saber, é uma antiga babá de minha esposa, Rose Spender, a quem encontramos na enfermaria de Brixton Workhouse. Nós a trouxemos para cá, chamamos o dr. Horson, de Firbank Villas, 13, preste atenção no endereço, sr. Holmes, e cuidamos dela com todo o cuidado, como manda a tradição cristã. No terceiro dia ela morreu, o atestado de óbito diz decadência senil, mas essa, porém, é apenas a opinião do médico, e o senhor decerto saberá melhor. Encomendamos a realização do funeral à agência Stimson & Cia., da Kennington Road, que a enterrará amanhã, às oito horas. Consegue captar algum subterfúgio nisso, sr. Holmes? Cometeu um erro tolo, como também deve admitir francamente. Daria tudo por uma fotografia de sua expressão pasma, boquiaberta, ao retirar aquela tampa esperando ver lady Frances Carfax e encontrar apenas uma pobre idosa de 90 anos.

Embora Holmes se mostrasse mais impassível do que nunca sob os escárnios de seu antagonista, as mãos cerradas traíam seu profundo aborrecimento.

— Vou procurar na casa toda — repetiu.

— Finalmente chegaram! — exclamou Peters quando uma voz feminina e passos pesados ressoaram no corredor. — Logo trataremos disso. Por aqui, inspetores, por favor. Estes homens forçaram a entrada em minha casa e não consigo livrar-me deles. Ajudem-me a colocá-los para fora.

Um sargento e um policial pararam no vão da porta. Holmes retirou o cartão de visitas do estojo.

— Meu nome e endereço. Este é meu amigo, o dr. Watson.

— Deus o abençoe, sr. Holmes, nós o conhecemos muito bem — disse o sargento — mas não pode permanecer aqui sem um mandado.

— Claro que não. Sei muito bem.

— Prenda-o! — gritou Peters.

— Sabemos onde encontrar este cavalheiro se ele for procurado — respondeu o sargento, altivo — mas o senhor terá de sair, sr. Holmes.

— Sim, Watson, teremos de sair.

Um minuto depois, nos víamos mais uma vez na rua. Holmes, indiferente como sempre. Eu, porém, furioso e humilhado. O sargento seguira-nos.

— Lamento, sr. Holmes, mas a lei nos obriga.

— Exatamente, sargento; não podia agir de outro modo.

— Espero que tenha um bom motivo para sua presença lá. Se eu puder fazer alguma coisa...

— Trata-se de uma senhora desaparecida, sargento, e acreditamos que ela está lá. Aguardo um mandado neste instante.

— Então, ficarei de olho nos envolvidos, sr. Holmes. Se acontecer algo, com certeza o informarei.

Eram apenas nove horas, e partimos logo em nossa busca. Primeiro tomamos o carro até a enfermaria de Brixton Workhouse, onde confirmamos ser de fato verdade que um casal caridoso aparecera no hospital, alguns dias antes, à procura de uma idosa senil, uma antiga criada, e obtivera permissão para levá-la com eles. Não se expressou surpresa com a notícia de sua morte.

O médico foi nosso próximo destino. Haviam-lhe solicitado uma visita, encontrara a mulher agonizante de pura senilidade, assinara o atestado, conforme a devida norma.

— Garanto-lhe que tudo aconteceu de forma inteiramente normal e não houvera oportunidade para falsificar a situação — ele disse.

Nada na casa lhe parecera suspeito, a não ser o fato de que pessoas daquela classe não tivessem criados. Apenas isso, e nada além, tinha a acrescentar o médico.

Por fim, seguimos para a Scotland Yard. Haviam encontrado dificuldades quanto à emissão do mandado, o que tornou inevitável certa demora. Talvez só obtivessem a assinatura do juiz na manhã seguinte. Se Holmes aparecesse às nove horas da manhã, poderia ir com Lestrade a fim de usarem sua influência. Assim terminou o dia, com exceção de que, próximo à meia-noite, nosso amigo, o sargento, procurou-nos para dizer que vira luzes bruxuleantes em alguns pontos nas janelas da grande casa escura, mas ninguém saíra nem entrara. Só nos restava rogar paciência e esperar o dia seguinte.

Sherlock Holmes ficou demasiado irritado para conversar e demasiado inquieto para dormir. Deixei-o fumando sem parar, as pesadas sobrancelhas escuras franzidas, e tamborilando os dedos longos e nervosos nos braços da poltrona, ao revirar a mente em busca de cada solução possível para o mistério. Várias vezes no decorrer da noite ouvi-o vaguear pela casa. Por fim, logo que despertei, ele irrompeu no meu quarto. Embora envolto no roupão, o rosto pálido, de olhos encovados, mostrava que passara a noite sem dormir.

— A que horas será o funeral? Às oito, não? — perguntou, ansioso. Bem, são sete e vinte agora. Minha nossa, Watson, onde foi parar o cérebro que Deus me deu? Rápido, homem, rápido! É vida ou morte... noventa e nove chances de morte para uma de vida. Jamais me perdoarei se chegarmos tarde demais!

Não se haviam passado cinco minutos quando voávamos num trole pela Baker Street. Mas ainda assim eram 7h35 quando passamos pelo Big Ben, soaram oito horas ao vararmos a Brixton Road. Outros, porém, se atrasaram como nós. Dez minutos após a hora marcada, o carro fúnebre continuava parado diante da porta da casa, e no momento mesmo em que nosso cavalo espumante parou, o caixão, sustentado por três homens, surgiu no limiar. Holmes precipitou-se para a frente e bloqueou a passagem.

— Levem-no de volta! — gritou, estendendo a mão no peito do que vinha à frente. — Levem-no de volta já!

— Que diabos pretende fazer? Mais uma vez, pergunto-lhe: cadê o mandado? — gritou o furioso Peters, a encará-lo feroz, com o grande rosto rubro atrás do caixão.

— O mandado está a caminho. Este caixão permanece na casa até ele chegar.

A autoridade na voz de Holmes influenciou os carregadores. Peters de repente desaparecera dentro da casa e eles obedeceram às novas ordens.

— Rápido, Watson, rápido! Aqui está uma chave de parafusos! — gritou, quando se repôs o caixão na mesa. — Tome uma para você, meu amigo! Ganha um soberano se retirar a tampa num minuto! Não faça perguntas, retire-a! Ótimo! Outro! Mais outro! Agora puxemos todos juntos! Está cedendo! Está cedendo! Ah, despregou-se, afinal!

Com um esforço conjunto, arrancamos a tampa do caixão. Assim que o fizemos, emanou do interior um cheiro entorpecente e insuportável de clorofórmio. Dentro estendia-se um corpo, a cabeça toda coberta de algodão em rama encharcado do narcótico. Holmes desprendeu-o e expôs o rosto majestoso de uma bonita mulher de meia-idade. No mesmo instante, enlaçou o braço na figura e ergueu-a para uma posição sentada.

— Será que ela se foi, Watson? Ainda resta uma centelha de vida? Não podemos ter chegado tarde demais!

Durante meia hora pareceu que chegáramos. Devido à existente sufocação e aos vapores venenosos do clorofórmio, lady Frances parecia ter transposto o último ponto possível para trazê-la de volta. E então, afinal, com respiração artificial, éter injetado, e todos os recursos que a ciência sugeria, um impulso de vida, um tremor das pestanas, o embaçar de um espelho indicaram o lento retorno à vida. Um coche aproximara-se. Holmes separou as ripas da persiana e olhou-o.

— Chegou Lestrade com o mandado — disse. — Vai descobrir que seus pássaros alçaram voo. E também chega alguém — acrescentou, quando passos pesados atravessaram o corredor a toda velocidade — que tem mais direito de cuidar desta senhora do que nós. Bom-dia, sr. Green; creio que quanto antes pudermos tirar lady Frances daqui melhor. Enquanto isso, o funeral pode prosseguir, e a pobre idosa que ainda jaz nesse caixão seguirá sozinha para o último lugar de descanso.

— Caso queira acrescentar este caso aos seus anais, meu caro Watson — disse Holmes naquele entardecer — servirá ele apenas como exemplo do eclipse temporário ao qual, às vezes, se expõe mesmo a mente mais equilibrada. Tais deslizes são comuns a todos os mortais, e maior é o mérito daquele que sabe reconhecê-los e corrigi-los. A esse crédito moderado, talvez eu possa fazer alguma reivindicação. Tive uma noite atormentada pelo pensamento de que me ocorrera em algum lugar uma pista, uma frase estranha, uma observação curiosa que eu descartara com demasiada facilidade. Então, de repente, no amanhecer ainda cinzento, madrugada, as palavras retornaram a mim. Foi o comentário da mulher da funerária, como relatou Philip Green. Ela dissera: "A esta altura já devia estar lá. Levou mais tempo por ser de tamanho fora do comum". Era do caixão que ela falava. Um caixão que fugia ao padrão. Só podia significar que fora feito de acordo com algumas medidas especiais. Mas por quê? Por quê? Lembrei-me das laterais profundas e da pequena figura acomodada bem no fundo. Por que um caixão tão grande para um cadáver tão pequeno? Destinava-se a deixar espaço para outro corpo. Ambas seriam enterradas com um único atestado de óbito. Tudo se revelava com muita clareza, se eu não houvesse ficado com a própria visão escurecida. Às oito horas, lady Frances seria sepultada; nossa única esperança era reter o caixão antes que deixasse a casa.

"Embora fosse uma chance desesperada, a de que pudéssemos encontrá-la viva, assim mesmo *era* uma chance, como demonstrou o resultado. Pelo que eu sei, aqueles dois jamais cometeram um assassinato. Talvez recuassem diante da ideia de violência concreta até o fim. Poderiam enterrá-la sem o menor sinal de como ela morreu, e, mesmo se a exumassem, poderia haver uma chance para eles. Eu tinha esperança de que essas considerações prevalecessem para ambos. Você pode reconstituir a cena muito bem. Viu o horrível gabinete no andar de cima, onde mantiveram a pobre senhora por tanto tempo. Eles correram até lá, subjugaram-na com clorofórmio, carregaram-na para baixo, despejaram mais entorpecente dentro do caixão, para assegurar-se de que ela não despertaria, e aparafusaram a tampa. Um plano inteligente, Watson. É novo para mim nos anais do crime. Se os nossos amigos ex-missionários escaparem às garras de Lestrade, hei de esperar notícias de outros brilhantes incidentes na futura carreira deles."

O DETETIVE AGONIZANTE

A sra. Hudson, senhoria de Sherlock Holmes, era uma mulher de grande resignação. Não apenas tinha o apartamento do primeiro andar invadido o dia inteiro por bandos de figuras estranhas, e muitas vezes indesejáveis, mas seu notável inquilino exibia excentricidade e irregularidade no modo de vida que muito deviam esgotar-lhe a paciência. A incrível bagunça, o hábito de ouvir música em horas estranhas, o treino de pontaria com o revólver, de vez em quando, no interior dos aposentos, as esquisitas e frequentes malcheirosas experiências científicas e a atmosfera de violência e perigo que pairava acima dele o tornavam o pior inquilino de Londres. Por outro lado, seus pagamentos eram régios. Não tenho a menor dúvida de que se poderia comprar toda a casa pelo preço que Holmes pagou pelos seus aposentos durante os anos em que morei com ele.

A senhoria demonstrava profundo respeito e reverência por ele e jamais ousou interferir em sua rotina, por mais afrontosos que parecessem seus procedimentos. Também gostava muito do inquilino, pois Holmes exibia admirável gentileza e amabilidade no trato com as mulheres. Ele desdenhava e não confiava muito no sexo feminino, porém sempre agia como elegante e educado oponente. Sabendo como era autêntica a consideração que a sra. Hudson tinha por Holmes, ouvi com toda seriedade o relato quando ela apareceu em meus aposentos, no segundo ano de minha vida de casado, e falou-me da triste condição a que se reduzira meu amigo.

— Ele está definhando, dr. Watson — disse. — Há três dias que vem piorando e duvido que dure até o fim de hoje. Não me deixou chamar um médico. Esta manhã, quando vi os ossos ressaltados do rosto e ele a me encarar com aqueles grandes olhos brilhantes, não aguentei mais. "Com ou sem sua licença, sr. Holmes, vou procurar um médico agora mesmo," avisei. "Que seja Watson, então", ele disse. Eu não perderia um instante para ir vê-lo, senhor, ou talvez não o encontre vivo.

Fiquei muito assustado, pois nada soubera de sua doença. Desnecessário dizer que peguei o paletó e o chapéu às pressas. Já no carro em que retornávamos, perguntei-lhe os detalhes.

— Não tenho muito a lhe dizer, senhor. Ele esteve trabalhando num caso em Rotherhithe, num beco perto do rio, e voltou com essa doença. Caiu de cama na tarde de quarta-feira e não se levantou desde então. Nesses últimos três dias, não comeu nem bebeu nada.

— Meu Deus! Por que não chamou um médico?

— Ele não me permitiu chamar ninguém. Sabe como é autoritário! Não ousei desobedecer-lhe. Mas não continuará neste mundo muito tempo, como poderá comprovar assim que puser os olhos nele.

De fato, meu amigo era um espetáculo deplorável. Na luz fraca de um dia enevoado de novembro, o quarto do doente pareceu-me um lugar sombrio, mas foi aquele rosto esquelético e esgotado a fitar-me da cama que me causou um calafrio no coração. Os olhos desprendiam o brilho de febre, as faces apresentavam um rubor febril, e os lábios tinham crostas escuras grudadas. Retorcia sem parar as mãos finas na colcha. A voz saiu baixa, áspera e espasmódica. Quando entrei, encontrei-o deitado, apático, mas, ao me avistar, surgiu-lhe nos olhos um brilho de reconhecimento.

— Sim, Watson, parece que já estive em dias melhores — disse com a voz fraca, mas com algo de sua atitude despreocupada.

— Meu caro amigo... — exclamei, ao aproximar-me.

— Afaste-se! Afaste-se logo! — ele disse, com a incisiva imperiosidade que eu associara apenas a momentos de crise. — Se você se aproximar de mim, Watson, eu o mandarei sair da casa.

— Mas por quê?

— Porque é este meu desejo. Não basta?

Sim, a sra. Hudson tinha razão. Estava mais tirano do que nunca. Lamentei, porém, vê-lo naquela situação.

— Eu só queria ajudar — expliquei.

— Exatamente. Ajudará melhor se fizer o que lhe mandarem.

— Sem dúvida, Holmes.

Ele relaxou a atitude austera.

— Não se zangou? — perguntou ofegante.

Pobre diabo, como poderia eu me zangar quando o via acamado naquelas condições?

— É para seu próprio bem, Watson — cacarejou.

— Para o *meu* bem?

— Sei qual é o meu problema. Trata-se da enfermidade transmitida pelos operários cules[1] da Sumatra, sobre a qual os holandeses sabem mais do que nós, embora a tratem com descaso até hoje. Só um fato é certo e indiscutível: é letal e terrivelmente contagiosa.

Falava agora com febril energia, a retorcer e sacudir as longas mãos enquanto gesticulava para eu me afastar.

— Contagiosa pelo toque, Watson, veja bem: por toque. Mantenha distância e tudo fica bem.

— Meu Deus, Holmes, supõe você que tal consideração tem importância para mim? Não me influenciaria nem no caso de um estranho. Imagina que isso me impediria de cumprir meu dever com um amigo tão antigo?

Mais uma vez adiantei-me, mas ele me repeliu com um olhar de fúria.

— Se você ficar aí, falarei. Se não, deve sair do quarto.

---

[1] Cule: trabalhador local, assalariado pelos portugueses em antigas colônias na China e na Índia. (Fonte: *Dicionário Houaiss Eletrônico*) (N. do E.)

Tenho tão profundo respeito pelas extraordinárias qualidades de Holmes que sempre cedi aos seus desejos, mesmo quando menos os entendia. Mas agora todos os meus instintos profissionais se exaltavam. Que fosse meu superior em outro lugar, mas, pelo menos num quarto de doente, o senhor era eu.

— Holmes — contestei —, você não está bem. Um homem doente é como uma criança, e assim vou tratá-lo. Querendo ou não, vou examinar seus sintomas e tratá-los de acordo.

Ele encarou-me com olhos perversos.

— Se precisar de um médico, querendo ou não, deixe-me ao menos chamar alguém em quem eu tenha confiança.

— Então não confia em mim?

— Na sua amizade certamente. Mas fatos são fatos, Watson, e afinal você é apenas um clínico geral, com experiência muito limitada e qualificações medíocres. Dói-me ter de lhe dizer estas coisas, mas você não me dá outra opção.

Fiquei profundamente magoado.

— Tal observação é indigna de você, Holmes. Revela-me, claramente, o estado de seus nervos. Mas se não confia em mim, não lhe imporei meus serviços. Permita-me chamar sir Jasper Meek ou Penrose Fisher, ou outro qualquer dos melhores profissionais de Londres. Mas você *precisa* ser examinado por alguém, ponto final. Se pensa que vou ficar aqui e vê-lo morrer sem ajudá-lo ou trazer outra pessoa para fazê-lo, não conhece seu amigo.

— Você tem boas intenções, Watson — disse o doente, com algo entre um soluço e um grunhido. — Devo demonstrar sua própria ignorância? Que sabe você, me diga, da febre de Tapanuli? Que sabe da ulceração de Formosa que se cobre por uma extraordinária crosta escura?

— Jamais ouvi falar de nenhuma das duas.

— Há inúmeras variações de doenças, muitas possibilidades patológicas estranhas no Oriente, Watson — Interrompia-se após cada frase para recuperar a força debilitada. — Aprendi isso durante umas pesquisas recentes de conteúdo médico-legal. Foi no decorrer delas que contraí esta enfermidade. Você nada pode fazer.

— É possível que não. Mas por acaso sei que o dr. Ainstree, a maior autoridade viva em doenças tropicais, encontra-se agora em Londres. Todo protesto seu será inútil, Holmes. Vou agora mesmo buscá-lo.

Dirigi-me resoluto à porta. Jamais senti choque tão grande! Num instante, com um salto de tigre o agonizante me barrara. Ouvi o estalo agudo de uma chave girar na fechadura. No momento seguinte voltara cambaleante à cama, exausto e ofegante depois daquele tremendo gasto de energia.

— Você não vai tirar de mim a chave nem à força, Watson. Agora eu o peguei, meu amigo. Aqui está e aqui ficará até eu resolver o contrário. Mas vou fazer-lhe a vontade. — Tudo isso foi dito aos trancos, entre esforços terríveis para tomar fôlego. — Você só deseja de todo o coração o meu bem. Claro que sei disso perfeitamente. Fará como quiser. Mas me dê tempo para recuperar a força. Não agora, Watson, não agora. São quatro da tarde, às seis horas, você pode ir.

— Isso é insanidade, Holmes.

— Apenas duas horas, Watson. Prometo que irá às seis. Dispõe-se a esperar?

— Parece que não tenho outra opção.

— Nenhuma, Watson. Obrigado, não preciso de ajuda na arrumação destas roupas de cama. Faça o favor de manter distância. Agora, mais uma condição. Você vai procurar ajuda não do homem que citou, mas do que eu escolher.

— Com toda certeza.

— As primeiras três palavras sensatas que você proferiu desde que entrou neste quarto, Watson. Vai encontrar alguns livros ali. Estou meio exausto. Gostaria de saber como se sente uma bateria quando transmite eletricidade num não condutor. Às seis horas, Watson, reiniciamos nossa conversa.

Mas a conversa se destinava a reiniciar-se muito antes dessa hora e em circunstâncias que me deram um choque que mal ficava atrás do causado pelo salto dele até a porta. Eu ficara ali por alguns minutos olhando a silenciosa figura deitada na cama. Ele tinha o rosto quase tapado pelas cobertas e parecia dormir. Então, sem conseguir acalmar-me para ler, circulei devagar pelo quarto, a examinar os retratos de criminosos célebres que adornavam todas as paredes. Por fim, naquela perambulação sem destino, cheguei até o aparador da lareira. Tinha em cima uma bagunça de cachimbos, saquinhos de tabaco, seringas, canivetes, cartuchos de revólver e outros rebotalhos espalhados. No meio destes, uma caixinha de marfim branco e preto com uma tampa corrediça. Tratava-se de um objetozinho muito bonito e refinado, e eu estendera a mão para examiná-la mais de perto, quando...

Que grito pavoroso ele soltou, um berro que talvez tivesse sido ouvido na rua. Senti a pele gelar e os cabelos se eriçarem. Ao me voltar, entrevi um rosto convulso e olhos frenéticos. Fiquei imobilizado, com a caixinha na mão.

— Largue-a! Exijo que a largue, Watson, já! — Afundou de novo a cabeça no travesseiro e exalou um profundo suspiro de alívio quando repus a caixa no aparador. — Detesto que toquem em minhas coisas, Watson. Você sabe que detesto. É insuportável como não fica quieto. Você, um médico... basta para internar um paciente num manicômio. Sente-se, homem, e me deixe descansar!

O incidente causou-me na mente uma desagradabilíssima impressão. O violento e infundado nervosismo, seguido pela fala brutal, tão diferente de sua habitual suavidade, mostrou-me como lhe era profunda a desorganização da mente. De todas as ruínas, a de uma mente brilhante é a mais deplorável. Sentei-me em silencioso abatimento até o tempo estipulado passar. Ele pareceu vigiar o relógio como eu, pois, mal o ponteiro indicou seis horas, começou a falar com a mesma animação febril de antes.

— Agora, Watson — disse. — Você tem algum trocado no bolso?

— Tenho.

— Moedas de prata?

— Muitas.

— Quantas meias coroas?

— Cinco.

— Ah! Muito pouco! Muito, muito pouco! Que grande infortúnio, Watson! Ainda assim, coloque-as no bolso do relógio e todo o restante de seu dinheiro no bolso esquerdo das calças. Obrigado. Isso vai equilibrá-lo muito melhor.

Era um louco delírio. Ele estremeceu e mais uma vez emitiu um som entre uma tosse e um soluço.

— Agora você vai acender o lampião, Watson, mas tome muito cuidado para que nem por um instante a chama exceda a metade. Imploro que seja cuidadoso. Obrigado, excelente. Não, não precisa fechar a veneziana. Por favor, tenha a bondade de pôr algumas cartas e jornais nesta mesa ao meu alcance. Obrigado. Agora um pouco dos objetos espalhados em cima do aparador da lareira. Excelente, Watson! Tem uma pinça para torrões de açúcar ali. Com delicadeza, erga com a pinça aquela caixinha de marfim. Deixe-a aqui, no meio dos jornais. Ótimo! Pode sair agora e buscar o sr. Culverton Smith, na rua Lower Burke, 13.

Para dizer a verdade, meu desejo de buscar um médico diminuíra um pouco, pois o pobre Holmes estava obviamente tão delirante que parecia perigoso deixá-lo sozinho. Mas no momento parecia tão ansioso por consultar a pessoa indicada como se obstinara em recusar antes.

— Nunca ouvi o nome — eu disse.

— É possível que não, meu bom Watson. Talvez o surpreenda saber que o homem mais versado da terra nesta doença não é um médico, mas um agricultor. O sr. Culverton Smith é famoso residente de Sumatra, agora em visita a Londres. Uma epidemia da doença na fazenda dele, muito distante de qualquer ajuda médica, levou-o a estudá-la sozinho, com consequências poderosas. Trata-se de uma pessoa muito metódica, e eu não quis que você saísse antes das seis, pois sei muito bem que não o encontraria em seu escritório. Se conseguir convencê-lo a vir aqui e nos dar o benefício de sua experiência única desta doença, cuja pesquisa lhe tem sido o passatempo mais apreciado, não tenho a menor dúvida de que ele pode ajudar-me.

Relatei as observações de Holmes como um conjunto de frases consecutivas, e não quis tentar indicar como foram interrompidas por faltas de ar e aquelas torceduras das mãos que revelavam a dor que ele sentia. Sua aparência piorara durante as poucas horas que eu permanecera com ele. As manchas febris nas faces acentuaram-se mais, os olhos irradiavam um brilho mais intenso das órbitas escuras, e um suor frio reluzia na testa. Ainda conservava, porém, a garbosa valentia na fala. Até o último suspiro ele sempre seria o superior.

— Você vai contar-lhe exatamente como me deixou — disse. — Transmita a própria impressão que lhe ficou na mente, a de um agonizante, um agonizante em delírio. Na verdade, não consigo entender por que todo o leito do oceano não é uma sólida massa de ostras, tão prolíferas que parecem essas criaturas. Ah, desviei-me do assunto! Estranho como o cérebro controla o cérebro! Que eu dizia mesmo, Watson?

— As instruções sobre o que dizer ao sr. Culverton Smith.

— Ah, é, lembrei. Minha vida depende disso. Implore a ele. Não temos uma relação amigável. Seu sobrinho, Watson, eu tinha suspeitas de um crime cometido por ele e comuniquei-as à polícia. O jovem morreu de forma terrível. Culverton tem certo ressentimento de mim por causa disso. Abrande-o, meu caro amigo. Rogue, suplique, traga-o de qualquer maneira. Ele pode salvar-me, só ele.

— Vou trazê-lo num carro, nem que seja à força.

— Não fará nada semelhante. Vai convencê-lo a vir e depois retornará antes dele. Invente qualquer desculpa para não chegar com ele. Não se esqueça, Watson. Não me deixará na mão. Jamais me deixou. Sem dúvida, existem inimigos naturais que limitam o aumento das criaturas. Você e eu, Watson, fizemos a nossa parte. Será, então, o mundo invadido pelas ostras? Não, não, terrível! Transmita tudo que tem na mente.

Deixei-o repleto da imagem desse magnífico intelecto a balbuciar como uma criança tola. Ele me entregara a chave, e me ocorreu a feliz ideia de levá-la comigo, pois temia que se trancasse. A sra. Hudson esperava trêmula e chorosa no corredor. Ao descer dos aposentos, ouvi a voz fraca e estridente de Holmes em algum cântico delirante. Já na rua, quando acenava para um coche, surgindo do nevoeiro, um homem aproximou-se mim.

— Como está o sr. Holmes, senhor? — perguntou.

Era um velho conhecido, o inspetor Morton, da Scotland Yard, vestido à paisana, com um terno de *tweed*.

— Muito doente — respondi.

Ele me olhou de um modo muitíssimo estranho. Se isso não fosse demasiado perverso, eu talvez imaginasse que o brilho da claraboia mostrava exultação no rosto dele.

— Ouvi algum rumor a respeito — disse.

O carro encostou e eu o deixei.

Percebi que a rua Lower Burke consistia numa fileira de elegantes casas situadas na vaga área delimitada entre Notting Hill e Kensington. A específica diante da qual parou o condutor tinha um ar de presunçosa e afetada respeitabilidade, na balaustrada de ferro antiquada, a porta maciça dupla e brilhantes ornamentos de metal. Tudo de acordo com um solene mordomo que surgiu emoldurado na rósea radiação de uma lâmpada elétrica tingida atrás dele.

— Sim, o sr. Culverton está aqui. Dr. Watson? Muito bem, senhor. Vou entregar-lhe o cartão.

Meu humilde nome e título não pareceram impressionar o sr. Culverton Smith. Pela porta entreaberta, ouvi uma voz alta, petulante e incisiva:

— Quem é essa pessoa? Que quer? Santo Deus, Staples, quantas vezes disse que não devo ser incomodado em minhas horas de estudo?

Chegou então um baixo fluxo de explicação tranquilizadora do mordomo.

— Ora, não vou recebê-lo, Staples. Não tolero que interrompam meu trabalho assim. Diga que não estou em casa. Mande-o voltar amanhã de manhã, se precisa mesmo me ver.

Mais uma vez o mesmo murmúrio baixo.

— Vá, vá, dê-lhe então este recado: pode vir amanhã de manhã, ou não aparecer. Meu trabalho não pode ser interrompido.

Pensei em Holmes, debatendo-se no leito de doença e talvez contando os minutos à espera de eu chegar com ajuda. Não era hora de insistir em cerimônia. A vida dele dependia da minha presteza. Antes que o tímido mordomo me transmitisse o recado, eu o empurrara e entrara no gabinete.

Com um grito estridente e furioso, levantou-se um homem de uma cadeira reclinada diante da lareira. Vi seu enorme rosto amarelado, de textura granulada, brilhante, com pesado queixo duplo e dois olhos cinzentos mal-humorados, ameaçadores, que me fitavam sob as bastas e grisalhas sobrancelhas. A cabeça toda calva tinha, num lado da curva rosada, uma pequena boina de veludo assentada de forma faceira. Embora exibisse um crânio de enorme volume, quando baixei o olhar notei para meu espanto que a compleição do homem era pequena e frágil, torta nos ombros e costas como se ele tivesse sofrido de raquitismo na infância.

— Que é isso? — vociferou, a voz alta e estridente. — Que significa essa intrusão? Não lhe mandei avisar que o veria amanhã de manhã?

— Perdoe-me — pedi —, mas não posso adiar a questão. O sr. Sherlock Holmes...

A menção do nome de meu amigo causou extraordinária reação no homenzinho. O semblante furioso desfez-se num instante. As feições tornaram-se tensas e apreensivas.

— Veio da parte de Holmes? — perguntou.

— Acabei de deixá-lo.

— Que me diz de Holmes? Como ele está?

— Doente, em estado desesperador. Por isso vim até aqui.

O homem indicou-me com a mão uma cadeira e virou-se para se reinstalar na dele. Quando ele se sentou, vi seu rosto de relance no espelho acima do aparador da lareira. Teria jurado que se esboçava um sorriso malévolo e abominável. Mas me convenci de que devia ter sido alguma contração nervosa que eu surpreendera, pois logo ele tornou a se dirigir a mim com genuína preocupação nas feições.

— Sinto sabê-lo — disse. — Conheço o sr. Holmes apenas por algumas transações de que participamos em comum, porém tenho grande respeito pelos talentos e caráter dele. É um diletante de crime, como eu de doença. Para ele, o vilão, para mim, o micróbio. Veja minhas prisões — continuou ao apontar uma fileira de garrafas e vidros numa mesa lateral. — Entre estes micróbios desenvolvidos em culturas de gelatina, alguns dos piores criminosos do mundo agora cumprem pena.

— Foi devido ao seu conhecimento específico que Holmes desejou vê-lo. Ele o tem em alto conceito e acredita que seja o único homem em Londres que pode ajudá-lo.

O homenzinho sobressaltou-se e a elegante boina escorregou até o chão.

— Por quê? — perguntou. — Por que devia o sr. Holmes pensar que eu poderia ajudá-lo nessa tribulação?

— Por causa de seu conhecimento de doenças orientais.

— Mas por que acharia que essa doença que ele contraiu é oriental?

— Porque, em algum inquérito profissional, ele trabalhou nas docas com os marinheiros chineses.

O sr. Culverton Smith sorriu satisfeito e pegou a boina.

— Ah, é isso, é? Creio que o problema não é tão grave quanto o senhor supõe. Há quanto tempo ele adoeceu?

— Há uns três dias.

— Mostra sintomas de delírio?

— De vez em quando.

— Ai, ai! Parece sério. Seria desumano não atender ao seu chamado. Ressinto-me muito de qualquer interrupção no meu trabalho, dr. Watson, mas este caso é, sem dúvida, excepcional. Vou acompanhá-lo sem demora.

Lembrei a condição imposta por Holmes.

— Tenho outro compromisso — expliquei.

— Tudo bem. Irei sozinho. Tenho o endereço de Holmes anotado. Pode confiar que estarei lá, no máximo, em meia hora.

Com o coração pesaroso, reentrei no quarto de Holmes. Por tudo que me vinha à mente, o pior talvez houvesse ocorrido na minha ausência. Para meu enorme alívio, ele melhorara imensamente no intervalo. Continuava com a aparência horrível de antes, mas desaparecera todo o sintoma de delírio e ele falava com uma voz fraca, verdade, porém da qual se desprendia vivacidade e lucidez ainda mais do que o habitual.

— E então, esteve com ele, Watson?

— Sim, ele já vem.

— Admirável, Watson! Admirável! Você é o melhor dos mensageiros.

— Ele quis voltar comigo.

— Não daria certo, Watson. Seria impossível, obviamente. Perguntou-lhe o que me afligia?

— Contei-lhe dos chineses na área superpovoada do East End.

— Exatamente. Bem, Watson, você fez tudo o que um bom amigo poderia fazer. Agora pode sair da cena.

— Preciso esperar e ouvir a opinião dele, Holmes!

— Claro que sim. Mas tenho motivos para supor que essa opinião será muito mais franca e valiosa se ele imaginar que estamos a sós. Tem espaço suficiente atrás da cabeceira de minha cama, Watson.

— Meu caro Holmes!

— Receio não haver outra alternativa, Watson. O quarto não se presta a esconderijo, o que me parece muito bom, pois não há a menor probabilidade de despertar suspeitas. Mas aqui, Watson, imagino que se possa conseguir se ocultar — de repente, ele se sentou com uma rígida determinação no rosto desfigurado. — Ouça o barulho das rodas, Watson. Rápido, homem, se me quer bem! E não saia daí, aconteça o que acontecer, aconteça o que acontecer, entendeu? Não fale! Não se mexa! Apenas preste toda atenção ao que for dito.

Então, num piscar de olhos, desfez-se seu repentino acesso de força, e aquela conversa de decidida autoridade submergiu nos baixos e vagos murmúrios do homem semi-delirante.

Do esconderijo para onde ele me empurrara com tanta rapidez, ouvi as pisadas na escada, com a abertura e o fechar da porta do quarto. Então, para minha surpresa, caiu um longo silêncio interrompido apenas pela pesada respiração e arquejos do doente. Imaginei que nosso visitante parara em pé junto à cabeceira e examinava o sofredor. Por fim, quebrou-se aquela estranha quietude.

— Holmes! — ele exclamou. — Holmes! — no insistente tom de quem desperta alguém a sono solto. — Não me ouve, Holmes?

Escutei um roçar de panos, como se ele houvesse sacudido o doente com força pelo ombro.

— É o senhor, sr. Smith? — sussurrou Holmes. — Mal ousei ter esperança de que viesse.

O outro riu.

— Imagino que não — disse. — E, no entanto, veja, aqui estou. "Se o teu inimigo tiver fome, dá-lhe pão para comer, e se tiver sede, dá-lhe água para beber; porque assim lhe amontoarão brasas sobre a cabeça, e o Senhor te recompensará", Holmes "brasas sobre a cabeça".

— É muita bondade de sua parte, muito magnânimo. Aprecio seu conhecimento.

Nosso visitante riu baixo, com escárnio.

— Aprecia, sim. Por sorte, é o único homem em Londres que aprecia. Sabe qual é o seu mal?

— O mesmo — respondeu Holmes.

— Ah, reconhece os sintomas?

— Bem demais.

— Ora, eu não devia surpreender-me, Holmes, não devia surpreender-me se *fosse* o mesmo. Um prognóstico ruim para você se for. O pobre Victor morreu no quarto dia, um jovem forte, vigoroso. Como disse você, sem dúvida foi muito surpreendente o fato de que contraísse uma longínqua doença asiática no centro de Londres, doença também sobre a qual eu fizera um estudo tão especial. Estranha coincidência, Holmes. Muita esperteza a sua notá-lo, mas não muito gentil sugerir tratar-se de causa e efeito.

— Eu sabia que o senhor fora o responsável.

— Oh, é mesmo? Bem, de qualquer modo, não conseguiu provar. Mas quem você pensa que é para espalhar informações comprometedoras sobre a minha pessoa daquele jeito, e depois rastejar atrás de mim em busca de ajuda assim que se vê em apuros? Que tipo de jogo é esse, hem?

Ouvi a áspera respiração difícil do doente.

— Dê-me um pouco de água! — arquejou.

— Está bem próximo do fim, meu amigo, mas não quero que se vá antes de trocarmos uma palavra. Por isso lhe dou a água. Pronto, não derrame! Muito bem. Consegue entender o que digo?

Holmes grunhiu.

— Faça o que puder por mim. O que passou, passou — sussurrou. — Juro que esquecerei para sempre todas as palavras. Apenas me cure, e esquecerei.

— Esquecerá o quê?

— Ora, a morte de Victor Savage. O que foi quase o mesmo que confessar, quando você admitiu ainda há pouco que o fez. Vou esquecê-lo.

— Pode esquecer ou lembrar, como quiser. Não o vejo no banco de testemunhas, meu bom Holmes. Mas num recinto de dimensões muito diferentes, garanto-lhe. Não me importa que saiba como meu sobrinho morreu. Não é dele que falamos, mas de você.

— Sim, sim.

— O sujeito que me procurou, esqueci o nome dele, disse que você contraiu essa doença no East End, entre os marinheiros.

— Não vejo o que mais possa explicá-la.

— Orgulha-se de seu intelecto, não, Holmes? Julga-se muito esperto, não é? Dessa vez, encontrou alguém mais esperto. Volte um pouco no tempo, Holmes. Não consegue pensar em outra maneira pela qual se contagiou?

— Não consigo pensar. Minha mente está esgotada. Pelo amor de Deus, ajude-me!

— Sim, vou ajudá-lo. Vou ajudá-lo a entender a que ponto você se encontra e como chegou aí. Eu gostaria que você soubesse antes de morrer.

— Dê-me algo para aliviar minha dor!

— Doloroso, não? Sim, os doentes costumavam soltar gritos agudos próximo do fim. Apodera-se de você como cãibra.

— Sim, sim, é cãibra.

— Bem, dá para você ouvir o que digo mesmo com essa dor. Escute agora! Lembra-se de algum incidente incomum em sua vida cotidiana pouco antes de começarem os sintomas?

— Não, não me lembro de nada.

— Pense melhor.

— Estou doente demais para pensar.

— Bem, então, vou ajudá-lo. Chegou alguma coisa pelo correio?

— Pelo correio?

— Uma caixa, por acaso?

— Estou desmaiando... Vou morrer!

— Escute, Holmes! — Pelo ruído parecia que ele sacudia o agonizante, e eu nada podia fazer, senão me manter naquele esconderijo. — Você tem de me ouvir. *Irá* me ouvir. Lembra-se de uma caixa, uma caixa de marfim? Chegou na quarta-feira. Você a abriu, lembra?

— Sim, sim, abri. Tinha uma mola afiada dentro. Um brinquedo do tipo caixa-surpresa...

— Nada de brinquedo, como descobrirá à custa de sua própria vida. Seu imbecil, quem procura sempre acha, senão um prego, uma tachinha. Quem mandou interpor-se em meu caminho? Se tivesse me deixado em paz, eu não o teria ferido.

— Lembro — arquejou Holmes. — A mola! Saiu sangue. Esta caixa... esta mesa.

— A própria, valha-me Deus, ela também vai sair do quarto no meu bolso. Lá se vai seu último fiapo de prova. Mas sabe da verdade agora, Holmes, e pode morrer com o conhecimento de que o matei. Você sabia demais do destino de Victor Savage, por isso o despachei para partilhá-lo. Está muito próximo de seu fim, Holmes. Ficarei sentado aqui e o observarei morrer.

A voz de Holmes despencara para um sussurro quase inaudível.

— Como? — disse Smith. — Aumente a chama do lampião? Ah, as sombras começam a cair, não? Sim, vou aumentá-la, para poder vê-lo melhor — Atravessou o quarto e, de repente, a luz iluminou-o. — Quer que eu faça mais algum serviço para você, meu amigo?

— Um fósforo e cigarro.

Eu quase gritei de alegria e estupefação. Holmes falava com sua voz normal, um pouco fraca, talvez, mas a mesma voz que eu conhecia. Fez-se uma longa pausa, e pareceu-me que Culverton Smith encontrava-se ali, parado de pé, em silencioso espanto, a fitar meu amigo deitado.

— Qual o significado disso? — ouvi-o dizer afinal, num tom seco e áspero.

— O melhor meio de representar uma personagem com sucesso é sendo a própria — disse Holmes. — Dou-lhe minha palavra de que, durante três dias, não comi nem bebi até você ter a bondade de me servir esse copo d'água. O mais irritante, porém, foi não poder fumar. Ah, aqui *estão* os cigarros! — Ouvi o riscar de um fósforo. — Assim é muito melhor. Ora, veja só, ouço passos de um amigo?

Ouviram-se pisadas do lado de fora, a porta abriu-se e surgiu o inspetor Morton.

— Tudo em ordem e aí está o seu homem — disse Holmes.

O inspetor proferiu as advertências regulamentares:

— O senhor está preso, sob a acusação de assassinato de Victor Savage — concluiu.

— E poderia acrescentar a tentativa de assassinato de um certo Sherlock Holmes — observou meu amigo com uma risadinha. — Para poupar trabalho a um inválido, inspetor, o sr. Culverton Smith foi muito gentil por transmitir nosso sinal aumentando a chama do lampião. Aliás, o prisioneiro tem uma caixinha no bolso direito do paletó que também seria bom confiscar. Obrigado! Se eu fosse você, tomaria todo cuidado ao pegá-la. Largue-a aqui. Talvez cumpra sua função no julgamento.

Ouviu-se um repentino movimento e luta corpo a corpo, seguido pelo estrépito de ferro e um grito de dor.

— Só vai se machucar — disse o inspetor. — Fique quieto, sim?

Logo depois, ouviu-se o estalo do engate das algemas.

— Bela armadilha! — rosnou alto Smith. — Isso levará *você*, não a mim, ao banco dos réus, Holmes. Ele me pediu que viesse curá-lo. Tive pena dele e vim. Agora, sem dúvida, vai alegar que eu disse algo que inventou, com a intenção de corroborar suas suspeitas insanas. Minta como quiser, Holmes. Minha palavra sempre será tão boa quanto a sua.

— Meu Deus! — exclamou Holmes. — Esqueci-me totalmente dele. Meu caro Watson, eu lhe devo milhões de desculpas. Pensar que fiquei alheio à sua presença! Não preciso apresentá-lo ao sr. Culverton Smith, pois sei que se encontraram ainda esta tarde. Tome um carro lá embaixo, inspetor. Sigo-o depois que me vestir, pois talvez eu possa ser útil no posto policial.

— Jamais precisei tanto disto — disse Holmes — enquanto se revigorava com uma taça de clarete[2] e alguns biscoitos, nos intervalos de sua toalete. — Como sabe, porém, meus hábitos são irregulares, e tal façanha significa menos para mim do que para a maioria dos homens. O mais importante foi impressionar a sra. Hudson com a gravidade de meu estado de saúde, visto ser ela quem o transmitiria a você que, por sua vez, transmitiria a Smith. Não se ofenda, Watson. Compreenda que entre seus muitos talentos não se destaca a dissimulação, e, se você partilhasse meu segredo, jamais conseguiria impressionar Smith da urgente necessidade da presença dele, ponto de vital importância de todo o plano. Conhecendo a natureza vingativa do homem, eu tinha absoluta certeza de que viria para examinar seu trabalho manual.

— Mas sua aparência, Holmes, o rosto tão abatido?

— Três dias de absoluto jejum não melhoram a beleza de ninguém, Watson. Quanto ao resto, não há nada que um bom banho não cure. Com vaselina na testa, beladona nos olhos, ruge nas faces, e crostas de cera de abelha em volta dos lábios pode-se produzir um efeito bem satisfatório. Fingir-se de doente para fugir do dever é um tema sobre o qual às vezes pensei em escrever uma monografia. Um pequeno bate-papo aleatório a respeito de meias coroas, ostras ou qualquer outra coisa irrelevante causa um satisfatório efeito de delírio.

— Mas por que não me deixou aproximar-me de você, visto que, de fato, não havia risco de contágio?

— Mas não sabe a resposta, meu caro Watson? Imagina que não tenho respeito pelo seu talento médico? Poderia eu conceber que, com seu astuto discernimento, transmitiria o estado de agonizante, por mais fraco que me encontrasse, sem manifestar elevação alguma de pulso ou temperatura? A uns três metros de distância eu conseguiria enganá-lo. Se eu malograsse, quem traria Smith ao meu alcance? Não, Watson,

---

[2] Clarete: vinho tinto leve, vermelho-claro, ou a mistura de um vinho branco com um tinto. (Fonte: *Dicionário Houaiss Eletrônico*) (N. do E.)

eu não tocaria nessa caixinha. Você pode ver, se observá-la de lado, onde a pontiaguda parte da mola, semelhante a um dente de víbora, salta quando alguém a abre. Atrevo-me a dizer que foi mediante um desses dispositivos que o pobre Savage, o qual se interpôs entre aquele monstro e o direito de posse de uma propriedade, encontrou a morte. Mas minha correspondência, como você sabe, é variada, e fico muito atento a quaisquer pacotes que me enviam. Ficou claro para mim, porém, que se eu fingisse que ele, de fato, fora bem-sucedido em sua intenção perversa, poderia surpreendê-lo e arrancar-lhe uma confissão. Simulei a doença como um verdadeiro artista. Obrigado, Watson, ajude-me com o paletó. Depois que terminarmos nosso depoimento no posto policial, creio que cairia bem um jantar nutritivo no Simpson.

A caixa de papelão

Ao escolher alguns casos típicos que ilustram as extraordinárias qualidades mentais de meu amigo Sherlock Holmes, tentei, na medida do possível, selecionar aqueles que apresentavam o mínimo de sensacionalismo e, ao mesmo tempo, ofereciam um justo exemplo de seus talentos. Por infelicidade, porém, é impossível separar o sensacional do criminal, e o cronista fica com o dilema de ter de sacrificar detalhes essenciais ao que escreve e, assim, dar uma falsa impressão do problema, ou usar material que o acaso, não a escolha, lhe forneceu. Com este breve prefácio, voltarei minhas anotações para o que se revelou uma forte, embora singularmente terrível, cadeia de fatos.

Era um dia excepcionalmente quente em agosto, Baker Street parecia um forno, e a luminosidade do sol refletida nos tijolos amarelos da casa em frente doía nos olhos. Difícil acreditar que eram as mesmas paredes que pareciam tão sombrias nas névoas do inverno. Havíamos fechado as cortinas e Holmes deitara-se no sofá, lendo e relendo uma carta que recebera na correspondência matinal. Quanto a mim, meu turno de serviço na Índia preparara-me para aguentar melhor o calor do que o frio, e um termômetro a trinta e cinco graus não representava grande coisa. Mas o jornal da manhã nada tinha de interessante. Haviam-se suspendido as sessões do Parlamento. Todos tinham deixado a cidade, e eu ansiava pelas clareiras de New Forest ou os seixos de Southsea. Uma conta bancária escassa obrigara-me a adiar as férias, e, quanto a meu companheiro, nem o campo nem o mar representavam a mínima atração. Ele adorava estar no meio de cinco milhões de pessoas, muito atento a tudo, sensível a cada pequeno rumor ou suspeita de algum crime não resolvido. A apreciação da natureza não encontrava lugar entre os muitos talentos dele, e só mudava quando ele desviava a mente do malfeitor da cidade para caçar o seu irmão do campo.

Ao vê-lo absorto demais para conversar, eu deixara de lado o estéril jornal e, recostando-me melancólico na poltrona, caí em estado de profunda abstração. De repente, a voz de meu amigo irrompeu em meus pensamentos.

— Tem razão, Watson — disse. — Parece a maneira mais absurda de acertar uma disputa.

— A mais absurda! — exclamei, e então, ao perceber de repente como ele ecoara a mais íntima ideia de minha alma, empertiguei-me na poltrona e olhei-o em vago aturdimento. — Como fez isso, Holmes? Vai além de qualquer coisa que eu poderia ter imaginado.

Ele deu uma risada gostosa de minha perplexidade.

— Lembre-se — perguntou — de que, algum tempo atrás, quando li para você um trecho num dos esboços de Poe,[1] no qual um interlocutor atento segue as ideias não expressas do companheiro, você tendeu a ver o assunto como um recurso brilhante do autor. Como observei que eu tinha o constante hábito de fazer a mesma coisa, você manifestou incredulidade.

— Oh, não fiz isso!

— Talvez não com as palavras, meu caro Watson, mas, sem dúvida, com as sobrancelhas deu a entender isso. Assim, quando o vi largar o jornal e entrar num curso de pensamentos, fiquei feliz por ter a oportunidade de observá-lo e por fim comentar, no momento oportuno, para provar que eu estava certo.

Mas isso estava longe de me convencer.

---

[1] Edgar Allan Poe (1809-1849), escritor norte-americano. (N. do E.)

— No exemplo que você leu para mim — respondi — o interlocutor extraía as conclusões dos atos do homem a quem observava. Se não me falha a memória, ele tropeçava num monte de pedras, olhava as estrelas, e assim por diante. Mas eu fiquei sentado na poltrona, calado, assim, que pistas posso ter-lhe dado?

— Você não é justo consigo mesmo. O homem recebeu suas feições como o meio de expressar as emoções, e as suas são servas fiéis.

— Quer dizer que você leu meu fio de pensamentos nas minhas feições?

— Nelas e, sobretudo, nos olhos. Talvez nem mesmo você consiga se lembrar de como começou o devaneio.

— Não, não consigo.

— Então vou lhe dizer. Após largar o jornal, ato que me chamou a atenção, você ficou um minuto sentado com a expressão distante. Depois fixou os olhos no seu recém-emoldurado retrato do general Gordon, e vi pela alteração em seu rosto que se iniciara uma sequência de pensamentos. Mas não o levou muito longe. Você piscou os olhos para o não emoldurado retrato de Henry Ward Beecher que está em cima de seus livros, do outro lado. Em seguida, ergueu-os para a parede, e, claro, o sentido era óbvio. Pensou que, se o retrato estivesse emoldurado, cobriria aquele espaço vazio e formaria par com o retrato de Gordon que está pendurado.

— Você me seguiu maravilhosamente! — exclamei.

— Até aí seria difícil eu me perder. Mas, então, seus pensamentos voltaram a Beecher, e você olhou atento para o outro lado, como se estudasse o caráter nas feições dele. Em seguida, relaxou os olhou, mas continuou a olhar para o outro lado, e ficou com o semblante pensativo. Lembrava os incidentes da carreira de Beecher. Tive plena consciência de que não poderia pensar nisso sem refletir sobre a missão que ele empreendeu em favor do Norte, na época da Guerra Civil, pois me lembro de que exprimiu uma apaixonada indignação pela forma como os mais turbulentos entre nosso povo o receberam. Você se emocionou tanto com isso que eu soube que não podia pensar em Beecher sem lembrar disso também. Momentos depois, quando vi seus olhos se afastarem do retrato, desconfiei que tivesse levado sua mente, então, para a Guerra Civil e, quando observei que cerrou os lábios, os olhos faiscaram e você fechou as mãos, tive certeza de que, de fato, pensava na bravura mostrada pelos dois lados naquela luta desesperada. Mas então, de novo, seu rosto ficou triste; você balançou a cabeça. Contemplava a tristeza, o horror e a inútil perda de vidas. Esgueirou a mão para o seu velho ferimento e um sorriso fez-lhe tremer os lábios, o que me mostrou que o lado ridículo desse método de acertar questões internacionais se impusera em sua mente. Nesse ponto, concordei que era absurdo e tive o prazer de descobrir que todas as minhas deduções haviam sido corretas.

— Completamente! — respondi. — E agora que o explicou, confesso que estou tão pasmo quanto antes.

— Foi muito superficial, meu caro Watson, garanto-lhe. Eu não teria me intrometido em sua reflexão se você não houvesse mostrado certa incredulidade no outro dia. Mas tenho aqui em minhas mãos um probleminha que talvez se revele mais difícil do que minha pequena experiência em telepatia. Você observou no jornal um curto parágrafo referente ao notável conteúdo de um pacote enviado pelo correio à srta. Cushing, da Cross Street, Croydon?

— Não, não vi nada.

— Ah, então deve ter passado por cima. Dê-me o jornal. Está aqui, embaixo da coluna financeira. Quer ter a bondade de ler em voz alta?

Peguei o jornal que ele me entregara de volta e li o parágrafo indicado. Intitulava-se "Um Pacote Horripilante":

> A srta. Susan Cushing, moradora da Cross Street, em Croydon, foi vítima do que se pode encarar como uma brincadeira de mau gosto, curiosamente revoltante, a não ser que acabe por revelar ter um significado mais sinistro ligado ao incidente. Às duas horas da tarde de ontem, o carteiro entregou um pequeno pacote, embrulhado em papel pardo. Dentro, uma caixa de papelão cheia de sal grosso. Ao abri-lo, a srta. Cushing ficou horrorizada ao encontrar

duas orelhas humanas, ao que parece decepadas havia muito pouco tempo. A caixa fora mandada de Belfast pela entrega de pacotes na manhã anterior. Não há indício do remetente, e o caso é ainda mais misterioso porque a srta. Cushing, solteira, 50 anos, além de levar uma vida muitíssimo reclusa, tem tão poucos conhecidos ou correspondentes que para ela é um acontecimento raro receber qualquer coisa pelo correio. A polícia acredita que esse insulto pode ter sido perpetrado à srta. Cushing por jovens estudantes de medicina, que teriam algum ressentimento contra ela, e esperavam assustá-la enviando-lhe relíquias das aulas de anatomia. Dá alguma probabilidade à teoria o fato de que um desses estudantes veio do norte da Irlanda, e, pelo que a srta. Cushing sabe, de Belfast. Enquanto isso, tem-se investigado ativamente o caso, do qual se encarregou o sr. Lestrade, um de nossos mais hábeis detetives.

— Isso diz o *Daily Chronicle* — explicou Holmes quando acabei de ler. — Agora, sobre o nosso amigo Lestrade. Recebi um bilhete dele hoje de manhã em que diz:

> Creio que este caso faz muito bem o seu gênero. Temos toda a esperança de esclarecer a questão, mas encontramos uma pequena dificuldade para conseguir alguma pista sobre a qual trabalhar. Telegrafamos, por certo, à polícia de Belfast, mas um grande número de pacotes foi entregue nos últimos dias, e eles não têm meios de identificar esse em particular, nem de lembrar-se do remetente. A caixa é de meio quilo de tabaco adocicado para cachimbo e não nos ajuda de modo algum. A teoria do estudante de medicina ainda me parece a mais viável, mas, se você puder dispor de algumas horas, eu teria prazer em recebê-lo aqui. Estarei em casa ou no posto policial o dia todo.

— Que diz você, Watson? Pode enfrentar o calor e correr até Croydon comigo, pela possibilidade de conseguir um caso para seus compêndios?

— Eu estava mesmo ansioso por fazer algo.

— Conseguiu, então. Toque a campainha para trazerem nossas botas e mande chamar um coche de aluguel. Volto num instante, depois de trocar de roupa e encher minha tabaqueira.

Caiu um pé d'água quando seguíamos no trem, e o calor se tornou muito menos opressivo em Croydon do que na cidade. Holmes enviara um telegrama, de modo que Lestrade, tão magro, elegante e parecendo mais um furão como nunca, nos esperava na estação. Uma caminhada de cinco minutos levou-nos à Cross Street, onde residia a srta. Cushing.

Era uma rua muito longa, com casas de tijolos e de dois andares, alinhadas e arrumadas, com escadas de pedra caiadas e um pequeno grupo de mulheres de avental que mexericavam na frente das casas. Na metade da rua, Lestrade parou e bateu numa porta, aberta por uma pequena criada. A srta. Cushing sentava-se na sala de estar, para a qual nos encaminharam. Era uma mulher de fisionomia plácida, olhos grandes e meigos, e cabelos grisalhos que enroscavam pelas têmporas abaixo. Tinha no colo uma capa bordada para cobrir o sofá, e havia uma cesta de sedas coloridas num tamborete ao lado.

— Aquelas coisas horríveis estão lá fora — disse quando Lestrade entrou. — Eu gostaria que o senhor as levasse logo.

— Assim o farei, srta. Cushing. Só as mantive ali até que meu amigo, o sr. Holmes, pudesse vê-las em sua presença.

— Por que em minha presença, senhor?

— Caso ele queira fazer algumas perguntas.

— De que adianta ele me fazer perguntas quando eu lhe digo que nada sei a respeito?

— Concordo, madame — disse Holmes, com seu jeito tranquilizador. — Não tenho dúvida de que a senhora já foi incomodada mais do que o suficiente com tudo isso.

— De fato fui, senhor. Sou uma mulher discreta e vivo uma vida reclusa. Para mim, é uma péssima novidade ver meu nome nos jornais e ter a polícia em minha casa. Não ficarei com aquelas coisas aqui, sr. Lestrade. Se o senhor deseja vê-las, deve ir à casinha lá fora.

Era um pequeno alpendre, no estreito jardim que havia atrás da casa. Lestrade entrou e nos trouxe uma caixa de papelão amarelo, com um pedaço de papel pardo de um barbante. Todos nos sentamos num banco no fim da trilha, enquanto Holmes examinava, um por um, os artigos que o detetive lhe passava.

— O barbante é interessantíssimo — observou, expondo-o à luz e farejando-o. — Que acha deste barbante, Lestrade?

— Foi alcatroado.

— Precisamente. É um pedaço de barbante alcatroado. Você também observou, sem dúvida, que a srta. Cushing o cortou com uma tesoura, como se vê pelo desfiado duplo em cada ponta.

— Não vejo a importância disso — respondeu Lestrade.

— A importância está no fato de que o nó foi deixado intacto, e é de um tipo peculiar.

— Está muito bem amarrado. Já observei isso — disse Lestrade, com um ar complacente.

— Basta para o barbante, então — disse Holmes, com um sorriso. — Agora, vejamos o embrulho da caixa, papel pardo com um visível cheiro de café. Como, não observou isso? Creio que não pode haver dúvida a esse respeito. Endereço escrito com letras de forma um tanto separadas: "Srta. Cushing, Cross Street, Croydon", feito com caneta de pena larga, na certa uma J, e com tinta muito inferior. A palavra "Croydon" foi escrita primeiro com "i", depois corrigida para "y". O pacote foi enviado, pois, por um homem. Distingue-se claramente a caligrafia masculina, de instrução limitada e que não conhece a cidade de Croydon. Até aqui, tudo bem! É uma caixa de meio quilo de tabaco para cachimbo, sem nada distintivo, a não ser duas marcas de polegar no fundo, à esquerda. Está cheia de sal grosso, o mesmo utilizado para conservar couros e outros artigos comerciais mais grosseiros. E acomodadas nele essas encomendas muito singulares.

Tirou as duas orelhas enquanto falava, e com uma tábua nos joelhos examinou-as com toda minúcia, enquanto Lestrade e eu, de cada lado, curvados para a frente, olhávamos ora essas pavorosas relíquias, ora o rosto pensativo e sério de nosso companheiro. Por fim, ele tornou a pô-las na caixa e permaneceu sentado algum tempo, mergulhado em profunda meditação.

— Você observou, por certo — disse afinal — que as orelhas não formam um par.

— Percebi. Mas se foi uma brincadeira de mau gosto de algum estudante das aulas de anatomia, seria fácil mandar duas orelhas descasadas como um par.

— Precisamente. Mas não é uma brincadeira de mau gosto.

— Tem certeza?

— A suposição contrária é forte. Nas salas de anatomia, injeta-se um fluido preservativo nos cadáveres. Estas orelhas não trazem sinal disso. Também são novas. Foram decepadas com um instrumento rombudo, o que dificilmente aconteceria se fosse obra de um estudante. E também seria o ácido carbólico ou álcool retificado o conservante em que pensaria a mente médica, por certo, não algo rudimentar como o sal grosso. Repito que não se trata de brincadeira de mau gosto, e sim, que investigamos um crime.

Uma vaga emoção me percorreu ao ouvir as palavras de meu companheiro e ver a severa gravidade que lhe endurecera as feições. Aquela brutal preliminar parecia lançar um estranho e inexplicável horror no fundo. Lestrade, porém, balançou a cabeça como alguém que só se convencera pela metade.

— Há objeções à teoria da brincadeira de mau gosto, sem dúvida — disse —, mas também motivos muito mais fortes contra a outra. Sabemos que essa mulher tem levado a vida mais discreta e respeitável em Penge e aqui nos últimos vinte anos. Por que, então, algum criminoso lhe enviaria provas de sua própria culpa, sobretudo visto que, a não ser que seja a mais consumada atriz, ela entenda tão pouco do caso quanto nós?

— Esse é o problema que teremos de resolver — respondeu Holmes — e, de minha parte, começarei com a suposição de que meu raciocínio é correto, e que se cometeu um duplo assassinato. Uma dessas orelhas é de mulher, frágil, de bela formação, e furada para receber uma argola. A outra é de homem, queimada de sol, desbotada, e também furada para receber uma argola. Supõe-se que essas duas pessoas morreram, senão já teríamos sabido da história antes. Hoje é sexta-feira. O pacote foi enviado pelo correio na quinta de manhã. A tragédia, então, ocorreu na quarta, terça-feira, ou antes. Se essas duas pessoas foram assassinadas, quem, senão o misterioso assassino, teria enviado esse sinal do serviço à srta. Cushing? Podemos deduzir que o remetente do pacote é o homem a quem procuramos. Mas ele deve ter fortes motivos para mandar a encomenda à velha dama. Quais seriam esses motivos, então? Deve ter sido para dizer que o serviço fora feito! Ou para fazê-la sofrer, talvez. Mas nesse caso ela saberia quem é. E sabe? Duvido. Se soubesse, por que procuraria a polícia? Poderia ter enterrado as orelhas e ninguém teria ficado sabendo de nada. É o que ela teria feito se desejasse proteger o criminoso. Mas se não quer protegê-lo, teria dito o nome dele. Há nisso um emaranhado que precisa ser desfeito.

Ele vinha falando numa voz alta e rápida, o olhar fixo na cerca do jardim, mas então saltou de repente e foi até a casa.

— Tenho algumas perguntas a fazer à srta. Cushing — disse.

— Nesse caso, devo deixá-lo — respondeu Lestrade —, pois tenho outro negociozinho próximo daqui. Creio que não preciso saber mais nada da srta. Cushing. Se precisarem de mim, podem encontrar-me na delegacia.

— Nós o veremos lá a caminho da estação, então — disse Holmes.

Um momento depois, estávamos de volta à sala de estar, onde a impassível dama ainda trabalhava na capa de sofá. Ela largou o trabalho no colo e fitou-nos com perscrutadores olhos azuis.

— Estou convencida, senhor — disse —, de que esse assunto é um engano, e que o pacote jamais se destinou a mim. Eu disse isso várias vezes ao cavalheiro da Scotland Yard, mas ele simplesmente riu de mim. Não tenho inimigos, até onde sei, logo, por que alguém iria me pregar tal peça?

— Começo a ser da mesma opinião, srta. Cushing — disse Holmes, sentando-se ao lado dela. — Acho mais do que provável.

Fez uma pausa, e me surpreendi, ao olhar em volta, e ver que ele examinava com singular atenção o perfil da senhora.

Por um instante, liam-se surpresa e satisfação no rosto dele, embora, quando ela ergueu a cabeça e olhou em volta à procura da causa daquele silêncio, meu amigo já voltasse a ser tão recatado quanto possível. Eu próprio olhei com toda atenção os cabelos lisos e grisalhos dela, a touca alinhada, os pequenos brincos dourados, as feições plácidas; mas não consegui ver nada que explicasse a evidente excitação de meu companheiro.

— Só uma ou duas perguntas...

— Oh, já me cansei de perguntas! — exclamou a srta. Cushing, impaciente.

— A senhora tem irmãs, eu acredito.

— Como o senhor pode saber disso?

— Eu notei, no instante em que entrei na sala, que a senhora tem um retrato de grupo de três damas no aparador da lareira, uma das quais é, sem dúvida, a senhora mesma, e as outras se parecem tanto com a senhora que não poderia haver dúvida sobre o parentesco.

— Sim, o senhor tem toda razão. São minhas irmãs, Sarah e Mary.

— E aqui, junto ao meu braço, há outro retrato, tirado em Liverpool, de sua irmã caçula, em companhia de um homem que parece ser um camareiro de navio, a julgar pelo uniforme. Vejo que ela era solteira na época.

— O senhor é muito rápido nas observações.

— É o meu ofício.

— Bem, tem toda razão. Mas ela se casou com o sr. Browner alguns dias depois. Ele trabalhava na linha sul-americana quando fizeram o retrato, mas gostava tanto dela que não pôde suportar deixá-la por tanto tempo, e empregou-se em navios de Liverpool e Londres.

— Ah, o *Conqueror*, talvez?

— Não, o *May Day*, pelo que soube na última carta. Jim veio aqui me visitar uma vez. Isso foi antes que ele quebrasse a promessa de não mais beber; depois, porém, sempre bebia quando desembarcava, e qualquer gole o deixava totalmente louco! Ah, foi um péssimo dia quando tomou um copo de vinho de novo. Primeiro, deixou de me procurar, depois, brigou com Sarah, e, agora que Sarah parou de escrever, eu não sei como andam as coisas entre eles.

Via-se com clareza que a srta. Cushing chegara a um tema sobre o qual nutria fortes sentimentos. Como a maioria das pessoas que levam uma vida solitária, era tímida a princípio, mas acabava por tornar-se comunicativa ao extremo. Contou-nos muitos detalhes do cunhado camareiro, e depois, ao mudar de assunto, falou de seus antigos inquilinos, os estudantes de medicina, e fez uma longa narrativa das loucuras deles, com os respectivos nomes e hospitais. Holmes a tudo escutou com atenção, fazendo uma pergunta de vez em quando.

— Sobre sua segunda irmã, Sarah — ele disse. — Eu me pergunto, sendo as duas solteiras, por que vocês não moram juntas?

— Ah! O senhor não conhece o gênio de Sarah, ou não teria dúvidas. Eu tentei, quando vim para Croydon, e moramos juntas até cerca de dois meses atrás, quando nos separamos. E agora nenhuma ofensa é pouca para Jim Browner. Não quero dizer uma palavra contra minha própria irmã, mas Sarah sempre se mostrou intrometida e difícil de agradar.

— A senhora quer dizer que ela brigou com os parentes em Liverpool?

— Sim, e eram os melhores amigos na época. Ora, ela foi para lá a fim de ficar perto deles. E agora vive a ofender Jim Browner. Nos últimos seis meses que passou aqui, não falava de outra coisa senão da bebida e dos costumes dele. Desconfio que Jim pegou-a bisbilhotando e disse-lhe umas verdades, e isso foi o começo.

— Obrigado, srta. Cushing — disse Holmes, levantando-se e fazendo uma mesura. — Sua irmã Sarah mora, acho que a senhora disse, na New Street, Wallington? Adeus, eu lamento muito que tenha sido perturbada por um caso que, como diz, nada tem a ver com a senhora.

Passava um coche de aluguel e ele o chamou.

— A que distância fica Wallington? — perguntou.

— Um quilômetro e meio, senhor.

— Muito bem. Entre, Watson. Devemos malhar enquanto o ferro está quente. Por mais simples que seja o caso, houve um ou dois detalhes muito instrutivos em relação a ele. Pare na agência do telégrafo ao passar, cocheiro.

Holmes enviou um curto telegrama, e pelo resto da viagem ficou recostado no banco, o boné caído sobre o nariz para proteger o rosto da luz do sol. Nosso cocheiro parou numa casa não diferente daquela que acabávamos de deixar. Meu companheiro ordenou-lhe que esperasse, e já tinha a mão na aldrava, quando a porta se abriu e apareceu na escada um jovem cavalheiro vestido de preto, com uma cartola muito reluzente.

— A srta. Cushing está em casa? — perguntou Holmes.

— A srta. Sarah Cushing está extremamente doente — respondeu o jovem — Desde ontem sofre com graves delírios e febre. Como médico da senhora, eu não posso assumir a responsabilidade de permitir visitas. Recomendaria que voltassem dentro de dez dias.

Retirou as luvas, fechou a porta e desceu a rua.

— Bem, se não podemos, não podemos — disse Holmes, com um sorriso.

— Talvez ela não pudesse ou não quisesse lhe dizer muita coisa.

— Eu não desejava que me dissesse coisa alguma. Só queria olhá-la. Contudo, creio que consegui tudo que queria. Leve-nos a um hotel decente, cocheiro, onde possamos comer alguma coisa, e depois visitaremos nosso amigo Lestrade na delegacia.

Fizemos uma agradável refeição leve, durante a qual Holmes em nada falou senão em violinos, narrando com grande exaltação que comprara um Stradivarius por cinquenta xelins, e que valia pelo menos quinhentos guinéus, na casa de penhores de um judeu na Tottenham Court Road. Isso o levou a Paganini, e ficamos sentados por uma hora com uma garrafa de clarete, enquanto ele me contava histórias sobre esse homem extraordinário. A tarde já ia bem avançada e o brilho quente fora substituído por um suave fulgor quando chegamos ao posto policial. Lestrade esperava-nos na porta.

— Um telegrama para você, Holmes — ele disse.

— Ah! É a resposta — abriu-o, passou os olhos por ele e guardou-o amassado no bolso. — É só isso, então — disse.

— Descobriu alguma coisa?

— Descobri tudo!

— Como? — Lestrade olhava-o espantado. — Você está brincando!

— Jamais falei tão sério em minha vida. Cometeram um crime chocante, e eu acredito que desvendei cada detalhe.

— E o criminoso?

Holmes escreveu algumas palavras nas costas de um dos seus cartões de visita e o entregou para Lestrade.

— Esse é o nome — disse. — Você não poderá efetuar a prisão até amanhã à noite, no mínimo. Eu preferiria que não falasse em meu nome, de modo algum, com relação ao caso, pois prefiro associar-me apenas a crimes que apresentem alguma dificuldade para a solução. Vamos, Watson.

Saímos da delegacia, deixando Lestrade ainda a olhar com uma expressão divertida o cartão que Holmes lhe dera.

— O caso — disse Sherlock Holmes, enquanto conversávamos fumando charutos naquela noite, em nossos aposentos na Baker Street — é daqueles que, como na investigação da qual você fez as crônicas em *Um estudo em vermelho* e *O signo dos quatro*,[2] nos obriga a raciocinar de forma inversa, partindo dos efeitos para as causas. Escrevi a Lestrade pedindo-lhe que nos desse os detalhes que ainda faltam, os quais ele só conseguirá após prender o homem. Pode-se confiar que faça isso, pois, embora absolutamente desprovido de raciocínio, é tenaz como um buldogue tão logo entende o que tem de fazer, e, de fato, só essa tenacidade o levou ao topo na Scotland Yard.

— Seu caso não se concluiu ainda, então? — perguntei.

— Concluiu-se o bastante no essencial. Sabemos quem é o autor dessa história revoltante, embora uma das vítimas ainda nos escape. Decerto, você tirou suas próprias conclusões.

---

[2] Dois outros livros de Sir Arthur Conan Doyle. (N. do E.)

— Suponho que esse Jim Browner, o camareiro do navio de Liverpool, seja o homem de quem você suspeita?

— Oh, é mais do que uma suspeita!

— E, no entanto, não consigo ver coisa alguma além de vagos indícios.

— Pelo contrário, para minha mente nada poderia ser mais claro. Deixe-me rever as principais etapas. Nós iniciamos o caso, você se lembra, com a mente absolutamente vazia, o que é sempre uma vantagem. Não tínhamos formado teorias. Estávamos ali apenas para observar e tirar deduções de nossas observações. Que vimos a princípio? Uma dama muito calma e respeitável, que parecia em total inocência de qualquer segredo, e um retrato que me mostrou que ela tinha duas irmãs mais novas. Na mesma hora lampejou-me na mente o fato de que a caixa podia ser destinada a uma das outras duas. Deixei a ideia de lado como uma coisa que não se pode provar nem desmentir à vontade. Depois fomos ao jardim, como você se lembra, e vimos o curiosíssimo conteúdo da caixinha amarela.

"O cordão era do tipo usado pelos que fazem velas a bordo dos navios, e logo senti uma brisa de mar em nossa investigação. Quando observei que o nó era um dos populares entre os marinheiros, que o pacote tinha sido postado num porto e que a orelha masculina era perfurada para uma argola, muito mais comum entre marinheiros do que entre as pessoas do continente, tive toda certeza de que os atores da tragédia estavam entre nossas classes de homens do mar.

"Quando examinei o endereço no pacote, notei que era para a srta. Cushing. Ora, a irmã mais velha seria, por certo, srta. Cushing, mas, embora a inicial fosse S, poderia também pertencer a uma das outras. Nesse caso, teríamos de começar nossa investigação a partir de uma base inteiramente nova. Portanto, entrei na casa com a intenção de esclarecer esse ponto. E já ia garantir à srta. Cushing que se cometera um erro, quando você deve lembrar que parei de repente. A verdade era que acabara de ver uma coisa que me causou grande surpresa e, ao mesmo tempo, estreitava muitíssimo o campo de investigação.

"Como médico, você sabe, Watson, que nenhuma parte do corpo humano varia tanto quanto a orelha. Cada uma é em geral bastante distinta e difere de todas as outras. No *Journal Anthropological* do ano passado você encontrará duas curtas monografias saídas da minha caneta sobre o tema. Eu examinara, portanto, as orelhas na caixa com os olhos de um perito, e anotara com cuidado as peculiaridades anatômicas. Imagine minha surpresa, então, quando, ao olhar a srta. Cushing, percebi que a orelha dela correspondia exatamente à feminina que eu acabara de inspecionar. A questão ultrapassou então a coincidência. Havia o mesmo encurtamento da pina, a mesma curva larga do lóbulo superior, a mesma circunvolução da cartilagem interna. Em todos os pontos essenciais, era a mesma orelha.

"Por certo, logo vi a enorme importância da observação. Evidenciava-se que a vítima era uma parenta consanguínea e, na certa, muito próxima, o que deixou óbvio o motivo do engano e a quem se destinava o pacote. Depois soubemos desse camareiro, casado com a terceira irmã, e que ele tinha outrora sido tão íntimo da srta. Cushing que ela chegara, na verdade, a ir para Liverpool a fim de ficar perto dos Browners, mas uma discussão depois os separara. Essa briga pusera fim a todas as comunicações por alguns meses, de modo que, se Browner quisesse remeter um pacote à srta. Cushing, sem dúvida o enviaria para o antigo endereço dela.

"E agora o caso começou a endireitar-se de uma forma maravilhosa. Tínhamos sabido da existência desse camareiro, um homem impulsivo, de fortes paixões, lembre-se de que ele abriu mão do que deve ter sido um cargo muito superior a fim de ficar junto da esposa, e também sujeito a esporádicos surtos de alcoolismo. Tínhamos motivos para acreditar que a esposa dele foi assassinada, e que também mataram um homem, supõe-se que um marinheiro, ao mesmo tempo. O ciúme logo surgiu como o motivo do crime. E por que enviariam tais provas do ato à srta. Cushing? Provavelmente porque, durante a estada dela em Liverpool, tivera alguma participação nos acontecimentos que levaram à tragédia. Você observará ainda que essa linha de navios faz escala em Belfast, Dublin e Waterford; assim, supondo-se que Browner cometeu o ato e embarcou logo no seu navio, o *May Day*, Belfast seria o primeiro lugar do qual poderia postar o terrível pacote.

"Uma segunda solução era possível nesse ponto, e embora eu a achasse demasiado improvável, decidi elucidá-la antes de seguir adiante. Um amante malsucedido podia ter matado o sr. e a sra. Browner, e a orelha masculina pertenceria ao marido. Havia muitas objeções contra essa teoria, mas era concebível. Portanto, enviei um telegrama a meu amigo Algar, da polícia de Liverpool, e pedi-lhe para descobrir se a sra. Browner estava em casa, e se Browner partira no *May Day*. Depois fomos a Wallington visitar a srta. Sarah.

"Eu tinha curiosidade, em primeiro lugar, de ver até onde a orelha da família se reproduzira nela. Depois, por certo, a dama poderia ter-nos dado informações muito importantes, mas eu não esperava que desse. Ela deve ter sabido do caso no dia anterior, pois toda Croydon fervilhava com a notícia, e só ela poderia ter entendido a quem o pacote se destinava. Se a senhora se dispunha a ajudar a justiça, na certa já se teria comunicado com a polícia. Contudo, era nosso claro dever vê-la, por isso fomos. Descobrimos que a notícia da chegada do pacote, pois a doença dela datava desse momento, lhe causara tal efeito que lhe trouxera uma febre cerebral. Ficou mais claro do que nunca que ela entendia o pleno significado do fato, mas também que teríamos de esperar algum tempo por qualquer ajuda sua.

"Entretanto, na verdade, não dependíamos dessa ajuda. Nossas respostas nos esperavam na delegacia, para onde eu orientara Algar a enviá-las. Nada poderia ser mais conclusivo. A casa da sra. Browner estava fechada havia mais de três dias, e os vizinhos acreditavam que ela fora visitar os parentes no sul. Já se assegurara na agência de navios que Browner partira a bordo do *May Day*, calculo que seja esperado no Tâmisa amanhã à noite. Quando ele chegar, será recebido pelo rude Lestrade, e não tenho dúvidas de que teremos todos os detalhes preenchidos."

Sherlock Holmes não se decepcionou em suas expectativas. Dois dias depois, recebeu um polpudo envelope, que continha um curto bilhete do detetive, e um documento datilografado, que cobria várias páginas de papel almaço.

— Lestrade o pegou, afinal — disse Holmes, erguendo o olhar para mim. — Talvez lhe interesse saber o que ele diz.

MEU CARO SR. HOLMES:

De acordo com o plano que nós estabelecemos para testar nossas teorias [O "nós" é mais ou menos ótimo, não?], fomos até a Albert Dock, ontem, às seis horas da tarde, e subimos no S.S. *May Day*, pertencente à Companhia de Paquetes a Vapor de Liverpool, Dublin e Londres. Ao perguntar, descobri que havia um camareiro de bordo chamado James Browner, e que ele tinha agido de forma tão extraordinária durante a viagem que o comandante se vira obrigado a dispensá-lo do serviço. Ao descer para o alojamento, encontrei-o sentado num baú, com a cabeça afundada nas mãos e balançando-se para a frente e para trás. É um sujeito grande, forte, sem barba e muito moreno, um pouco parecido com Aldridge, que nos ajudou no caso da falsa lavanderia. Deu um salto ao saber o que eu queria, e eu já estava com o apito nos lábios para chamar dois policiais do rio, que haviam ficado em vigia depois da esquina, mas ele não pareceu ter coragem, e estendeu as mãos calado para as algemas. Levamo-lo para as celas, e o baú também, pois achamos que poderia ter alguma coisa incriminadora; mas, além de uma grande faca afiada como tem a maioria dos marinheiros, nós perdemos tempo. Contudo, descobrimos que precisaremos de mais provas, pois, ao ser levado perante o inspetor na delegacia, ele pediu permissão para fazer uma declaração, a qual por certo foi anotada do mesmo modo que ele a fez, por nosso taquígrafo. Fizemos três cópias datilografadas, uma das quais segue anexa. O caso revela-se, como eu sempre soube, extremamente simples, mas agradeço sua ajuda na investigação.

Com as melhores recomendações,
Seu muito sincero,
G. LESTRADE.

— Hum. Foi de fato uma investigação simples — observou Holmes —, mas não creio que tenha parecido assim para ele quando nos chamou. Vamos ver o que Jim Browner tem a dizer em sua defesa. Este é o depoimento dele, prestado perante o inspetor Montgomery, no posto policial de Shadwell, e tem a vantagem de ser palavra por palavra.

"Tenho eu alguma coisa para dizer? Sim, tenho muito a dizer. Preciso confessar tudo. Vocês podem enforcar-me ou deixar-me em paz. Não dou a mínima importância para o que façam. Digo-lhes que não dormi desde que o fiz, e creio que não dormirei novamente até estar além de todo o despertar. Às vezes, é o rosto dele, mas quase sempre é o dela. Vivo sempre com um ou outro diante de mim. Ele olha carrancudo e parece furioso, mas ela tem uma espécie de surpresa no rosto. Sim, a ovelha branca bem poderia ficar surpresa quando leu a morte num rosto que raras vezes demonstrava qualquer coisa que não amor por ela antes.

"Mas foi culpa de Sarah, e que a praga de um homem destruído lhe ponha uma doença e faça o sangue apodrecer-lhe nas veias! Não que eu queira me inocentar. Sei que voltei a beber, como o estúpido que sempre fui. Mas ela teria perdoado; ficaria junto de mim se aquela mulher jamais houvesse sombreado a nossa porta. Sarah Cushing me amava — essa é a raiz do problema... Ela me amou até todo esse amor ser transformado em ódio peçonhento quando soube que eu prezava mais minha pegada na lama do que todo o corpo e alma dela.

"Três irmãs ao todo. A mais velha, apenas uma boa mulher, a segunda um demônio, e a terceira um anjo. Sarah tinha 39 anos, Mary 29, quando me casei. Estávamos muito felizes quando montamos nossa casa juntos, e em toda Liverpool não havia melhor mulher do que Mary. Quando convidamos Sarah para passar uma semana, e a semana se transformou num mês, uma coisa levou à outra até ela se tornar uma de nós.

"Eu tinha sido condecorado com a fita azul na época, por isso vínhamos juntando uma pequena economia, e tudo reluzia como um dólar novinho em folha. Deus do céu, quem teria pensado que poderia chegar a isto?

"Eu voltava para casa com frequência para passar o fim de semana e, às vezes, se o navio ficasse retido por motivo de carga, eu tinha toda uma semana seguida, e no caminho via muito minha cunhada Sarah. Era uma bela mulher, alta, morena, rápida e feroz, com um jeito orgulhoso de erguer a cabeça e um brilho nos olhos que parecia a faísca de um isqueiro. Mas, quando a pequena Mary estava lá, eu jamais pensava nela, e isso eu juro, como espero a misericórdia divina.

"Parecera-me muitas vezes que ela gostava de ficar a sós comigo, ou atrair-me para um longo passeio juntos, mas eu nunca pensei em nada disso. Uma noite, porém, eu voltava do navio e descobri que minha esposa saíra, e Sarah estava em casa. 'Onde está Mary?' perguntei. 'Oh, ela foi pagar umas contas'.

"Fiquei impaciente e pus-me a andar de um lado para outro da sala.

"'Você não pode ficar feliz cinco minutos sem a Mary, Jim?', ela perguntou. 'Não é muito lisonjeiro para mim você não se contentar com a minha companhia por tão pouco tempo.'

"'Tudo bem, minha cara', respondi, estendendo a mão para ela de uma forma bondosa, mas Sarah segurou-a com as suas por um instante, e elas ardiam como se tivessem febre.

"Olhei dentro de seus olhos e li tudo que se desprendia dali. Não havia necessidade de ela falar, e tampouco eu. Franzi o cenho e retirei a mão. Ela se pôs ao meu lado em silêncio um tempo, e depois estendeu a mão e deu-me tapinhas no ombro. 'Velho Jim, sempre firme', disse e, com uma espécie de risada irônica, correu para fora da sala.

"Bem, dessa época em diante, Sarah me odiou com todo o coração e a alma, e é uma mulher que sabe odiar, ainda por cima. Fui um tolo ao lhe permitir continuar morando conosco, um tolo apaixonado, porém jamais disse uma palavra a Mary, pois sabia que iria magoá-la. Tudo continuou como antes, mas, após algum tempo, comecei a perceber que se dera uma pequena mudança na própria Mary. Ela sempre fora tão confiante e inocente, mas então se tornou esquisita e desconfiada, queria saber por onde eu andara e o que fizera, e de onde vinham minhas cartas, o que eu trazia nos bolsos e milhares dessas pequenas extravagâncias. Dia a dia, foi-se tornando mais esquisita e mais irritável, e brigávamos sem cessar por nada. Eu fiquei bastante intrigado com tudo isso. Agora Sarah evitava-me, mas ela e Mary continuaram inseparáveis. Então percebi que ela tramava, conspirava e envenenava a mente de minha esposa contra mim, mas fui tão cego que na época não entendi. Assim, rompi minha fita azul e recomecei a beber, mas creio que não teria feito isso se Mary fosse a mesma de sempre. Ela tinha certa razão para estar enojada comigo agora, e o abismo entre nós começou a aumentar cada vez mais. Foi quando entrou na história um tal Alec Fairbairn e tudo se tornou mil vezes mais negro.

"Foi para ver Sarah que ele veio a primeira vez à minha casa, mas logo era para ver-nos a todos, pois era um homem de modos cativantes e fazia amigos aonde quer que fosse. Um sujeito ousado e fanfarrão, elegante e de cabelos encaracolados, que já percorrera meio mundo e sabia falar do que vira. Não nego que era uma boa companhia, e tinha maneiras muito educadas para um homem do mar, por isso julgo ter havido época em que viajava mais como passageiro que como tripulante. Durante um mês frequentou minha casa, e nem uma vez me passou pela mente que o mal podia vir daquele jeito suave e matreiro. Então por fim alguma coisa me fez desconfiar, e desse dia em diante perdi minha paz para sempre.

"E se tratou apenas de um detalhe. Fui à sala de visitas sem ser esperado, e ao entrar pela porta percebi uma luz de boas-vindas no rosto de minha mulher. Mas quando ela me viu, o semblante iluminado tornou a se extinguir, e ela afastou-se de mim com uma expressão decepcionada. Isso me bastou. Só o andar de Alec Fairbairn ela confundiria com o meu. Se eu pudesse vê-lo então, tê-lo-ia matado, pois sempre agi como um louco quando perco as estribeiras. Mary viu a luz do demônio em meus olhos e correu para a frente com as mãos na minha manga: 'Não, Jim', 'não', disse. 'Onde está Sarah?', perguntei. 'Na cozinha.' 'Sarah', chamei ao entrar, 'esse tal Fairbairn jamais deve aparecer em minha porta de novo'. 'Por quê?', ela perguntou. 'Porque assim o ordeno.'

‘Oh’, exclamou, ‘se meus amigos não são bons o suficiente para esta casa, então eu tampouco sou’. ‘Você pode fazer o que quiser’, respondi, ‘mas se Fairbairn mostrar a cara aqui de novo eu mandarei uma das orelhas dele para você como lembrança’. Creio que Sarah se assustou com meu rosto, pois não respondeu uma palavra, e nessa mesma noite deixou minha casa.

“Bem, não sei agora se foi pura maldade da parte da mulher, ou se ela pensou que podia me virar contra minha esposa, encorajando-a à traição. Seja como for, alugou uma casa apenas duas ruas distante e sublocava quartos para marinheiros. Fairbairn hospedava-se lá, e Mary aparecia para tomar chá com a irmã e ele. Quantas vezes ela foi, eu não sei, mas eu a segui um dia, e quando irrompi porta adentro Fairbairn escapou pelo muro do jardim dos fundos, como o covarde camaleão que era. Jurei à minha esposa que a mataria se a encontrasse em companhia dele outra vez, e a levei de volta comigo, soluçando e tremendo, branca como um pedaço de papel. Não restou mais vestígio de amor entre nós, eu via que me odiava e temia, e, quando essa ideia me levou a beber, ela passou a me desprezar também.

“Bem, Sarah descobriu que não podia ganhar a vida em Liverpool, por isso voltou para Croydon, e tudo seguiu em frente de forma muito semelhante à de antes em minha casa. Então chegou esta última semana de toda infelicidade e ruína.

“Foi assim. Tínhamos partido no Dia do Trabalho para uma viagem de sete dias, ida e volta, mas um barril se soltou e arrombou uma das placas do casco, e tivemos de ficar no porto por doze horas. Deixei o navio e fui para casa, pensando na surpresa que seria para minha esposa e na esperança de que talvez a alegrasse ver-me tão cedo. Estava com essa ideia quando entrei em minha rua e nesse momento um coche passou por mim, e lá estava ela, sentada ao lado de Fairbairn, os dois conversando e rindo, sem uma lembrança de mim ali, parado, olhando-os da calçada.

“Digo a vocês, e dou-lhes a minha palavra, que daquele momento em diante não fui mais senhor de mim, e tudo parece um sonho obscuro quando relembro. Vinha bebendo muito nos últimos tempos, e as duas coisas juntas deram uma volta em meu cérebro. Eu sentia alguma coisa pulsar em minha cabeça então, como o martelo de um estivador, mas, naquela manhã, parecia que todas as cataratas do Niágara me zumbiam e zuniam nos ouvidos.

"Bem, dei meia-volta e corri atrás do coche. Levava um pesado porrete na mão, e digo a vocês que via tudo vermelho desde então, mas enquanto corria fiquei mais astuto também, e me deixei ficar um pouco para trás para vê-los sem ser visto. Eles logo pararam na estação ferroviária. Havia uma boa multidão em torno do guichê, assim pude cheguar muito perto sem ser visto. Compraram passagens para New Brighton. Eu também, mas embarquei três vagões atrás. Quando ali chegamos, os dois caminharam ao longo do desfile de 1º de Maio, e eu a não mais de cem metros deles. Afinal vi-os alugar um barco e partir num passeio, pois o dia estava muito quente e pensaram, sem dúvida, que na água seria mais fresco.

"Foi quase como se tivessem se entregado às minhas mãos. Instalara-se um pouco de neblina e não se distinguia mais do que algumas centenas de metros à frente. Aluguei um bote e remei atrás deles. Via o borrão do outro barco, mas eles seguiam quase tão rápido quanto eu, e podiam estar a uma boa milha da margem antes que eu os alcançasse. A neblina parecia uma cortina em toda a nossa volta, e lá estávamos nós três no meio dela. Meu Deus, será que esquecerei algum dia aqueles rostos quando viram quem estava no bote que se aproximava? Ela gritou. Ele praguejou como um louco e deu-me estocadas com um remo, pois devia ver a morte em meus olhos. Eu me desviei e acertei-o com minha bengala que lhe esmagou o crânio como um ovo. Eu a teria poupado, talvez, apesar de toda a minha loucura, mas ela passou os braços em torno dele, gritando e chamando-o 'Alec'. Tornei a bater, e ela caiu estendida ao lado dele. Eu parecia uma fera selvagem agora que provara o gosto do sangue. Se Sarah estivesse ali, por Nosso Senhor, teria se juntado a eles. Saquei a faca e — bem, pronto! Já falei o bastante. Deu-me uma espécie de louca alegria quando pensei em como Sarah se sentiria quando recebesse aqueles sinais do que a intriga dela provocara. Depois, amarrei os dois corpos no barco, arranquei uma prancha do bote e fiquei ali até afundarem. Sabia muito bem que o dono da embarcação pensaria que eles se haviam perdido no nevoeiro, sendo levados à deriva até o mar. Limpei-me, retornei à terra e juntei-me ao meu navio sem que ninguém desconfiasse do que acontecera. Naquela noite, fiz o pacote para Sarah Cushing e no dia seguinte enviei-o de Belfast.

"Agora vocês têm toda a verdade do que aconteceu. Podem enforcar-me, fazer o que quiserem comigo, mas não poderão me castigar, pois já fui castigado. Não posso fechar os olhos sem ver aqueles dois rostos me olhando fixamente como fizeram quando meu barco rompeu o nevoeiro. Matei-os rápido, mas agora eles me matam devagar; e se eu passar outra noite assim estarei louco ou morto antes do amanhecer. Não vai me prender sozinho numa cela, vai, senhor? Pelo amor de Deus, não, e que o senhor possa ser tratado no dia de sua agonia como me tratar agora."

— Qual o sentido disso, Watson? — perguntou Holmes com um tom solene quando largou o jornal. — Para que serve esse círculo de infelicidade, violência e medo? Deve ser para algum fim, ou então nosso universo é governado pelo acaso, o que é inconcebível. Mas qual a finalidade? Eis aí o grande e eterno problema para o qual a razão humana continua tão longe de uma resposta quanto antes.

O ÚLTIMO ADEUS

UM EPÍLOGO DE SHERLOCK HOLMES

Eram nove horas da noite do segundo dia de agosto de 1914, quando a Rússia declarou guerra à Alemanha — o mais terrível agosto da história do mundo. Já era possível imaginar que o Juízo Final pairava sobre a terra degenerada, pois se desprendia um assombroso silêncio e uma sensação de vaga expectativa no ar abafado e estagnado. O Sol havia muito já se pusera, mas um rasgo profundo cor de sangue, semelhante a uma ferida aberta, deitava-se no distante oeste. Acima, as estrelas cintilavam intensas; e, na baía abaixo, as luzes das embarcações brilhavam fracamente. Os dois famosos alemães estavam ao lado do parapeito de pedra da alameda do jardim, a comprida e baixa casa com pesados frontões atrás deles contemplando a extensa curva da praia no sopé do altaneiro rochedo de calcário, onde Von Bork, como uma águia errante, empoleirara-se quatro anos antes. Com as cabeças bem próximas uma da outra, conversavam em tom confidencial. Vistas de baixo, as pontas incandescentes de seus charutos talvez fossem os olhos em chamas de algum demônio a encarar com desprezo a escuridão embaixo.

Um homem notável, esse Von Bork — um homem que dificilmente podíamos identificar entre todos os dedicados agentes do cáiser.[1] Foram seus talentos que, acima de tudo, o recomendaram para a missão inglesa, a mais importante de todas, mas, desde que ele assumira o comando, esses talentos se haviam tornado cada vez mais evidentes para a meia dúzia de pessoas no mundo que de fato tinham acesso à verdade. Entre essas, o companheiro com quem conversava no momento, o barão Von Herling, primeiro-secretário da legação, cujo possante Benz, de 100 cavalos, bloqueava a pista rural à espera, para levar o proprietário de volta a Londres.

— Tudo tem avançado muito rápido agora e bem de acordo com o horário. Pelo que posso julgar da tendência dos acontecimentos, você, certamente, voltará a Berlim ainda esta semana — dizia o secretário. — Quando chegar lá, meu caro Von Bork, creio que se surpreenderá com a calorosa acolhida que vai receber. Por acaso, tomei conhecimento do que se pensa entre os mais altos escalões a respeito de seu trabalho neste país.

O secretário, homem grandalhão, intenso, alto, com ombros largos, tinha um grave modo de falar que fora seu principal trunfo na carreira política.

Von Bork riu num tom depreciativo.

— Não é muito difícil enganar esses ingleses — comentou. — Não se pode imaginar povo mais dócil e simples.

— Isso não corresponde ao que sei — disse o outro, pensativo. — Eles impõem limites estranhos inesperados que precisamos levar em consideração. É essa simplicidade superficial que cria uma armadilha para o estrangeiro. A primeira impressão que se tem é a de que são inteiramente brandos. Então de repente você se depara com algo muito sólido e se dá conta de ter chegado ao limite, e precisa adaptar-se ao fato. Têm, por exemplo, convenções insulares que simplesmente *precisam* ser cumpridas.

— Você quer dizer "boas maneiras", "jogar de acordo com as regras", e esse tipo de coisa? — suspirou Von Bork, como alguém que tolerara demais.

---

[1] Imperador alemão. (N. do E.)

— Quero dizer preconceito e convenção britânicos em todas suas ridículas manifestações. Como exemplo, posso citar um dos erros mais crassos que cometi... — posso permitir-me falar de meus erros, pois você conhece meu trabalho bem demais para saber de meus sucessos. Ocorreu quando de minha chegada aqui. Convidaram-me a uma reunião, um fim de semana na casa de campo de um ministro. A conversa foi de surpreendente indiscrição.

Von Bork assentiu com a cabeça.

— Estive lá — respondeu, secamente.

— Exatamente. Ora, claro que enviei a Berlim um resumo da informação. Por infelicidade, nosso bom chanceler é meio ditatorial nessas questões, e transmitiu uma nota na qual mostrava saber de tudo que se dissera. Isso, é claro, levou-os a me apontar como o autor das informações. Você não tem ideia do dano que me causou. Asseguro-lhe que nossos anfitriões ingleses não se mostraram nem um pouco gentis na ocasião. Levei uma vida impecável por dois anos para reparar tal delito. Agora você, com essa sua pose esportiva...

— Não, não; não a chame de pose. Pose é algo artificial. No meu caso, trata-se de uma atitude espontânea. Sou um esportista nato. Diverte-me.

— Bem, isso o torna ainda mais eficaz. Você veleja, caça, joga polo, é páreo para eles em qualquer competição, sua possante máquina ganha o primeiro prêmio na corrida Olympia... Eu soube que você chega até a lutar boxe com os jovens oficiais. Qual o resultado? Ninguém o leva a sério. Você é um "bom e velho companheiro", "decente demais para ser alemão", um jovem camarada boêmio, etc., imprudente e amante de boates. E esta tranquila casa de campo de sua propriedade constitui o centro ininterrupto da metade dos males que ocorrem na Inglaterra, ao mesmo tempo que o fidalgo esportista é o mais astuto agente do serviço secreto da Europa. Gênio, meu caro Von Bork... Gênio!

— Você me lisonjeia, barão! Mas com toda certeza posso afirmar que meus quatro anos neste país não foram improdutivos. Jamais lhe mostrei meu pequeno depósito. Gostaria de entrar um instante?

A porta do gabinete abria direto no terraço. Von Bork deslizou-a para trás, encaminhou-se na frente e apertou o botão da luz elétrica. Depois tornou a fechá-la atrás da volumosa compleição do barão que o seguia, e com todo cuidado ajustou a cortina sobre a janela de treliça. Só depois de tomadas e testadas todas essas precauções, ele virou o rosto aquilino e bronzeado para o convidado.

— Alguns de meus documentos já foram — disse. — Quando minha mulher e a família partiram ontem para Flushing, acompanhadas dos criados, levaram os menos importantes com eles. Preciso decerto reivindicar a proteção da embaixada para os outros.

— Já se providenciou tudo com o máximo cuidado. Seu nome já foi incluído na comitiva pessoal. Não haverá dificuldades para você nem sua bagagem. Claro, é possível que nem precisemos partir. A Inglaterra talvez abandone a França à própria sorte. Sabemos que entre elas não existe nenhum tratado de aliança obrigatória.

— E a Bélgica?

Ele parou prestando grande atenção na resposta.

— Tampouco existe com a Bélgica.

Von Bork fez que não com a cabeça.

— Não entendo como isso é possível. Sem dúvida há um tratado aí. Seria o fim da... e que fim! O Reino Unido jamais se recuperaria de tamanha humilhação.

— Mas ficaria em paz por enquanto.

— Mas, e a honra?

— Ora, meu caro senhor, vivemos numa era utilitária. A honra é um conceito medieval. Além disso, a Inglaterra não está preparada. Trata-se de algo inconcebível, porém, mesmo nossos impostos emergenciais de guerra de cinquenta milhões, os quais nós imaginaríamos houvessem deixado nosso propósito tão claro quanto se o tivéssemos anunciado na primeira página de *The Times*, não conseguiram despertar essa gente de seu sono. Aqui e ali se ouve uma pergunta. É meu dever tentar respondê-la. Aqui e ali também se manifestam indignações; minha função é aplacá-las. Mas posso garantir-lhe que até agora, no que se refere ao essencial, a estocagem de munições, as providências contra ataques de submarinos, para a fabricação de explosivos de alta potência, nada foi preparado. Como é possível a Inglaterra intervir, sobretudo depois de termos incitado as massas a essa trama diabólica da guerra civil irlandesa, de fúrias explosivas, e Deus sabe lá o que, para manter-lhe os pensamentos concentrados nos problemas internos?

— Precisa pensar no futuro.

— Ah, essa é outra questão. Suponho que tenhamos nossos próprios planos bem definidos a respeito da Inglaterra, e que suas informações serão muito vitais. Trataremos hoje ou amanhã do sr. John Bull.[2] Se preferir hoje, estamos perfeitamente preparados. Se for amanhã, estaremos ainda melhor preparados. Acho que os ingleses seriam mais sensatos se combatessem com aliados do que sem eles, mas isso é problema deles, não me interessa. Esta é a semana que vai determinar o destino deles. Deixemos as especulações de lado, porém, e voltemos às considerações práticas da *Realpolitik*. Você falava de seus documentos...

Ele sentou-se na poltrona com a luz a brilhar na ampla cabeça calva, enquanto baforava sereno no charuto e observava os movimentos do companheiro.

A grande sala almofadada com painéis de carvalho e revestida de estantes de livros tinha uma cortina pendurada no lado oposto. Quando Von Bork abriu-a, revelou-se um grande cofre com acabamentos em bronze. Ele soltou então uma pequena chave da corrente do relógio e após considerável manipulação da fechadura abriu a pesada porta.

— Veja! — disse, com um aceno com a mão, ao sair da frente.

A luz brilhou vividamente dentro do cofre aberto, e o secretário da embaixada olhou com absorvido interesse as fileiras de escaninhos entulhados que o guarneciam. Cada

---

[2] John Bull, protótipo do inglês típico: desenho feito para personificar a Grã-Bretanha, popularizado pelo cartunista americano Thomas Nast. (N. do T.)

escaninho tinha seu rótulo, e ele deslizou os olhos por uma longa série de títulos, como: "Vaus", "Defesas Portuárias", "Aeroplanos", "Irlanda", "Egito", "Fortes de Portsmouth", "O Canal", "Rosyth" e inúmeros outros. Cada divisória enchia-se de documentos e plantas.

— Colossal! — disse o secretário, que largou o charuto e aplaudiu baixinho com as mãos gordas.

— E tudo isto em quatro anos, barão. Um espetáculo nada desfavorável para um fidalgo rural fanfarrão que cavalga à beça! Mas a pedra mais preciosa da minha coleção está a caminho e tem a acomodação pronta para recebê-la — apontou um escaninho vazio, onde se lia: "Sinalizações Navais".

— Mas já não tem aí um ótimo dossiê?

— Papel velho e antiquado. O Almirantado, de algum modo, pressentiu qualquer coisa e foram alterados todos os códigos. Foi um golpe, barão, o pior revés em toda a minha campanha. Mas graças ao meu talão de cheques e ao prestimoso Altamont, tudo ficará bem hoje à noite.

O barão consultou as horas no relógio e deixou escapar uma exclamação gutural de decepção.

— Bem, não posso mesmo esperar mais. No momento, você imagina que tudo se movimenta rapidamente no Carlton House Terrace e todos nós devemos aguardar em nossos postos. Eu tive a esperança de poder transmitir a notícia de seu grande *coup*. Altamont não disse a que horas chegaria?

Von Bork entregou-lhe um telegrama:

> Chegarei sem falta esta noite e levarei novas velas de ignição.
>
> ALTAMONT.

— Velas de ignição, hem?

— Entenda, ele se faz de especialista em motor e eu mantenho uma garagem cheia. Em nosso código, tudo que tem probabilidade de acontecer é nomeado segundo peças sobressalentes. Se ele fala de radiador, refere-se a uma belonave, de uma bomba de óleo um cruzador, e assim por diante. Velas de ignição são sinalizações navais.

— Transmitido de Portsmouth ao meio-dia — disse o secretário, examinando o endereço. — Por falar nisso, quanto você lhe dá?

— Quinhentas libras por este trabalho específico. Por certo, também recebe um salário.

— Que patife ganancioso! Esses traidores são úteis, mas me ressinto do dinheiro sanguinário deles.

— Nada tenho contra Altamont. É um excelente trabalhador. Se lhe pago bem, pelo menos ele entrega os produtos, como diz. Além disso, não é um traidor. Garanto-lhe que nossa aristocracia pangermânica extremada é uma pomba da paz em seus sentimentos pela Inglaterra comparada com um verdadeiro irlando-americano amargurado.

— Ah, um irlando-americano?

— Se você o ouvisse falar, não duvidaria. Acredite, às vezes mal consigo entendê-lo. Parece haver declarado guerra tanto ao inglês do rei quanto ao rei inglês... Precisa mesmo ir? Ele deve chegar a qualquer momento.

— Sim, lamento, porém já me demorei mais do que devia. Nós o esperamos amanhã cedo, e, depois que você passar esse livro de sinalizações pela portinhola nos degraus da coluna do duque de York, pode pôr um fim triunfante ao seu arquivo Inglaterra. Ora, veja só! Vinho Tokay![3] — Indicou uma garrafa com pesado lacre e empoeirada entre duas taças numa bandeja.

— Posso oferecer-lhe uma taça antes de sua viagem?

— Não, obrigado. Mas parece que vai haver uma comemoração.

— Altamont é um apreciador de bons vinhos e gostou do meu Tokay. É um tipo muito sensível e preciso paparicá-lo com pequenos agrados. Por ser uma pessoa vital para meus planos, asseguro-lhe que precisei pesquisá-lo.

---

[3] Vinho húngaro produzido com uvas de mesmo nome, conhecido por ser um dos melhores vinhos doces do mundo. (N. do E.)

Ambos haviam saído de novo para o terraço, atravessaram-no até o outro lado, onde, a um toque do chofer do barão, o magnífico carro sacolejou e matraqueou.

— Suponho que aquelas são as luzes de Harwich — disse o secretário, vestindo o guarda-pó. — Como tudo parece imóvel e pacífico! Talvez se vejam outras luzes dentro de uma semana e o litoral da Inglaterra se revele um lugar menos tranquilo! Talvez o céu também não continue tão pacífico se tudo o que nos promete o bom Zeppelin se realizar. Por sinal, quem é aquela?

Apenas uma única janela mostrava uma luz atrás deles, com um lampião aceso, ao lado do qual, sentada a uma mesa, via-se uma bonachona senhora de faces coradas, com uma touca de camponesa. Curvada sobre o tricô, interrompia-o de vez em quando para acariciar enorme gato preto num banco próximo.

— É Martha, a única criada que não partiu.

O secretário deu uma risadinha.

— Ela quase poderia personificar a Grã-Bretanha — disse — com seu completo ensimesmamento e aparência geral de confortável sonolência. Bem, *au revoir*, Von Bork!

Com um último aceno de mão, saltou dentro do carro, e instantes depois dois cones dos faróis varavam a escuridão. O secretário recostou-se nas macias almofadas da luxuosa limusine, com o pensamento cheio da iminente tragédia europeia, e nem notou, quando o carro contornou a rua da aldeia, a quase colisão com um pequeno Ford que vinha na direção contrária.

Von Bork retornou devagar ao gabinete depois que os últimos feixes de luz das lanternas traseiras se extinguiram ao longe. Ao passar, observou que a idosa governanta apagara o lampião e se retirara. Era uma nova experiência para ele, o silêncio e a escuridão da ampla mansão, pois antes abrigava sua numerosa família e criadagem. Mas também o aliviava saber que todos se encontravam seguros e que, se não fosse a idosa empregada, tinha a casa inteira para si. Precisou fazer muita arrumação no gabinete até seu rosto bonito, ávido, afoguear-se com o calor dos documentos em chamas. Na valise de couro que se achava ao lado da mesa, começou a guardar, de modo organizado e sistemático, o precioso conteúdo do cofre. Mal iniciara esse trabalho, seus ouvidos aguçados captaram o ruído de um carro distante. Ele deixou escapar uma exclamação de prazer, passou as correias na valise, fechou o cofre e correu para o terraço. Chegou bem a tempo de ver os faróis de um pequeno carro parando diante do portão. Um passageiro saltou dele e encaminhou-se rápido em sua direção, enquanto o chofer, homem idoso, corpulento e de bigode grisalho, instalava-se no banco como alguém resignado a uma longa vigília.

— E então? — perguntou impaciente Von Bork, correndo para receber o visitante.

Como resposta o homem brandiu no alto, triunfante, um pequeno pacote embrulhado em papel pardo.

— Pode dar-me um caloroso aperto de mão esta noite, senhor. Trago-lhe, afinal o bacon tão desejado.

— As sinalizações?

— Como eu disse no telegrama. Até a última delas: sistema de sinais por meio de semáforos, bandeirolas, código de lâmpadas, telegrafia sem fio Marconi; são cópias, veja bem, não os originais. O idiota que o vendeu teria entregado o próprio livro, mas seria perigoso demais. Mas se trata de mercadoria verdadeira, pode apostar — deu um tapa no ombro do alemão com grosseira intimidade que fez Von Bork retrair-se.

— Entre — ele disse. — Estou só em casa. Apenas o aguardava. Claro que uma cópia é melhor do que o original. Se um original sumisse, eles mudariam todo o sistema. Acha que tudo é seguro a respeito dessa cópia?

O irlando-americano entrara no escritório e refestelara-se na poltrona com as longas pernas esticadas. Era um homem alto, esquelético, de 60 anos, feições bem definidas e um cavanhaque que lhe dava uma semelhança com as caricaturas do Tio Sam. Pendia-lhe do canto da boca um charuto fumado pela metade, molhado, e ao sentar-se ele riscou um fósforo e o reacendeu.

— Aprontando-se para partir? — observou, após olhar em volta. — Não me diga, senhor — acrescentou, e bateu os olhos no cofre, do qual se afastara a cortina —, que guarda seus documentos naquilo?

— Por que não?

— Minha nossa, numa geringonça como essa! E o consideram um senhor espião! Ora, qualquer trapaceiro americano o arrombaria com um abridor de latas. Se eu soubesse que qualquer carta minha ficaria solta nessa coisa, teria sido um imbecil até mesmo por escrevê-la.

— Arrombar esse cofre quebraria a cabeça de todos os seus trapaceiros — respondeu Von Bork. — Não é possível cortar o metal com qualquer ferramenta.

— Mas, e a fechadura?

— Tampouco, é daquelas que usam dupla combinação. Sabe o que significa?

— Não tenho a menor ideia — disse o americano.

— Bem, você precisa, além de uma palavra, de um conjunto de números antes de conseguir acioná-la. — Ele se levantou e mostrou um disco de aros duplos que circundava o buraco da fechadura. — Este externo é para as letras, o interno para os números.

— Veja só, que beleza.

— Por isso não é tão simples como você imaginou. Faz quatro anos que mandei fabricá-lo, e sabe o que escolhi para a palavra e os números?

— Vai além da minha imaginação.

— Bem, escolhi a palavra "agosto" e os números "1914", e a partir daí se começa a operação.

O rosto do americano mostrou surpresa e admiração.

— Minha nossa, que astúcia! Você conseguiu ir direto ao que interessa: excelente significado!

— Sim, poucos poderiam adivinhar a data. Aí está, e fecho as portas amanhã de manhã.

— Bem, creio que também vai precisar resolver a minha situação. Não vou ficar neste malfadado país entregue à minha própria sorte. Pelo que vejo, dentro de uma semana ou menos, John Bull se empinará e começará a fugir do controle. Prefiro vê-lo do outro lado da água.

— Mas você não é um cidadão americano?

— Ora, Jack James também era, mas ainda assim está cumprindo pena na prisão de Portland. A gente dizer a um policial inglês que é um cidadão americano não o impressiona. "Aqui o que vale é a lei e a ordem britânicas", ele diz. Aliás, senhor, por falar em Jack James, parece-se que não protege muito bem seus homens.

— Que quer dizer com isso? — perguntou Von Bork, exasperado.

— Bem, você os contratou, não? Cabe a você cuidar para que eles não caiam. Mas de fato caem e alguma vez você os reergueu? Veja o caso de James...

— A culpa foi do próprio James. Você sabe muito bem. Era muito voluntarioso para o trabalho.

— Reconheço que era um idiota. Mas também tem Hollis.

— O sujeito não passava de um maluco.

— Bem, ele se tornou meio beberrão próximo ao fim. Ser obrigado a representar um papel da manhã à noite com uma centena de caras todas prontas para atiçar os policiais atrás dele basta para fazê-lo beber até pirar. Mas agora o negócio é com Steiner...

Von Bork teve um violento sobressalto e o rosto avermelhado ficou pálido.

— Que foi que houve com Steiner?

— Os policiais o pegaram, só isso. Invadiram a loja ontem à noite, e ele e todos os documentos foram parar na prisão de Portsmouth. Você vai partir e Steiner, pobre diabo, terá de aguentar as consequências, e terá sorte se conseguir sair vivo. Por isso é que pretendo atravessar o canal tão rápido quanto você.

Embora Von Bork fosse um homem forte e contido, era fácil ver que a noticia o abalara.

— Como podem ter chegado a Steiner? — resmungou. — É o pior golpe que sofri até agora.

— Bem, talvez ainda desfiram um ainda mais maldito, pois creio que não estão longe de me alcançar.

— Não fala a sério!

— Seríssimo. Andaram fazendo perguntas à minha senhoria no distrito de Fratton, e quando eu soube disso imaginei que era hora de me mexer. Mas o que preciso entender, chefe, é como os policiais sabem dessas coisas. Steiner é o quinto homem que você perdeu desde que me contratou, mas, se eu não me mandar logo, sei muito bem qual será o sexto. Como explica isso, e não se envergonha de ver seus homens caírem assim?

Von Bork ficou rubro.

— Como se atreve a falar dessa maneira?

— Se não me atrevesse a fazer certas coisas, chefe, não estaria a seu serviço. Mas vou lhe dizer direto o que tenho em mente. Soube que, entre vocês, políticos alemães, quando um agente termina seu trabalho, vocês não lamentam muito vê-lo delatado e posto num lugar onde não possa falar demais.

Von Bork levantou-se de um salto.

— Ousa sugerir que delatei meus próprios agentes?

— Não chegaria a tanto, chefe, mas tem alguém mancomunado como chamariz, ou num esquema de traição, e cabe a você descobrir onde ele está. De qualquer modo, não vou correr mais riscos. A pequena Holanda me espera, e quanto mais rápido eu partir, melhor.

Von Bork controlara a fúria.

— Fomos aliados por muito tempo para nos desentendermos agora, na hora exata da vitória — disse. — Você fez um esplêndido trabalho, além de correr riscos tão grandes, o que não posso esquecer. Sem dúvida, vá para a Holanda, e uma vez lá poderá tomar um navio que o leve de Roterdã a Nova York. Nenhuma outra travessia será segura daqui a uma semana, quando o almirante Von Tirpitz entrar em ação. Mas encerremos as contas agora, Altamont. Vou levar este livro e arrumá-lo na mala com o resto.

O americano ainda segurava o pacote na mão, mas não fez a menor menção de entregá-lo.

— E o meu agrado? — perguntou.

— O quê?

— O suborno. A recompensa. As quinhentas libras. O artilheiro tornou-se um maldito nojento no final, e tive de suborná-lo com cem dólares extras, caso contrário nada teríamos, nem eu nem você. "Nada feito!", ele disse, e também falava a sério, mas os últimos cem funcionaram. Custaram-me duzentas libras do primeiro ao último, portanto não é provável que eu o entregue sem receber minha bolada.

Von Bork sorriu ressentido.

— Você não parece ter uma opinião muito elevada sobre a minha honra — disse — quer o dinheiro antes de abrir mão do livro.

— Ora, chefe, estamos tratando de negócios.

— Tudo bem. Será do seu jeito — sentou-se à mesa e preencheu um cheque, que destacou do talão, mas não chegou a entregá-lo ao companheiro. — Afinal, se agora são esses os termos, sr. Altamont, não vejo por que devo confiar em você mais do que confia em mim. Entende? — acrescentou, e virou-se para olhar o americano. — Aqui está o cheque, na mesa. Exijo o direito de examinar o pacote, antes de você pegá-lo.

O americano entregou-lhe o pacote sem nada dizer. Von Bork desfez o nó do barbante e retirou duas folhas de papel que embrulhavam o volume. Então, ficou ali sentado a contemplar, em silencioso espanto, um pequeno livro azul diante de si. Na capa, impresso em letras douradas, o título: *Compêndio prático de apicultura*. Apenas por um instante, o mestre da espionagem fixou o furioso olhar na inscrição de estranha inutilidade. No momento seguinte, viu-se agarrado pela nuca por um braço de ferro e com uma esponja embebida em clorofórmio mantida diante do rosto desfigurado.

— Outra taça, Watson? — perguntou o sr. Sherlock Holmes, ao estender a empoeirada garrafa de Tokay. — Precisamos brindar a esta jubilosa reunião.

O corpulento chofer, que se sentara junto à mesa, empurrou a taça com certa avidez.

— Um bom vinho, Holmes — disse, após beber com visível prazer.

— Um vinho notável, Watson. Nosso amigo a roncar ruidoso no sofá garantiu-me que veio da adega especial do palácio Schönbrunn, residência de verão do imperador austríaco, Franz Joseph. Permita pedir-lhe que abra a janela, pois o vapor do clorofórmio não favorece o paladar.

Em pé diante do cofre entreaberto, Holmes agora retirava um dossiê após o outro, examinava rápido cada um e depois o acomodava de forma impecável na valise de Von Bork. O alemão deitado no sofá dormia profundamente, a respiração forte, com uma corda amarrada nos antebraços e outra nas pernas.

— Não precisamos nos apressar, Watson. Estamos a salvo de interrupção. Poderia fazer o favor de tocar o sino? A única pessoa na casa é a velha Martha, que desempenhou seu papel à perfeição. Expliquei-lhe a situação quando assumi o caso. Ah, Martha, ficará satisfeita de saber que tudo está bem.

A bonachona senhora surgiu no vão da porta. Fez uma mesura sorridente para o sr. Holmes, mas olhou com certa apreensão a figura no sofá.

— Está tudo bem, Martha. Ele não sofreu sequer um arranhão.

— Isso me alegra, sr. Holmes. A meu ver, era um patrão muito bom. Queria que eu viajasse com a esposa para a Alemanha ontem, mas isso dificilmente teria sido conveniente para seus planos, teria, senhor?

— Na verdade, não, Martha. Enquanto você permaneceu aqui, fiquei despreocupado. Esperamos um bom tempo pelo seu sinal ontem à noite.

— Foi o secretário, senhor; o corpulento cavalheiro de Londres.

— Eu sei. O carro dele passou pelo nosso. Mas se não fosse pela sua excelente direção, Watson, a esta altura seríamos o protótipo da Europa sob o rolo compressor prussiano. Que mais, Martha?

— Achei que ele jamais iria embora. Sabia que encontrá-lo aqui não conviria aos seus planos, senhor.

— De fato, não. Bem, isso só exigiu que esperássemos mais ou menos meia hora na colina até eu ver seu lampião apagar e saber que o caminho estava livre. Pode procurar-me amanhã em Londres, Martha, no Claridge's Hotel.

— Muito bem, senhor.

— Suponho que já arrumou tudo para partir?

— Sim, senhor. Hoje, ele enviou sete cartas pelo correio. Anotei os endereços, como sempre. Recebeu nove, e também as guardei.

— Ótimo, Martha. Vou vê-las amanhã, boa-noite. Estes documentos — continuou Holmes, quando a empregada se retirou — não são de grande importância para nós, pois, óbvio, as informações que representam já foram despachadas há muito tempo para o governo alemão. São os originais que decerto não podiam sair do país.

— Então são inúteis?

— Eu não diria tanto, Watson. Diria que muitos destes documentos chegaram a ele por meu intermédio, e não preciso acrescentar que são inteiramente forjados. Abrilhantaria meus anos de declínio ver um cruzador alemão singrar o estreito de Solent, de acordo os planos de minas submarinas que forneci. Mas você, Watson... — ele interrompeu o trabalho e tomou o velho amigo pelos ombros... — mal o vi em luz clara ainda. Como os anos o têm tratado? Você parece o mesmo rapaz jovial de sempre.

— Sinto-me vinte anos mais moço, Holmes. Raras vezes me senti tão feliz como quando recebi seu telegrama que me pedia para encontrá-lo em Harwich com o carro. Mas você, Holmes, mudou muito pouco, a não ser por esse cavanhaque horroroso.

— São os sacrifícios que a gente faz pelo nosso país — disse Holmes puxando a pequena barbicha. — Amanhã será uma lembrança horrível. Com os cabelos cortados e algumas outras mudanças superficiais, sem dúvida reaparecerei amanhã no Claridge como eu era antes deste dublê de americano. Perdoe-me, Watson, meu manancial de inglês parece corrompido para sempre, antes de acontecer por acaso essa missão americana.

— Mas você tinha se aposentado, Holmes. Soubemos que levava a vida de um eremita em meio a suas abelhas e seus livros numa pequena fazenda nas colinas de South Downs.

— Exatamente, Watson. Veja o fruto de meu sossego ocioso, o *magnum opus* de meus últimos anos! — Pegou o volume da mesa e leu em voz alta o título inteiro: — *Compêndio de apicultura, com algumas observações sobre a segregação da rainha*. "Sozinho, combati". Veja o fruto de noites pensativas e dias laboriosos, quando eu vigiava os enxames de abelhazinhas operárias como outrora vigiava o mundo criminoso de Londres.

— Mas como recomeçou a trabalhar?

— Ah! Muitas vezes eu mesmo me surpreendo. Só ao ministro do Exterior eu teria resistido, mas quando o primeiro-ministro também se dignou a visitar meu humilde teto! O fato, Watson, é que esse cavalheiro no sofá revelou-se um tanto quanto bom demais para o nosso pessoal. Sozinho, equivalia a um grupo de espionagem. Tudo dava errado e ninguém entendia por quê. Suspeitava-se e até apanhavam agentes, mas havia indícios de alguma força central forte e secreta. Tornou-se absolutamente necessário desmembrá-la. Insistiram muito para que eu examinasse a questão. Isso me custou dois anos, Watson, mas não desprovidos de excitação. Se eu lhe disser que comecei minha peregrinação em Chicago, diplomei-me numa sociedade secreta irlandesa em Buffalo, causei sérios problemas para o real regimento paramilitar irlandês em Skibbereen, e por isso acabei chamando a atenção de um agente subordinado de Von Bork, que me recomendou como um homem capaz, você compreenderá como era complexa a questão. Desde então tenho sido honrado com a confiança dele, o que não impediu que a maioria de seus planos fosse sutilmente por água abaixo e cinco dos seus melhores agentes estejam na prisão. Eu os vigiava, Watson, e os pegava quando se aprimoravam. Bem, senhor, espero que não tenha piorado.

Dirigiu o último comentário ao próprio Von Bork, que, após muitas respirações profundas e piscadelas, ficara ali deitado em silêncio, a ouvir a declaração de Holmes. Agora irrompia numa furiosa torrente de injúrias em alemão, o rosto contorcido de cólera. Meu velho companheiro continuava a rápida investigação de documentos, abria e dobrava os papéis com os longos e nervosos dedos, enquanto o prisioneiro xingava e praguejava.

— Embora nada musical, o alemão é a mais expressiva de todas as línguas — observou, quando Von Bork se calara por pura exaustão. — Opa! Opa! — acrescentou, ao olhar o canto de um desenho antes de guardá-lo na caixa. — Este põe mais um pássaro na gaiola. Eu não fazia ideia de que o tesoureiro era tão crápula, embora esteja há muito tempo de olho nele. Minha nossa, sr. Von Bork, terá de responder por inúmeros atos de espionagem.

O prisioneiro levantara-se com certa dificuldade no sofá e encarava o captor com uma estranha mistura de espanto e ódio.

— Eu hei de acertar contas com você, Altamont — disse, falando com lenta deliberação. — Nem que leve a vida inteira, acertarei contas com você!

— A velha doce ladainha — disse Holmes. — Quantas vezes eu a ouvi no passado! Era a cantiga preferida do falecido e deplorado professor Moriarty. Sabe-se também que o coronel Sebastian Moran alardeava-a. No entanto, eu vivo e crio abelhas em South Downs.

— Maldito seja, seu duplo traidor! — gritou o alemão, esforçando-se para se livrar das cordas e fuzilando Holmes com o olhar furioso.

— Não, não, não é tão ruim assim — contestou Holmes, sorrindo. — Como minha fala certamente lhe mostra, o sr. Altamont de Chicago de fato não existia. Trata-se de uma invenção, um mito, um elemento isolado de minha coleção de personalidades. Usei-o e ele agora desapareceu.

— Então quem é você?

— Na verdade, não importa quem sou eu, mas visto que a questão parece interessar-lhe, sr. Von Bork, posso dizer que esta não constitui minha primeira relação com os membros de sua família. Trabalhei muito na Alemanha no passado, e meu nome também na certa lhe é conhecido.

— Eu gostaria de sabê-lo — disse o prussiano, e fechou a carranca.

— Fui eu quem provocou a separação entre Irene Adler e o falecido rei da Boêmia, quando seu primo Heinrich era o enviado imperial. Também fui eu quem salvou de assassinato, pelo niilista Klopman, o conde Von und zu Grafenstein, irmão mais velho de sua mãe. Fui eu quem...

Von Bork empertigou-se no sofá em total assombro.

— Só existe um homem... — ele se lamuriou.

— Exatamente — confirmou Holmes.

O espião grunhiu e tornou a afundar no sofá.

— E recebi a maioria dessas informações por seu intermédio! — lamentou. — De que vale isso? Que foi que eu fiz? É a minha ruína para sempre!

— Não resta dúvida de que são um tanto forjadas — disse Holmes. — Exigirão alguma conferência e resta-lhe pouco tempo para fazê-la. Seu almirante talvez também encontre as novas armas um pouco maiores do que espera, e os cruzadores talvez um pouco mais velozes.

Von Bork agarrou a própria garganta em desespero.

— Certamente, inúmeros outros pequenos detalhes virão à luz no momento oportuno. Mas você tem uma qualidade muito rara para um alemão, sr. Von Bork: espírito esportivo, e não me vai querer mal algum quando compreender que, após conseguir exceder em esperteza tantas outras pessoas, alguém mais esperto acabou por lhe passar a perna. Afinal, você fez o melhor para o seu país, e eu fiz o melhor para o meu. O que poderia ser mais natural? Além disso — acrescentou, não sem amabilidade, ao pôr a mão no ombro do espião prostrado — é melhor do que cair perante algum inimigo mais ignóbil. Estes documentos estão acondicionados agora, Watson. Se me ajudar com nosso prisioneiro, creio que podemos seguir para Londres sem demora.

Não foi nada fácil deslocar Von Bork, pois era um homem forte e desesperado. Por fim, os dois amigos o seguraram, cada um por um braço, e o conduziram bem devagar pelo atalho do jardim, o qual ele percorrera com tanta orgulhosa confiança quando, poucas horas antes, recebera as congratulações do famoso diplomata. Após uma breve luta final, içaram-no, ainda de mãos e pés amarrados, até o assento sobressalente do carrinho, sua preciosa valise bem encaixada num pequeno espaço ao lado.

— Creio que está mais confortável do que permitem as circunstâncias — disse Holmes, quando se concluíram as últimas arrumações. — Aceita que eu lhe acenda um charuto e o coloque entre seus lábios?

Mas se desperdiçaram todas as amenidades no furioso alemão.

— Suponho que saiba, sr. Sherlock Holmes — disse —, que, se caso seu governo o apoiar nesse tratamento, sua atitude será um ato de guerra.

— E o seu governo e todo esse tratamento? — perguntou Holmes, com um tapinha na valise.

— O senhor é um detetive particular. Não tem mandado para minha prisão. Todo o procedimento é absolutamente ilegal e ultrajante.

— Completamente — concordou Holmes.

— Sequestrando um súdito alemão...

— E roubando seus documentos.

— Bem, você compreende a sua posição, a sua e a de seu cúmplice aqui. Se eu gritasse por socorro ao passarmos pela aldeia...

— Meu caro senhor, se fizesse algo tão insensato assim, na certa contribuiria para ampliar a gama de títulos, tão limitados, das nossas pousadas, influenciando alguma delas a adotar o nome "O prussiano enforcado". O inglês é uma criatura paciente, mas no momento anda com o temperamento meio exaltado, e melhor faria o senhor se não esgotasse demais sua paciência. Não, sr. Von Bork, irá conosco de maneira sensata, tranquila, até a Scotland Yard, de onde pode chamar seu amigo, barão Von Herling, e ver que mesmo agora talvez não possa ocupar aquele lugar que ele reservou para você na suíte diplomática. Quanto a você, Watson, retornará ao seu antigo serviço, pelo que sei, portanto Londres não está fora de seu caminho. Fique comigo aqui no terraço, pois esta, talvez, seja a última conversa sossegada que haveremos de ter.

Os dois amigos conversaram sozinhos por alguns minutos, lembrando mais uma vez os dias do passado, enquanto o prisioneiro se retorcia em vão para livrar-se das cordas que o prendiam. Ao voltarem para o carro, Holmes virou-se, apontou o mar enluarado e balançou a cabeça, pensativo.

— Aproxima-se uma ventania do leste, Watson.

— Não creio, Holmes. Faz muito calor.

— Meu bom e velho Watson! Você é o único ponto invariável numa era de transformação. Mas, ainda assim, aproxima-se um vento do leste, tal vento como jamais soprou na Inglaterra. Será gelado e intenso, meu caro amigo, e muitos de nós talvez nos extingamos antes de começar a impetuosa rajada. Mas, apesar disso, é o vento de Deus, e uma terra mais limpa, melhor e mais forte se estenderá à luz do sol quando clarear a tempestade. Dê a partida, Watson, pois está na hora de seguir viagem. Tenho um cheque de quinhentas libras que deve ser descontado logo, pois o sacado é bem capaz de impedi-lo, se puder.

O objetivo, a filosofia e a missão da Editora Martin Claret

O principal objetivo da Martin Claret é contribuir para a difusão da educação e da cultura, por meio da democratização do livro, usando os canais de comercialização habituais, além de criar novos.

A filosofia de trabalho da Martin Claret consiste em produzir livros de qualidade a um preço acessível, para que possam ser apreciados pelo maior número possível de leitores.

A missão da Martin Claret é conscientizar e motivar as pessoas a desenvolver e utilizar o seu pleno potencial espiritual, mental, emocional e social.

O livro muda as pessoas. Revolucione-se: leia mais para ser mais!

Relação dos Volumes Publicados

1. Dom Casmurro
Machado de Assis
2. O Príncipe
Maquiavel
3. Mensagem
Fernando Pessoa
4. O Lobo do Mar
Jack London
5. A Arte da Prudência
Baltasar Gracián
6. Iracema / Cinco Minutos
José de Alencar
7. Inocência
Visconde de Taunay
8. A Mulher de 30 Anos
Honoré de Balzac
9. A Moreninha
Joaquim Manuel de Macedo
10. A Escrava Isaura
Bernardo Guimarães
11. As Viagens - "Il Milione"
Marco Polo
12. O Retrato de Dorian Gray
Oscar Wilde
13. A Volta ao Mundo em 80 Dias
Júlio Verne
14. A Carne
Júlio Ribeiro
15. Amor de Perdição
Camilo Castelo Branco
16. Sonetos
Luís de Camões
17. O Guarani
José de Alencar
18. Memórias Póstumas de Brás Cubas
Machado de Assis
19. Lira dos Vinte Anos
Álvares de Azevedo
20. Apologia de Sócrates / Banquete
Platão
21. A Metamorfose/Um Artista da Fome/Carta a Meu Pai
Franz Kafka
22. Assim Falou Zaratustra
Friedrich Nietzsche
23. Triste Fim de Policarpo Quaresma
Lima Barreto
24. A Ilustre Casa de Ramires
Eça de Queirós
25. Memórias de um Sargento de Milícias
Manuel Antônio de Almeida
26. Robinson Crusoé
Daniel Defoe
27. Espumas Flutuantes
Castro Alves
28. O Ateneu
Raul Pompeia
29. O Noviço / O Juiz de Paz da Roça / Quem Casa Quer Casa
Martins Pena
30. A Relíquia
Eça de Queirós
31. O Jogador
Dostoiévski
32. Histórias Extraordinárias
Edgar Allan Poe
33. Os Lusíadas
Luís de Camões
34. As Aventuras de Tom Sawyer
Mark Twain
35. Bola de Sebo e Outros Contos
Guy de Maupassant
36. A República
Platão
37. Elogio da Loucura
Erasmo de Rotterdam
38. Caninos Brancos
Jack London
39. Hamlet
William Shakespeare
40. A Utopia
Thomas More
41. O Processo
Franz Kafka
42. O Médico e o Monstro
Robert Louis Stevenson
43. Ecce Homo
Friedrich Nietzsche
44. O Manifesto do Partido Comunista
Marx e Engels
45. Discurso do Método / Regras para a Direção do Espírito
René Descartes
46. Do Contrato Social
Jean-Jacques Rousseau
47. A Luta pelo Direito
Rudolf von Ihering
48. Dos Delitos e das Penas
Cesare Beccaria
49. A Ética Protestante e o Espírito do Capitalismo
Max Weber
50. O Anticristo
Friedrich Nietzsche
51. Os Sofrimentos do Jovem Werther
Goethe
52. As Flores do Mal
Charles Baudelaire
53. Ética a Nicômaco
Aristóteles
54. A Arte da Guerra
Sun Tzu
55. Imitação de Cristo
Tomás de Kempis
56. Cândido ou o Otimismo
Voltaire
57. Rei Lear
William Shakespeare
58. Frankenstein
Mary Shelley
59. Quincas Borba
Machado de Assis
60. Fedro
Platão
61. Política
Aristóteles
62. A Viuvinha / Encarnação
José de Alencar
63. As Regras do Método Sociológico
Emile Durkheim
64. O Cão dos Baskervilles
Sir Arthur Conan Doyle
65. Contos Escolhidos
Machado de Assis
66. Da Morte / Metafísica doAmor / Do Sofrimento do Mundo
Arthur Schopenhauer
67. As Minas do Rei Salomão
Henry Rider Haggard
68. Manuscritos Econômico-Filosóficos
Karl Marx
69. Um Estudo em Vermelho
Sir Arthur Conan Doyle
70. Meditações
Marco Aurélio
71. A Vida das Abelhas
Maurice Materlinck
72. O Cortiço
Aluísio Azevedo
73. Senhora
José de Alencar
74. Brás, Bexiga e Barra Funda / Laranja da China
Antônio de Alcântara Machado
75. Eugênia Grandet
Honoré de Balzac
76. Contos Gauchescos
João Simões Lopes Neto
77. Esaú e Jacó
Machado de Assis
78. O Desespero Humano
Sören Kierkegaard
79. Dos Deveres
Cícero
80. Ciência e Política
Max Weber
81. Satíricon
Petrônio
82. Eu e Outras Poesias
Augusto dos Anjos
83. Farsa de Inês Pereira / Auto da Barca do Inferno / Auto da Alma
Gil Vicente
84. A Desobediência Civil e Outros Escritos
Henry David Toreau
85. Para Além do Bem e do Mal
Friedrich Nietzsche
86. A Ilha do Tesouro
R. Louis Stevenson
87. Marília de Dirceu
Tomás A. Gonzaga
88. As Aventuras de Pinóquio
Carlo Collodi
89. Segundo Tratado Sobre o Governo
John Locke
90. Amor de Salvação
Camilo Castelo Branco
91. Broquéis/Faróis/ Últimos Sonetos
Cruz e Souza
92. I-Juca-Pirama / Os Timbiras / Outros Poemas
Gonçalves Dias
93. Romeu e Julieta
William Shakespeare
94. A Capital Federal
Arthur Azevedo
95. Diário de um Sedutor
Sören Kierkegaard
96. Carta de Pero Vaz de Caminha a El-Rei Sobre o Achamento do Brasil
97. Casa de Pensão
Aluísio Azevedo
98. Macbeth
William Shakespeare

99. Édipo Rei/Antígona
Sófocles
100. Lucíola
José de Alencar
101. As Aventuras de Sherlock Holmes
Sir Arthur Conan Doyle
102. Bom-Crioulo
Adolfo Caminha
103. Helena
Machado de Assis
104. Poemas Satíricos
Gregório de Matos
105. Escritos Políticos / A Arte da Guerra
Maquiavel
106. Ubirajara
José de Alencar
107. Diva
José de Alencar
108. Eurico, o Presbítero
Alexandre Herculano
109. Os Melhores Contos
Lima Barreto
110. A Luneta Mágica
Joaquim Manuel de Macedo
111. Fundamentação da Metafísica dos Costumes e Outros Escritos
Immanuel Kant
112. O Príncipe e o Mendigo
Mark Twain
113. O Domínio de Si Mesmo pela Auto-Sugestão Consciente
Émile Coué
114. O Mulato
Aluísio Azevedo
115. Sonetos
Florbela Espanca
116. Uma Estadia no Inferno / Poemas / Carta do Vidente
Arthur Rimbaud
117. Várias Histórias
Machado de Assis
118. Fédon
Platão
119. Poesias
Olavo Bilac
120. A Conduta para a Vida
Ralph Waldo Emerson
121. O Livro Vermelho
Mao Tsé-Tung
122. Oração aos Moços
Rui Barbosa
123. Otelo, o Mouro de Veneza
William Shakespeare
124. Ensaios
Ralph Waldo Emerson
125. De Profundis / Balada do Cárcere de Reading
Oscar Wilde
126. Crítica da Razão Prática
Immanuel Kant
127. A Arte de Amar
Ovídio Naso
128. O Tartufo ou O Impostor
Molière
129. Metamorfoses
Ovídio Naso
130. A Gaia Ciência
Friedrich Nietzsche
131. O Doente Imaginário
Molière
132. Uma Lágrima de Mulher
Aluísio Azevedo
133. O Último Adeus de Sherlock Holmes
Sir Arthur Conan Doyle
134. Canudos - Diário de uma Expedição
Euclides da Cunha
135. A Doutrina de Buda
Siddharta Gautama
136. Tao Te Ching
Lao-Tsé
137. Da Monarquia / Vida Nova
Dante Alighieri
138. A Brasileira de Prazins
Camilo Castelo Branco
139. O Velho da Horta/Quem Tem Farelos?/Auto da Índia
Gil Vicente
140. O Seminarista
Bernardo Guimarães
141. O Alienista / Casa Velha
Machado de Assis
142. Sonetos
Manuel du Bocage
143. O Mandarim
Eça de Queirós
144. Noite na Taverna / Macário
Álvares de Azevedo
145. Viagens na Minha Terra
Almeida Garrett
146. Sermões Escolhidos
Padre Antonio Vieira
147. Os Escravos
Castro Alves
148. O Demônio Familiar
José de Alencar
149. A Mandrágora / Belfagor, o Arquidiabo
Maquiavel
150. O Homem
Aluísio Azevedo
151. Arte Poética
Aristóteles
152. A Megera Domada
William Shakespeare
153. Alceste/Electra/Hipólito
Eurípedes
154. O Sermão da Montanha
Huberto Rohden
155. O Cabeleira
Franklin Távora
156. Rubáiyát
Omar Khayyám
157. Luzia-Homem
Domingos Olímpio
158. A Cidade e as Serras
Eça de Queirós
159. A Retirada da Laguna
Visconde de Taunay
160. A Viagem ao Centro da Terra
Júlio Verne
161. Caramuru
Frei Santa Rita Durão
162. Clara dos Anjos
Lima Barreto
163. Memorial de Aires
Machado de Assis
164. Bhagavad Gita
Krishna
165. O Profeta
Khalil Gibran
166. Aforismos
Hipócrates
167. Kama Sutra
Vatsyayana
168. Histórias de Mowgli
Rudyard Kipling
169. De Alma para Alma
Huberto Rohden
170. Orações
Cícero
171. Sabedoria das Parábolas
Huberto Rohden
172. Salomé
Oscar Wilde
173. Do Cidadão
Thomas Hobbes
174. Porque Sofremos
Huberto Rohden
175. Einstein: o Enigma do Universo
Huberto Rohden
176. A Mensagem Viva do Cristo
Huberto Rohden
177. Mahatma Gandhi
Huberto Rohden
178. A Cidade do Sol
Tommaso Campanella
179. Setas para o Infinito
Huberto Rohden
180. A Voz do Silêncio
Helena Blavatsky
181. Frei Luís de Sousa
Almeida Garrett
182. Fábulas
Esopo
183. Cântico de Natal/ Os Carrilhões
Charles Dickens
184. Contos
Eça de Queirós
185. O Pai Goriot
Honoré de Balzac
186. Noites Brancas e Outras Histórias
Dostoiévski
187. Minha Formação
Joaquim Nabuco
188. Pragmatismo
William James
189. Discursos Forenses
Enrico Ferri
190. Medeia
Eurípedes
191. Discursos de Acusação
Enrico Ferri
192. A Ideologia Alemã
Marx & Engels
193. Prometeu Acorrentado
Ésquilo
194. Iaiá Garcia
Machado de Assis
195. Discursos no Instituto dos Advogados Brasileiros / Discurso no Colégio Anchieta
Rui Barbosa
196. Édipo em Colono
Sófocles
197. A Arte de Curar pelo Espírito
Joel S. Goldsmith
198. Jesus, o Filho do Homem
Khalil Gibran
199. Discurso sobre a Origem e os Fundamentos da Desigualdade entre os Homens
Jean-Jacques Rousseau
200. Fábulas
La Fontaine
201. O Sonho de uma Noite de Verão
William Shakespeare

202. Maquiavel, o Poder
José Nivaldo Junior

203. Ressurreição
Machado de Assis

204. O Caminho da Felicidade
Huberto Rohden

205. A Velhice do Padre Eterno
Guerra Junqueiro

206. O Sertanejo
José de Alencar

207. Gitanjali
Rabindranath Tagore

208. Senso Comum
Thomas Paine

209. Canaã
Graça Aranha

210. O Caminho Infinito
Joel S. Goldsmith

211. Pensamentos
Epicuro

212. A Letra Escarlate
Nathaniel Hawthorne

213. Autobiografia
Benjamin Franklin

214. Memórias de Sherlock Holmes
Sir Arthur Conan Doyle

215. O Dever do Advogado / Posse de Direitos Pessoais
Rui Barbosa

216. O Tronco do Ipê
José de Alencar

217. O Amante de Lady Chatterley
D. H. Lawrence

218. Contos Amazônicos
Inglês de Souza

219. A Tempestade
William Shakespeare

220. Ondas
Euclides da Cunha

221. Educação do Homem Integral
Huberto Rohden

222. Novos Rumos para a Educação
Huberto Rohden

223. Mulherzinhas
Louise May Alcott

224. A Mão e a Luva
Machado de Assis

225. A Morte de Ivan Ilicht / Senhores e Servos
Leon Tolstói

226. Álcoois e Outros Poemas
Apollinaire

227. Pais e Filhos
Ivan Turguêniev

228. Alice no País das Maravilhas
Lewis Carroll

229. À Margem da História
Euclides da Cunha

230. Viagem ao Brasil
Hans Staden

231. O Quinto Evangelho
Tomé

232. Lorde Jim
Joseph Conrad

233. Cartas Chilenas
Tomás Antônio Gonzaga

234. Odes Modernas
Anntero de Quental

235. Do Cativeiro Babilônico da Igreja
Martinho Lutero

236. O Coração das Trevas
Joseph Conrad

237. Thais
Anatole France

238. Andrômaca / Fedra
Racine

239. As Catilinárias
Cícero

240. Recordações da Casa dos Mortos
Dostoiévski

241. O Mercador de Veneza
William Shakespeare

242. A Filha do Capitão / A Dama de Espadas
Aleksandr Púchkin

243. Orgulho e Preconceito
Jane Austen

244. A Volta do Parafuso
Henry James

245. O Gaúcho
José de Alencar

246. Tristão e Isolda
Lenda Medieval Celta de Amor

247. Poemas Completos de Alberto Caeiro
Fernando Pessoa

248. Maiakósvski
Vida e Poesia

249. Sonetos
William Shakespeare

250. Poesia de Ricardo Reis
Fernando Pessoa

251. Papéis Avulsos
Machado de Assis

252. Contos Fluminenses
Machado de Assis

253. O Bobo
Alexandre Herculano

254. A Oração da Coroa
Demóstenes

255. O Castelo
Franz Kafka

256. O Trovejar do Silêncio
Joel S. Goldsmith

257. Alice na Casa dos Espelhos
Lewis Carrol

258. Miséria da Filosofia
Karl Marx

259. Júlio César
William Shakespeare

260. Antônio e Cleópatra
William Shakespeare

261. Filosofia da Arte
Huberto Rohden

262. A Alma Encantadora das Ruas
João do Rio

263. A Normalista
Adolfo Caminha

264. Pollyanna
Eleanor H. Porter

265. As Pupilas do Senhor Reitor
Júlio Diniz

266. As Primaveras
Casimiro de Abreu

267. Fundamentos do Direito
Léon Duguit

268. Discursos de Metafísica
G. W. Leibniz

269. Sociologia e Filosofiia
Émile Durkheim

270. Cancioneiro
Fernando Pessoa

271. A Dama das Camélias
Alexandre Dumas (filho)

272. O Divórcio / As Bases da Fé / e outros textos
Rui Barbosa

273. Pollyanna Moça
Eleanor H. Porter

274. O 18 Brumário de Luís Bonaparte
Karl Marx

275. Teatro de Machado de Assis
Antologia

276. Cartas Persas
Montesquieu

277. Em Comunhão com Deus
Huberto Rohden

278. Razão e Sensibilidade
Jane Austen

279. Crônicas Selecionadas
Machado de Assis

280. Histórias da Meia-Noite
Machado de Assis

281. Cyrano de Bergerac
Edmond Rostand

282. O Maravilhoso Mágico de Oz
L. Frank Baum

283. Trocando Olhares
Florbela Espanca

284. O Pensamento Filosófico da Antiguidade
Huberto Rohden

285. Filosofia Contemporânea
Huberto Rohden

286. O Espírito da Filosofia Oriental
Huberto Rohden

287. A Pele do Lobo / O Badejo / o Dote
Artur Azevedo

288. Os Bruzundangas
Lima Barreto

289. A Pata da Gazela
José de Alencar

290. O Vale do Terror
Sir Arthur Conan Doyle

291. O Signo dos Quatro
Sir Arthur Conan Doyle

292. As Máscaras do Destino
Florbela Espanca

293. A Confissão de Lúcio
Mário de Sá-Carneiro

294. Falenas
Machado de Assis

295. O Uraguai / A Declamação Trágica
Basílio da Gama

296. Crisálidas
Machado de Assis

297. Americanas
Machado de Assis

298. A Carteira de Meu Tio
Joaquim Manuel de Macedo

299. Catecismo da Filosofia
Huberto Rohden

300. Apologia de Sócrates
Platão (Edição bilingue)

301. Rumo à Consciência Cósmica
Huberto Rohden

302. Cosmoterapia
Huberto Rohden

303. Bodas de Sangue
Federico García Lorca

304. Discurso da Servidão Voluntária
Étienne de La Boétie

305. Categorias
Aristóteles

306. Manon Lescaut
Abade Prévost

307. Teogonia / Trabalho e Dias
Hesíodo

308. As Vítimas-Algozes
Joaquim Manuel de Macedo

309. Persuasão
Jane Austen

310. Agostinho - Huberto Rohden

311. Roteiro Cósmico
Huberto Rohden

312. A Queda dum Anjo
Camilo Castelo Branco

313. O Cristo Cósmico e os Essênios - Huberto Rohden

314. Metafísica do Cristianismo
Huberto Rohden

315. Rei Édipo - Sófocles

316. Livro dos provérbios
Salomão

317. Histórias de Horror
Howard Phillips Lovecraft

318. O Ladrão de Casaca
Maurice Leblanc

319. Til
José de Alencar

Série Ouro
(Livros com mais de 400 p.)

1. Leviatã
Thomas Hobbes

2. A Cidade Antiga
Fustel de Coulanges

3. Crítica da Razão Pura
Immanuel Kant

4. Confissões
Santo Agostinho

5. Os Sertões
Euclides da Cunha

6. Dicionário Filosófico
Voltaire

7. A Divina Comédia
Dante Alighieri

8. Ética Demonstrada à Maneira dos Geômetras
Baruch de Spinoza

9. Do Espírito das Leis
Montesquieu

10. O Primo Basílio
Eça de Queirós

11. O Crime do Padre Amaro
Eça de Queirós

12. Crime e Castigo
Dostoiévski

13. Fausto
Goethe

14. O Suicídio
Émile Durkheim

15. Odisseia
Homero

16. Paraíso Perdido
John Milton

17. Drácula
Bram Stoker

18. Ilíada
Homero

19. As Aventuras de Huckleberry Finn
Mark Twain

20. Paulo – O 13º Apóstolo
Ernest Renan

21. Eneida
Virgílio

22. Pensamentos
Blaise Pascal

23. A Origem das Espécies
Charles Darwin

24. Vida de Jesus
Ernest Renan

25. Moby Dick
Herman Melville

26. Os Irmãos Karamazovi
Dostoiévski

27. O Morro dos Ventos Uivantes
Emily Brontë

28. Vinte Mil Léguas Submarinas
Júlio Verne

29. Madame Bovary
Gustave Flaubert

30. O Vermelho e o Negro
Stendhal

31. Os Trabalhadores do Mar
Victor Hugo

32. A Vida dos Doze Césares
Suetônio

33. O Moço Loiro
Joaquim Manuel de Macedo

34. O Idiota
Dostoiévski

35. Paulo de Tarso
Huberto Rohden

36. O Peregrino
John Bunyan

37. As Profecias
Nostradamus

38. Novo Testamento
Huberto Rohden

39. O Corcunda de Notre Dame
Victor Hugo

40. Arte de Furtar
Anônimo do século XVII

41. Germinal
Émile Zola

42. Folhas de Relva
Walt Whitman

43. Ben-Hur — Uma História dos Tempos de Cristo
Lew Wallace

44. Os Maias
Eça de Queirós

45. O Livro da Mitologia
Thomas Bulfinch

46. Os Três Mosqueteiros
Alexandre Dumas

47. Poesia de Álvaro de Campos
Fernando Pessoa

48. Jesus Nazareno
Huberto Rohden

49. Grandes Esperanças
Charles Dickens

50. A Educação Sentimental
Gustave Flaubert

51. O Conde de Monte Cristo (Volume I)
Alexandre Dumas

52. O Conde de Monte Cristo (Volume II)
Alexandre Dumas

53. Os Miseráveis (Volume I)
Victor Hugo

54. Os Miseráveis (Volume II)
Victor Hugo

55. Dom Quixote de La Mancha (Volume I)
Miguel de Cervantes

56. Dom Quixote de La Mancha (Volume II)
Miguel de Cervantes

57. As Confissões
Jean-Jacques Rousseau

58. Contos Escolhidos
Artur Azevedo

59. As Aventuras de Robin Hood
Howard Pyle

60. Mansfield Park
Jane Austen